AF295104

Pernilla van der Capellen

En hackkycklings hämnd

Förlag: BoD – Books on Demand, Stockholm, Sverige
Tryck: BoD – Books on Demand, Norderstedt, Tyskland

ISBN: 978-91-7969-538-5

Höstsolen lyser genom bladverket. Luften är frisk. En härlig oktober-
dag. En grupp av barn har samlats vid Svandammen för att segla med
barkbåtar.

"Titta!" ropar en pojke. "En farbror som badar."

"Men varför har han ansiktet ner i vattnet?" ropar en flicka.

"Han tittar väl på fiskarna" svarar en annan.

"Här finns väl inga fiskar" påstår ytterligare en.

Fröken skyndar till. Kvickt samlas barnen ihop. Farbrorn tittar inte på
fiskar; han är död.

Telefonen ringer i innerfickan på Valdemar Horns oljerock. Han fiskar
kvickt upp den. Det var den lediga höstdagen resonerar han när han ser
numret. Jobbet hägrar.

"Valdemar."

"En man har hittats död i Spånga" meddelar Marianne, Valdemars
närmaste kollega. "Var är du? Hur snart kan du vara på plats?"

"Jag är på Drottningholm och promenerar. Kan vara där om en kvart."

"Bra."

"Var exakt i Spånga?"

"Svandammen i Solhem."

"Ok, jag hittar dit."

De avslutar samtalet. Valdemar som precis passerat de sista fontänerna
i barockträdgården vänder på klacken och promenerar raskt tillbaka
mot bilen som han ställt på den stora parkeringen vid slottet. Gruset

knastrar högljutt under hans skor och han noterar att några påpälsade asiatiska turister iakttar hans marsch. Bilen, hans röda lilla Peugot signalerar snällt mot Valdemar när han låser upp den med fjärrkontrollen på håll. Nåväl, jag fick ju åtminstone en ledig morgon, tänker han när han svänger ut på vägen och ser det vackra gula slottet försvinna i backspegeln när han kör över bron mot Brommaplan. Sedan är tankarna helt fokuserade på vad han har att vänta sig. Solhem, där har jag inte varit på åratal. Måste ha varit när barnen var små; ett av barnen hade en lekkamrat där. Trots att han arbetar på polisstationen i Vällingby inte långt därifrån, sedan något år tillbaka, har han inte haft några ärenden hit. Han minns kullarna med de stora trädgårdarna och vackra nationalromantiska villorna. Ett Djursholm i miniatyr. Väl framme inser han att föga har förändrats. Gymnasieskolan som han passerar verkar ha fått sig en uppfräschning, i övrigt är det precis som för 15 år sedan. Tiden går.

Marianne kommer och möter honom. Hon smälter in vackert i den höstlika omgivningen med sitt röda lockiga hår, sina grågröna ögon och sin rödbruna jacka. Hennes ansikte är vardagligt till utseendet, naturligt och osminkat. Att hon är några år äldre än Valdemar och närmar sig 60 märks knappt på hennes utseende, ja kanske några fler grå hår om man ska hårdra det och kråkfötter vid ögonen. Under alla år de har arbetat tillsammans har Valdemar alltid upplevt sin kollega som en av de vackraste själar han mött på grund av hennes klokhet och varma hjärta, men har trots det aldrig känt sig attraherad av henne. De har aldrig varit något annat än goda kollegor och vänner och det är han glad för. Det blir lätt så krångligt annars. Han flyttar blicken från Marianne och ser att området är avspärrat och ett vitt tält har satts upp invid den relativt grunda dammen som är formad som en åtta. Han ser den långe Anders, deras oersättlige tekniker i bakgrunden och vinkar till honom.
"Du var snabb! Har du verkligen kört lagligt?" undrar Marianne.
"Så gott som. Berätta" ber Valdemar.
"En grupp förskolebarn på utflykt fann mannen i dammen. De har fått återvända till förskolan. Vi har en avliden man i 50-årsåldern alldagligt klädd, aningen fetlagd" förklarar Marianne medan de går mot tältet. "Inget yttre våld vad vi har sett så långt."
"Vet vi vem det är?" undrar Valdemar medan han betraktar den döde mannen i tältet från topp till tå. Det fuktiga halvblonda håret är klistrat mot hans panna. Han har en midjekort beige jacka och beige byxor. Hela

han ger ett beigt intryck som dock bryts aningen av en ljusblå skjortkrage som skymtar under jackan. Valdemar har trots år av mordutredningar bakom sig aldrig blivit helt bekväm med mötet med döden. Den professionella likgiltigheten nästan nonchalansen som hans teknikerkollegor uppvisar inför arbetet med avlidna, ofta illa tilltygade kroppar förundrar honom stundvis. Han iakttagelser och funderingar avbryts av Mariannes fortsatta genomgång.

"Av ID-handlingarna framgår att han heter Per-Göran Forsström. Fotot på körkortet stämmer väl överens med likets ansikte så vi behöver inte betvivla hans identitet. Jag har gjort en avstämning och vi har framför oss en lokalpolitiker som dessutom har flera andra förtroendeuppdrag. Inga anhöriga mer än en mor i 90-årsåldern boendes på ålderdoms- hemmet Fristad i Bromsten."

"Aj då, en lokalkändis. Då har vi snart pressen efter oss. Vad tror vi om dödsorsaken?"

"Svårt att säga eftersom vi inte funnit några tecken på yttre våld. Spontant tycker jag dock att det känns märkligt att någon dör en naturlig död och återfinns i en damm. Enligt teknikerna har han inte legat mer än 12 timmar i vattnet."

"Kan vi hoppas på en sådan enkel förklaring att han var berusad igår kväll och trillade i dammen på väg hem?"

"Visst kan vi hoppas, han bor bara några kvarter härifrån" pekar Marianne i nordlig riktning mot de intilliggande skolbyggnaderna.

"Har ni säkrat några spår kring dammen?"

"Inget ännu. Parkförvaltningen måste ha varit här nyligen och samlat ihop löv eftersom det är helt fritt från löv just här i parken i motsats till de intilliggande trädgårdarna. Så det bör förenkla genomsökandet."

"Ja, ha, ska vi dela på oss. En tar dörrknackning och en tar modern på hemmet. Eftersom du har din s k lediga dag idag Valdemar, så får du välja" säger Marianne glatt.

"Tackar, jag tar nog modern. Vi ses på stationen om en dryg timma då."

"Plus en sedvanlig akademisk kvart."

"Självklart!"

T V Å

Valdemar återvänder till sin bil. Han inser att han hade glömt att be Marianne om namnet på den avlidens mor. Nåväl, hon borde rimligen ha samma efternamn. Valdemar är inte en till fullo vän av moderniteter. Han använder vare sig GPS i bilen eller mobiltelefon med nedladdad sådan. Fristad kan väl inte vara så svårt att finna. Finns alltid någon att fråga. Han kör mot Bromsten. För att inte hamna på villovägar stannar han vid en bensinmack och frågar om vägen. Rakt fram tills du kommer till torget. Sedan vänster. Ja, det lät ju inte så komplicerat.

Väl framme konstaterar Valdemar att vägbeskrivningen i sin enkelhet räckte utmärkt och inser nöjt "tänka sig, här finns det ju till och med parkeringar!" Han möts av ett persikefärgat betonghus, typisk '90-tals arkitektur. Dörröppningsknappen för handikappade erbjuder en bekvämlighet han inte tackar nej till. I entrén möter en leende rundlagd sköterska med blond page upp.

"Bor här möjligen en fru Forsström?" frågar Valdemar och visar sin polislegitimation. Den för Valdemar dagliga handlingen får den normala effekten: tillbakaryggande, frågande och det välkomnande leendet borta.
"Jodå, visst bor fru Brita Forsström här. Vad kan ni tänkas vilja henne? Hon får aldrig något besök utöver sonen som kommer varje söndag eftermiddag" svarar sköterskan på en sjungande finlandssvensk dialekt.
"Det gäller just Britas son, han har dessvärre avlidit."

"Det menar du inte. Kära nån, han är ju inte gammal, jag menar var gammal. Jag förstår inte, hur?"
"Som du förstår kan jag inte berätta det för dig just nu. Kan du visa mig till moderns rum?"
"Jag förstår, det var verkligen beklagligt, jag ska följa med dig till hennes rum. Kom med du."
Valdemar följer med sköterskan till hissen och de åker upp till fjärde våningen.
"Jag vill förbereda dig på att Brita är dement och med största sannolikhet kommer hon inte förstå ditt budskap" säger sköterskan medan hon trots sin stora kroppshydda skyndar genom korridoren när de klivit ur hissen. "Då ska vi se, rum 411." Sköterskan knackar på dörren och öppnar den genast. "Brita, du har besök."
Valdemar hör ett entonigt nynnande inifrån rummet. De kliver över tröskeln och finner ett litet men ljust och trevligt rum, möblerat med säng, två länstolar och ett litet pelarbord. På bordet står en bukett med höstblommor. Vid fönstret, i en av stolarna sitter en äldre dam och tittar ut genom fönstret. Hon är mager och tunnhårig men iögonfallande välklädd. Vit blus och grön kofta med matchande gröna byxor. Damen fortsätter att nynna och verkar inte bry sig om att någon kommit in i hennes rum. Först när sköterskan lägger sin hand på hennes, tittar hon upp.
"Brita, du har besök. Herren här är polis och han vill tala med dig om din son Per-Göran."
"Per-Göran" svarar damen. "Ja han studerar vid Universitetet i Uppsala. Han har så mycket att göra att han kommer först efter sin tentamen."
"Får jag slå mig ner?" frågar Valdemar och visar på den lediga stolen.
"Varsågod" svarar damen.
Sköterskan tecknar att hon lämnar dem.
"Vad var det du ville tala med mig om?" fortsätter Brita. "Han har väl inte misskött sig min Per-Göran, hoppat av studierna eller försökt att åka gratis på Uppsalapendeln? I sådant fall är det den där Georg som har lurat med honom. Jag har ju varnat Per-Göran för honom. Ja, det är Georg ni ska ge er på, inte min Per-Göran. Fast Solhemsbarnen var inte mycket bättre de!"
"Solhemsbarnen?" frågar Valdemar och ger damen en stund att respondera men får inget svar. Han harklar sig kanske omedvetet för att få hennes uppmärksamhet och fortsätter istället

"Nej då, Per-Göran har inte misskött sig men trots detta kommer jag med dåliga nyheter."

"Dåliga nyheter? Ja, det kan bara vara den där Georg som har varit i farten, jag säger då det. Vad är det för dåliga nyheter då?"

"Er son har avlidit, vi fann honom i morse."

När Valdemar framför nyheterna vänder modern bara bort sitt ansikte, tittar åter ut genom fönstret och fortsätter nynna på samma entoniga melodi. Valdemar lyckas inte komma i kontakt med henne mer. Han har gjort vad han kunnat och beger sig ut i korridoren för att söka upp sköterskan. Det är tydligt att hon har hållit sig i närheten eftersom han stöter på henne omedelbart.

"Hur gick det?" frågar hon. "Inte så bra kanske?"

"Nej, hon var svår att nå. Säg, vet du om det finns någon annan anhörig, eller nära vän till familjen?"

"Nej, ingen annan besöker Brita."

"Per-Göran har inte haft sällskap med sig vid något besök?"

"Nej, inte under den tid jag har arbetat här."

"Vet du hur länge Brita har bott här?"

"Nu ska vi se, hon flyttade faktiskt hit i samband med att jag började arbeta här. Det var fem år sedan."

"Och innan dess?"

"Då bodde hon och Per-Göran tillsammans i villan i Solhem."

"Så han skötte henne?"

"Det var nog snarare tvärtom tills demensen tog över. Kroppsligen är det inget fel på henne. Det sitter i huvudet."

"Jag förstår. Om du får någon reaktion från Brita med anledning av det jag har framfört, får du gärna ringa mig" säger Valdemar och lämnar över sitt kort. "Tack för hjälpen."

"Så gärna, men det var ju en tråkig historia det här. Han var ju så trevlig den där Per-Göran fast han är politiker. Stackars Brita."

"Så du känner till att han är politiker?"

"Nja, jag menade inte så. Jo jag vet att han är politiker och att han är liberal men det är också allt. Jag har ingen aning om vad egentligen gör om dagarna, om du förstår."

"Jag förstår. Så du känner inte till att han skulle han gjort sig ovän med någon pga sin politiska hållning?"

"Nej, nej, inget sånt har jag hört."

"Du ska ha tack för det." Valdemar lämnar hemmet och beger sig tillbaka till stationen.

T R E

Marianne och Valdemar anländer i princip samtidigt till stationen i Vällingby.

"Vilken tur att vi var överens om den där kvarten" säger Marianne så snart hon får syn på sin kollega.

"Ja, som i det mesta. Något matnyttigt att dela med dig av?" undrar Valdemar.

"Jo, jag har handlat två sallader på vägen, så det är både mat och nyttigt och delbart" ler Marianne. Hon fortsätter "utredningsmässigt, ingenting dessvärre, för det var väl det du syftade på. Endast en person som bodde i anslutning till parken var hemma, en äldre herre som varken sett eller hört något. Han visste dock mycket väl vem Forsström var. Och du?"

Valdemar ler, så omtänksamt av Marianne att ha köpt lunch åt honom. Få förunnat med en sådan kollega.

"Jag har funnit modern, Brita Forsström, och informerat henne. Dessvärre är hon i sådant tillstånd, dement menar jag, att hon inte kan ta till sig sådan information. Men sköterskan är även hon informerad, och har lovat att höra av sig om det dyker upp något av intresse. Sköterskan kände till att han var politiker men kopplade för den sakens skull inte ihop hans död med det."

"Ja, ha, en avliden kommunalare med en senil mor, varför har vi fått detta på vårt bord?"

"Vi tar en avstämning med Stina" tycker Valdemar.

"Absolut" instämmer Marianne medan hon tar täten med lunchkassen i högsta hugg mot lunchrummet. "Men först tycker jag vi unnar oss lite lunch."

FYRA

"Låt höra" ber Stina Drevhammar, chef för utredningsenheten vid Västerortspolisen.

Hon ser lika sträng ut som hon låter med den silvergrå kortklippta frisyren och den höghalsade svarta polotröjan. Valdemar respekterar den seniora kollegan högt men är inte alltför förtjust i henne.

Marianne inleder "jag fick larm vid 9-tiden i morse via RAKEL att en grupp förskolebarn hade funnit en död man i Svandammen i Spånga. Jag kontaktade Anders och vi åkte dit tillsammans."

"Anders, så han är tillbaka från sin föräldraledighet?" undrar Stina.

"Tredje dagen" ler Marianne "...vilken start. Anders undersöker för närvarande kroppen och det enda vi kan konstatera just nu är att mannen, Per-Göran Forsström, en liberal kommunal- och lokalpolitiker, boendes i Solhem Spånga, hade legat ca 12 timmar i vattnet när barnen fann honom. Vid en första betraktelse har vi inte funnit några tecken på yttre våld."

Valdemar fortsätter "enda kända anhörig är en dement mor i 90-årsåldern som bor på ett ålderdomshem i närheten. Jag har besökt henne och framfört nyheterna utan respons."

Marianne avslutar "jag har knackat dörr i direkt anslutning till parkområdet men endast en person var hemma. Han hade ingenting av vikt att framföra mer än att han kände till Per-Göran."

"Låt oss invänta rapport från Anders obduktion så får vi se vart detta tar vägen" tycker Stina.

"Ja, i nuläget kan det lika gärna handla om en drunkningsolycka orsakad av alkohol eller dylikt" menar Valdemar.

Damerna samtycker.

"Valdemar, du åker hem och försöker njuta av det som är kvar av din lediga dag" befaller Stina.

"Skall ske."

Vilken dag, tänker Valdemar när han är på väg till bilen. Men jag har trots allt en del av eftermiddagen och hela kvällen kvar av ledig tid. Han känner på sig att han kan komma att få ett par tunga veckor framför sig, om det visar sig vara ett mord. Lika bra att ladda sig med positiv energi. Valdemar kör hem till sitt Nockeby. Här har han bott i större delen av sitt liv i olika bostäder och i olika konstellationer. Sedan 5 år bor han i en 2:a vid torget med balkong mot trädgården. Han stortrivs där. På P2 spelas Joplins "the Entertainer". Valdemar ler för sig själv. Tänk att detta stycke alltid kan få en på glatt humör. Han minns hur hans dotter Lisen framförde stycket på skolavslutningen när hon gick på mellanstadiet. Så stolt han var den dagen. Den känslan kan ingen någonsin ta ifrån en förälder. Den lever för alltid kvar.

Väl hemma brygger han en kopp kaffe. Kaffet på polisstationen smakar allt annat än kaffe. Med dagens tidning och en kopp sätter han sig på sin lilla balkong. Trots årstiden är det förvånansvärt varmt mot fasaden i den lä som erbjuds. En filt över benen som komplement till den stickade tröjan är allt som behövs för att hålla värmen. Kulturdelen är det han har sett fram emot. Han hoppas på att Kungliga Operan har föreställning ikväll, det är precis vad han behöver. Vilken lycka, de ger Puccinis "La Boheme". Valdemar ringer biljettkontoret och bokar en plats på första raden. Det kan han verkligen unna sig, nu när det var så länge sedan. Fördelen med att besöka operan själv är att det alltid finns

enstaka plaster kvar, på de bästa lägena, in i det sista. Vilken kväll det
ska bli!

Väckarklockan ringer. Valdemar slår genast upp ögonen. Idag vaknar han med ett leende på läpparna. Gårdagskvällen var verkligen lyckad. Den karamellen kommer han kunna suga på länge. Han kliver visslandes in i duschen. Unnar sig lite extra varmt vatten idag, vilket han brukar snåla på i vanliga fall. Vattenångan ligger tät över badrummet när han har duschat klart. Han gnuggar spegeln ren och betraktar sig sedan en stund. Mustaschen behöver ha inte jobba med idag. Den fick sig en ordentlig omgång i helgen. Det mörkbruna håret kammar han bakåt. Det brukar falla på plats när det torkar. Trots att han är över 50 har han inte många grå hårstrån. Det måste vara generna tänker han när han lämnat badrummet. Raskt tar Valdemar på sig manchesterbyxor och en rutig skjorta. Ingen slips. Ingen fluga. De dagarna är förbi. Kavaj kan han åtminstone tvinga på sig, torsdagen till ära. En kopp te och en liten ost- och marmeladsmörgås är stående frukost; tillsammans med morgontidningen förstås. Han gör sig klar för avfärd. Ytterrocken på och så sträcker han sig invant efter handskarna på hatthyllan, men finner dem inte. Konstigt. Han känner efter i fickorna och letar på golvet. Nej, de finns ingenstans. Hade han dem igår kväll? Jo visst tog han på sig dem när han gav sig iväg till 12:an för att åka in till stan och operans lockelser. Valdemar tänker vidare, hur var det när han skulle hem? Han inser genast att han inte fick sina handskar av garderobiären på operan. Han får ringa sedan och höra sig för. Handskarna betyder mycket för honom eftersom han fick dem av sin

Lisen i julklapp föregående år. Med julen i tankarna kilar han ner till sin lilla röda bil och kör mot Vällingby.

Framme i Vällingby stannar Valdemar på konditoriet som ligger alldeles invid polisstationen. Han tänker återgälda Mariannes goda gärning från gårdagen då hon försåg honom med lunch.
"God morgon kommissarien" säger kvinnan bakom disken och ler.
"Godmorgon konditorn" säger Valdemar och ler tillbaka.
Han är stamkund på caféet och bryr sig inte längre om att försöka hålla sin yrkestitel hemlig.
"Önskas det vanliga?"
"Ja tack, men en extra idag."
"Ser man på, frikostig idag?"
"Ja, det är en sådan dag."
Valdemar tar emot två "to-go muggar" med underbart doftande kaffe, betalar och promenerar bort mot stationen. Han passerar Pressbyråns löpsedlar på vägen och drar en lättnads suck. Liket i Svandammen är inte omskrivet. Hur kan journalisterna ha missat det? Marianne är i färd med att hänga av sig sin rödbruna jacka när han kommer in.
"Kaffe?"
"Du är en hjälte! Hur kunde du veta att jag verkligen var i behov av riktigt kaffe idag?"
"Är du inte det varje dag?"
"Jo, förvisso. Men det var verkligen omtänksamt av dig."
De två kollegorna vandrar bort mot mötesrummet där resten av teamet är i färd med att samlas. Utöver Valdemar och Marianne ingår två yngre men mycket ambitiösa poliser i teamet; Herbert och Magnus. De är varandras kontraster till utseendet; Herbert brunhårig och brunögd och Magnus blond och blåögd. I övrigt är de varandra slående lika i sitt lättsamma sätt att vara och effektiva sätt att arbeta fram information via datorerna. Valdemar häpnar fortfarande regelbundet över deras förmåga då de plockar fram den mest oanade information med bara ett par knapptryckningar. Han och Marianne representerar den gamla skolan med som Valdemar brukar uttrycka det, hederligt detektivarbete ute på fältet. Det kompletterar varandra fint och är ett framgångsrikt team med många uppklarade mordutredningar bakom sig. Stina som precis har anlänt påkallar deras uppmärksamhet. Gårdagens strama polotröja är utbytt mot en stärkt blus med spetsdetaljer. Bara pärlhalsbandet som saknas tänker Valdemar.

"God morgon vänner. Det hör ju inte till vanligheterna att vi samlar ihop hela styrkan när vi inte är säkra på att vi har en mordutredning framför oss. Eftersom det rör sig om en någorlunda offentlig person är det av stor vikt att vi ligger steget före om det nu skulle visa sig vara det vi misstänker. Har någon hört hur det har gått för Anders med obduktionen?"

"Han sa igår när vi talades vid att han själv skulle komma och leverera informationen" säger Herbert.

I samma stund kliver Anders in på rummet. Hans huvud framstår som än mer renrakat än igår. Renligheten i första rummet som han själv har beskrivit det för Valdemar någon gång. Valdemar misstänker dock att hårfästet som smugit sig bakåt dock spelar in lika mycket som att han sätter saniteten i sin yrkesroll främst. Alla är förväntansfulla på vilken information han har att avslöja för dem.

"Välkommen tillbaka till jobbet Anders, jag hoppas att du har haft en fin pappaledighet" säger Stina och vänder sig emot honom. "Vi är mycket tacksamma över att du hade möjlighet att ta dig an detta fall omedelbart."

"Tack och ja tack, det har varit härligt. Ja, fördelen med att precis ha kommit tillbaka är ju att almanackan inte var särskilt fulltecknad. Så nu är jag här och jag ska inte hålla er på halster" svarar Anders.

"Som ni vet fanns Per-Göran igår förmiddag liggandes i en damm. Obduktionen som jag har utfört visar på att den primära dödsorsaken var hjärtsvikt."

"En naturlig död då med andra ord" menar Marianne lättad.

"Vid första anblick ja. Men det är något som inte stämmer" svarar Anders och kliar sig på den kala hjässan.

"Låt höra" ber Stina med sin standardfras.

"Per-Göran hade ovanligt höga halter av nikotin i blodet."

"Storrökande politiker finns väl lite här och var" skrattar Herbert.

"Det finns inga spår på fingrar eller tänder att han var rökare. Ingen begynnelse till åderförkalkning heller" fortsätter Anders.

"Storkonsument av nikotinplåster då?" undrar Magnus. "Sådana finns väl också lite här och var, även om de inte alla är politiker."

"Då borde jag ha funnit spår på hans armar av klister från de plåster som han måste ha använt regelbundet."

"Vad är din teori då?" undrar Stina.

"Jag kan inte just nu dra någon annan slutsats än att nikotinet i hans kropp inte har kommit dit genom egenhändigt användande, så att säga. om han inte ville ta livet av sig förstås."

"Han skulle ha blivit förgiftad med andra ord" summerar Valdemar.

"Kan vara så" svarar Anders.

"Vad säger din erfarenhet dig om detta?" frågar Marianne Anders.

"Jag har aldrig tidigare stött på någon som har dött av hjärtsvikt efter en överdos av nikotin, där den avlidne inte var rökare. Det kan inte vara särskilt rimligt att han skulle ha tvingats äta upp ett helt paket cigaretter."

"Hur har han då fått i sig nikotinet" frågar Valdemar.

"Jag känner inte till att det har använts som mordvapen men det finns skrönor om att om nikotin injiceras i blodet, kan hjärtsvikt uppstå, och personen avlider som konsekvens."

"Någon gång skall väl vara den första då. Kul att skriva historia," skrattar Herbert.

"Ditt glada humör uppskattas men låt oss inte ha roligt på bekostnad av en avliden" flikar Stina strängt in.

"Ursäkta" tillägger Herbert hastigt och lite skamset. "Jag menade det inte så."

"Nålstick Anders, kontrollera kroppen efter nålstick" ber Valdemar för att avbryta den påbörjade diskussionen mellan Stina och Herbert.

"Hur kunde jag missa det. Helt klart lite ringrostig efter pappaledigheten. Jag ska omedelbart gå över kroppen igen" säger Anders och skyndar därifrån.

"Medan vi inväntar mer information från Anders vill jag att Valdemar och Marianne besöker Forsströms bostad. Valdemar, jag överlåter utredningen åt dig från och med nu. Jag vill ha en avstämning om några dagar."

"Naturligtvis Stina. En tackar för förtroendet" svarar Valdemar. "Marianne, Herbert och Magnus, stannar ni så lägger vi en strategi?"

"Givetvis" svarar Marianne och grabbarna ler instämmande.

Stina lämnar dem. Det märks på den lättsamma stämningen att de är laddade och förväntansfulla. Det är alltid lika spännande att starta en utredning tillsammans.

"Jag och Marianne ska gå igenom huset för att bilda oss en uppfattning om Per-Göran. Men vi måste försöka ta reda på vart han var på väg när han föll i Svandammen. Var han på väg bort eller hem? Om han var på väg bort, vart skulle han? Vart hade han varit, om han var på väg hem?

Eftersom Anders tippar på att han hamnade i vattnet någon gång före midnatt så är det förstås mest troligt att han var på väg hem. Men var hade han varit? En kalender vore perfekt att hitta men inte alla har en sådan förstås. Kanske hittar vi en i huset. Sen måste vi förstås avsluta dörrknackningen runt Svandammen. Vi tar det så snart som möjligt Marianne.

"Hans plånbok berättade dessvärre ingenting om de kvällsaktiviteter han ägnat sig åt" säger Marianne bekymrat.

"Vi fortsätter leta" säger Valdemar uppmuntrande. "Inte alla sparar kvitton. Jo, grabbar, beställer ni ett utdrag från hans telefontrafik? Ta ett kvartal bakåt till att börja med så vi kan följa hans telefonvanor."

"Absolut. Vi fixar det" svarar Magnus.

"Något annat?" undrar Valdemar.

"Känns som om det är fullt tillräckligt att vi börjar så" tycker Marianne.

"Bra. Då tar vi en avstämning lite senare idag" säger Valdemar glatt.

S J U

Några minuter senare är Valdemar och Marianne på väg tillbaka till Solhem i Valdemars bil.

"Jag måste ringa ett samtal bara" säger Valdemar medan han lägger i ettan och kör ut från Polishusets parkering.

"Inga problem" nickar Marianne.

Valdemar ringer nummerupplysningen. Nog för att han är stamkund på operan, men telefonnumret har han inte i huvudet.

"Jag skulle vilja bli kopplad till Kungliga Operan i Stockholm."

"Ett ögonblick" meddelar den hjälpsamma rösten. "Vill du ha numret via sms?"

Vilka moderniteter, tänker Valdemar, men varför inte.

"Ja, tack."

"Då var det ordnat!"

"Välkommen till Kungliga Operan."

"God förmiddag. Jag hade glädjen att få avnjuta er föreställning La Bohème igår kväll och jag måste ha förlagt mina handskar. Har ni återfunnit några?"

"Vill ni vara snäll och beskriva dem, här finns så många par?"

"Mörkbruna, fodrade, getnappa. Normal storlek.

Julafton flimrar återigen förbi medan han lämnar beskrivningen. Lisen hade länge beklagat sig över att han gick med trasiga handskar och tog till sist saken i egna händer. Hennes leende när hon såg hur överraskad och glad han blev när han öppnade gåvan, minns han än.

"Jag har faktiskt ett par mörkbruna här."

"Fantastiskt! När kan jag hämta dem?"

"Du kan komma till sidoentrén klockan 17 ikväll om det passar."

"Jag ska göra mitt yttersta. Tack för din hjälp."

"Jaså, du var ute och slarvade igår" ler Marianne.

"Jag slarvade visserligen bort mina handskar, fast jag är benägen att skylla på garderobiären som inte gav dem till mig; men i övrigt var jag på en helt oskyldig afton på operan."

"Underbart. Vilken god gärning mot dig själv. Hur var det?"

"Eller hur. Jag kände att jag behövde passa på innan nästa mordutredning tar fart. Det var inte i särklass men näst intill. Nog talat om fritiden. Nu behöver vi fundera över Per-Göran och vad som egentligen kan ha hänt honom. Men först måste vi se till att hitta vägen till hans hem."

"Sörgårdsvägen, Stormgränd, Vindstigen, Skymningsstigen – vilka trevliga gatunamn. Gryningsvägen, här är det. Det måste vara det lilla vita huset rakt fram" visar Marianne som agerat kartläsare, med högerhanden.

Valdemar parkerar. De kliver in på en välskött grusgång kantad av rosenrabatter. Trots årstiden finns fortfarna några små gula rosor kvar, liksom konserverade av kylan. Vid första anblicken liknar det inte ett ungkarlshem. Nyckeln har de med sig, den återfanns ju i Per-Görans rockficka tillsammans med plånboken som de ju redan gått igenom. Marianne sätter nyckeln i låset. Hon anar en gardin som rör sig i grannens fönster.

"Vi är iakttagna" meddelar hon Valdemar och nickar åt grannens hus.

"Så bra att de är hemma, vi behöver ju avverka de närmaste grannarna. Men först tar vi itu med huset. Du har väl husrannsakan med dig?"

"Givetvis men lät den ligga i bilen. Känns inte som om risken att vi ska bli stoppade vid ytterdörren är särskilt stor."

Marianne instämmer samtidigt som de kliver över tröskeln in i huset. Därinne är det lika prydligt som i trädgården. Endast kläder för årstiden hänger framme i hallen och endast kläder för en person. Det råder inget tvivel om att Per-Göran bodde ensam. Hallen leder in till ett litet kök.

"Här har tiden stått stilla ett bra tag" säger Valdemar. "Han verkar inte har ändrat något sedan modern flyttade till hemmet."

"Är det inte otroligt att han har hållit det så fint? Nog kan inte det höra till vanligheterna för en karl som har bott med sin mor hela större delen av sitt liv" påstår Marianne.

"Jag håller helt med dig."

"Kanske en hemlig hushållerska?" säger Marianne och försöker låta mystisk på rösten.

De skrattar och går gemensamt igenom den lilla bostaden. Vardagsrum, sovrum, kontor och kök. Källaren väntar de med. De slår sig ner vid köksbordet; ett bord anpassat för två personer med en gul- och vitrutig duk. Duken matchar gardinen i fönstret där de lila Saintpauliorna står på rad.

"Han verkar ha gröna fingrar också."

"Knepet är ljummet vatten" säger Valdemar.

"Har du Saintpaulior hemma?" undrar Marianne.

"Inte sedan Christine gick bort."

Marianne byter samtalsämne. Hon vet att hennes kollega inte gärna pratar om sin framlidna fru. Även om hon vet att det har gått 10 år har hon förstått att Valdemar ännu inte har kommit över det.

"Vi vet ju inte om han blev mördad. Men det verkar ju märkligt med de höga nikotinhalterna i blodet. Vi får börja med att gå igenom huset för att skapa oss en bild om vem han var och vilket liv han levde. Ska jag ta sovrummet så börjar du med kontoret i hallen?"

"Det låter bra" svarar Valdemar och reser sig.

Sovrummet ligger intill köket. Eftersom det fortfarande har karaktären av en kvinnas sovrum, småblommiga tapeter, spetsgardiner och virkat överkast, drar Marianne slutsatsen att Per-Göran övertagit sin mors rum när hon blev förflyttad till Fristad.

"Valdemar, kom, det här måste du se."

Marianne står med ett foto i handen när Valdemar kommer in i rummet.

"Titta, det satt fastsatt i spegelns ram."

En kvinna ler mot dem. Hon har ett glatt ansikte, korpsvart hår och färgglad blus.

"Hon ser ut att komma från Sydamerika" säger Marianne.

Hon vänder på fotot. På baksidan står "Maria, 2014" skrivet med en prydlig handstil.

"Relativt nytaget. Vem är hon? Den hemliga hushållerskan? Är det Per-Görans handstil?" funderar Marianne.

"Jag ska jämföra det mot dokumenten som finns på kontoret". De går bägge två bort till kontoret, ett rum av samma storlek som sovrummet men betydligt mer manligt inrett med tunga engelska möbler och mörka gröna gardiner.

Det tar dem inte lång tid att identifiera handstilen i Per-Görans telefonbok i brun läderimitation som ligger på skrivbordet. En telefonbok som knappt kan gå under den benämningen eftersom den innehåller ytterst få telefonnummer. Kan förmodligen förklaras av att folk numer har sina kontakter i telefonen tänker Valdemar.

"Det fanns en dam i hans liv med andra ord" säger Valdemar.

De avbryts av att Valdemars mobiltelefon ringer. Valdemar känner igen numret.

"Hej Anders. Har du någon spännande information till oss?"

"Hej. Kroppen har antydan till ett blåmärke på högra skinkan. Det behöver inte bero på ett nålstick med det är möjligt."

"Vi kan alltså fortfarande inte veta om han har blivit mördad eller ej?"

"Ledsen att jag inte kan ge dig mer definitiv information."

Inget att göra åt saken. Tack för att du ringde. Förresten fann du några spår på hans kläder? Om han fått en spruta i baken så att säga, borde det väl finnas spår av detta på byxorna?"

"Det har du rätt i, men nej, inga spår på byxorna. Nu har han ju legat i vattnet också så det är stor chans att detta förstört de spår vi är ute efter. Jag ska undersöka dem igen, nu när jag vet vilken del av byxorna som är intressant."

"Ok, tack för att du ringde." Valdemar avslutar samtalet.

"Vad sa han?" undrar Marianne.

"Blåmärke på höger skinka som kan tyda på nålstick men som likväl kan bero på något helt annat."

"Typiskt. Vad gör vi? Vi vet ju inte ens om vi behöver vända upp och ner på hans hus i jakt på information."

"Sannerligen frustrerande. Men vi fortsätter gå igenom huset tycker jag. Vi har väl inget annat viktigare för oss, eller?"

"Nej, det har du rätt i."

"Vad tror du om kvinnan, Marianne?"

"Hon måste helt klart ha betytt något för honom annars skulle han inte haft hennes foto framme på det här viset."

"Det har du nog rätt i."

Valdemar antecknar i sin lilla svarta bok som han ständigt har med sig. Det brukar bli en bok för varje fall och Valdemar tycker alltid att det känns lika jobbigt att separeras från dem när de stänger dokumentationen efter vart avslutat fall.

Marianne återvänder till sovrummet och Valdemar slår sig ner vid det tunga engelska skrivbordet. Ordning och reda och god inredningssmak hade han i alla fall tänker Valdemar.

Han arbetar sig igenom prydliga högar av räkningar. En för obetalda, en för betalda.

"Har han ingen dator?" ropar Marianne från sovrummet.

"Inte vad jag har sett så långt" svarar Valdemar.

En god tanke. Han borde rimligen ha en dator. Av räkningarna att döma är det betalda via internet eftersom postgirotalongerna inte är bortrivna. Det är klart, folk kan ju betala räkningar på jobbet också. Ingen ordning på det där med privata ärenden på arbetstid. Valdemar minns vad hans far brukade säga om Valdemar ringde honom mitt på dagen: "På min tid fick man ringa privata samtal efter arbetstid." Han slår bort fadern ur tanken. I understa skrivbordslådan finner han en resebroschyr om Guatemala och Honduras. Valdemar tar med sig broschyren till sovrummet.

"Kan detta vara en ledtråd om kvinnan? Långsökt kanske?"

Marianne bläddrar igenom broschyren. På mittuppslaget möts de av en familj i traditionella kläder. Kvinnornas kläder överensstämmer med dem som Maria har på sig på fotot. Marianne läser:

"Det mest kända klädesplagget som mayakvinnor brukar bära är *huipil*. Huipil är den spanska benämningen på ett plagg som påminner om en stor blus."

"Lite långväga att ha en flickvän i Guatemala" tycker Valdemar.

"Instämmer, om hon nu är en flickvän."

Valdemars mage kurrar.

"Ursäkta" säger han och tittar på klockan. "Helt klart dags för lunch."

"Låter bra. Ska vi åka ner till centrum och se vad som erbjuds?"

"Varför inte promenera" föreslår Valdemar. "Kan inte ta mer än 10 min. Vi kan behöva lite frisk luft."

"Utmärkt!"

De låser om sig och promenerar till centrum.

ÅTTA

Över varsin rykande paj på ett café med utsikt över pendeltågsstationen summerar de förmiddagens fynd. Eller snarare brist på fynd. Marianne inleder.

"En skötsam person i ett pedantiskt skött hus, boendes ensam, med ett foto av en kvinna från Guatemala på väggen."

"Verkar inte vara något typiskt offer" tycker Valdemar. "Vem kan han ha förargat?"

"Ja, knappast den där Marias man, om hon har någon. Det verkar ju lite långsökt. Jag tycker att det är märkligt att vi inte har hittat någon dator Valdemar. Eller almanacka."

"Jag håller med."

"Men du, stod det inte en portfölj i hallen?"

"Jo nu när du säger det. Hur kunde vi ha missat det?"

De avslutar lunchen och påbörjar promenaden tillbaka till Forsströms villa. På vägen tillbaka tar de parkvägen förbi Svandammen som är avspärrad med deras blå- och vita band.

"Ska vi inte passa på att knacka på de resterande husen när vi ändå passerar?" föreslår Marianne.

"Varför inte ta tillfället i akt."

Kollegorna avverkar tillsammans husen med samma dystra knackresultat som sist. Folk är helt enkelt inte hemma vid den här tiden på dagen konstaterar de. Utan att behöva bli uppehållna längre fortsätter de promenaden tillbaka till Gryningsvägen och Forsströms hus. På skolgården som de passerar är det full aktivitet. Barnen har lunchrast och kollegorna betraktar de lekande barnen med ett leende.

"Vilken energi" påpekar Marianne.

"Verkligen, den hade man behövt till och från" svarar Valdemar.

När de närmar sig villan ser de återigen gardinen röra sig i grannens fönster. Väl inne konstaterar de med en gång att Marianne hade rätt. I hallen står en läderportfölj stor nog att rymma en bärbar dator.

"Du får äran, det var ju du som kom på det" säger Valdemar och pekar på portföljen.

Marianne öppnar den och ler.

"Mycket riktigt, här är den. Sesam öppna dig."

Det tar med sig datorn in i köket och slår på den.

"Lika bra att ansluta sladden så vi inte står med skägget i brevlådan om batteriet dör" säger Valdemar och trasslar ut strömkabeln.

Windows välkända välkomstton hörs och de väntar med spänning. De blir snart varse om att Per-Göran har lösenordskyddat sin dator.

"Nu ska vi tänka som Herbert och Magnus, bokstäver och siffror i kombination, eller hur?"

"Maria2014" säger Valdemar och Marianne i mun på varandra.

Marianne skriver snabbt in namnet och årtalet. De får meddelandet att lösenordet är fel.

"Va, jag som var så säker på det!" utbrister Marianne.

"Vi provar inte fler gånger. Bättre att låta grabbarna sköta detta. Vi får inse våra begränsningar" menar Valdemar.

"Jag håller med" suckar Marianne. "Jag tror faktiskt att jag ska gå över och prata med grannarna så får du fortsätta och finkamma huset."

"Inga problem, låter som en god idé."

Valdemar arbetar sig systematiskt genom hela huset. Per-Göran var pedant med allt han ägde. Inga konstigheter någonstans. Här finns inga hemligheter, inget att dölja tänker Valdemar. Vem skulle vilja ha ihjäl denna man, han verkar inte kunna ha gjort en fluga förnär. Fast det är klart, det är ju fortfarande inte helt säkert att han blev bragd om livet. I bokhyllan på kontoret står ett nött band av ett svenskt-spanskt lexikon. Valdemar bläddrar i det. Det är utgivet 2011. Om det har blivit så nött på dessa få år måste Per-Göran har använt det flitigt. Det hör med största sannolikhet ihop med hans eventuella resa till Guatemala där han har träffat kvinnan som heter Maria. När Valdemar är klar med boendeplanet fortsätter han ner i källaren. Inte heller denna hyser några överraskningar. I tvättstugan är smutstvätten prydligt sorterad efter färg. I kallkällaren står konserverna i rader med etiketterna framåt. I garaget är skruvar och spikar minutiöst sorterade. "Vad döljer du, Per-Göran?" tänker Valdemar. Han blir avbruten i sina tankar av Marianne som ropar på honom från övervåningen. Han går upp till sin kollega samtidigt som han tittar på klockan. Två timmar har förflutit sedan Marianne gick över till grannarna.

"Vad har du gjort så länge? Varit på kafferep?" undrar Valdemar.
"Faktum är att det är precis vad jag har gjort" svarar Marianne och klappar sig symboliskt på magen. "Kokkaffe, kanellängd och småkakor."
"Menar du det? Då hade jag gärna följt med."
"Inte helt omöjligt att det blir ytterligare ett besök hos herr och fru Lundqvist. De hälsade mig varmt välkommen tillbaka."
"Vad gav då kafferepet mer än en välfylld mage?"
"Vi kan väl summera i bilen på väg till stationen?"
"Jag tror vi gör så, jag är klar här" säger Valdemar och går mot ytterdörren. Han plockar med sig portföljen med datorn på vägen, låser dörren och de går mot bilen. Gardinen rör sig återigen hos grannarna. Denna gång vinkar Marianne glatt mot fönstret och vinkningen besvaras.
"De var då ändå för söta, det där paret."
"Hur kan ett gammalt par vara sött?"
"Svårt att förklara men ändå inte. De var bara det."
"Nå, vad hade det gamla söta paret att förtälja?" frågar Valdemar medan han startar bilen.
"Väldigt mycket men kanske desto mindre av vikt för oss. De har bott i huset i princip lika länge som familjen Forsström har bott i sitt. De fick inga egna barn och hjälpte därför ofta fru Forsström att vakta Per-Göran när han var liten. Per-Görans far gick bort när pojken bara var 10 år. En olycka i arbetet kallade de det för. Han arbetade vid bygget när miljonprojektet i Rinkeby anlades. Modern började arbeta eftersom de gick miste om faderns inkomst. De nämnde inte var hon arbetade och jag frågade inte. Per-Göran var enligt fru Lundqvist en mycket rar pojke som var särskilt förtjust i bakelser. Hon visade en foto av honom som liten och han hade så att säga samma rondör då som nu. Så mycket mer om familjen Forsström fick jag inte ur dem mer än att fadern hade varit

fackligt engagerad men att sonen valde att engagera sig i Folkpartiet från tidig ålder. Hon var noga med att hon föredrog att säga Folkpartiet framför Liberalerna. Jo, hon nämnde att modern var aningens hård mot Per-Göran. I övrigt var det mest prat om Solhem, hennes katter varav ingen levde längre och vädret förstås. Herr Lundqvist satt mest tyst men höll jakande med i fruns historier. Vad hade huset att berätta för dig?"

"Han var en nitisk och ordningsam person. Nitisk ifråga om att slita ut ett spansklexikon och ordningsam, ja det såg du ju själv hur det såg ut hemma hos honom."

"Ja, långt ifrån en ungkarlslya var det."

"Till och med smutstvätten låg i prydliga, nästintill vikta högar."

"Det menar du inte?"

"Jo då. Men som sagt det enda jag kom underfund med var att han hade för avsikt att lära sig det spanska språket vilket jag kopplar ihop med resan till Guatemala och kvinnan Maria."

Valdemar tittar på sitt armbandsur och svär tyst för sig själv.

Marianne tittar frågande på honom.

"Har den stannat?"

"Nej, men jag skulle ju försöka ta mig till operan till klockan 17 och det ser inte ut att blir något idag. Jag får frysa om händerna ett par dagar till. Vi behöver ju samla gruppen på stationen ikväll och bestämma hur vi går vidare.

"Operan har stått på sin plats sedan 1898. Den inklusive dina handskar finns säkert kvar när vi har tagit oss igenom utredningen."

"Så sant. Värst vad du kan."

"Jag och årtal vet du?"

"Ja nu när du säger det."

NIO

Teamet samlas i mötesrummet. Samtliga deltagare har genom utredningarna som passerat skaffat sig fasta sittplatser. Valdemar räknar in gänget; Marianne, Anders, Herbert och Magnus och stänger sedan dörren. Han placerar portföljen i Herberts knä.

"Varsågod, denna är till er."

"Härligt, kan det vara en dator i?"

"Hur kunde du ana det? Jag och Marianne har redan försökt med den naturligaste inloggningskoden vi kom att tänka på."

"Som var?"

"Maria2014."

"Var fick ni det ifrån?"

"Kommer till det alldeles strax. Som du förstår lyckades det inte, faktiskt till vår förvåning. Så vi överlämnar den med varma händer till er."

"Tack för förtroendet. Jag kilar iväg på en gång och kopplar in den, så låter jag John the Ripper tugga sig igenom den."

"John the Ripper, vem är han?"

Herbert ler.

"Det är programmet som hjälper oss att knäcka lösenord."

"Och jag som trodde att ni alltid knäckte lösenorden själva, det är mycket man inte vet."

"Det var långt tillbaka i tiden det! Är strax tillbaka."

Valdemar börjar sammanställa de fakta de har samlat in så långt på whiteboarden.

"Igår, onsdagen den 24 oktober upptäcktes liket – Per-Göran Forsström, en 53 år gammal Solhemsbo. Hade legat i vattnet i ca 12 timmar vilket innebär att han hamnat där på kvällen, förmodligen fram emot midnatt tisdagen den 23 oktober. Närmast anhörig är mamman som för övrigt fyller 90 år om en månad och bor på ett ålderdomshem som heter Fristad och ligger i Bromsten. Hon är senil och är med största sannolikhet av liten användning för utredningen. Jag och Marianne har gått igenom Per-Görans bostad, tillika barndomshem, och funnit datorn som vi ännu inte har kunnat få någon information ur eftersom vi inte besitter de fantastiska datakunskaper som ni grabbar gör. Per-Göran hade ett foto på väggen av en guatemalansk kvinna, Maria, som är taget 2014. I övrigt verkar han ha studerat det spanska språket väl eftersom jag fann ett mycket välanvänt lexikon i hans bokhylla. Den avlidne var pedant, överdrivet pedant enligt min mening. Marianne har pratat med grannarna, ett äldre par, Lundqvist, som passade Per-Göran som liten när hans mor var tvungen att uppta arbete i och med pappans bortgång. Inte så mycket av intresse framkom, pojken tyckte om bakelser och modern var dominant. Per-Göran engagerade sig tidigt i politiken. Han är liberal. Anders har undersökt liket och konstaterat att han hade mycket höga halter av nikotin i blodet. Efter att ha varit hemma hos Forsström och en allmän uppfattning av personen som sådan, talar inget för att han rökte. Anders har funnit ett blåmärke på likets högra skinka vilket kan bero på ett nålstick men det kan lika gärna bero på något helt annat." Valdemar gör en paus och vänder sig till Anders. Samtidigt kommer Herbert tillbaka och Valdemar återupprepar snabbt vad han gått igenom. Sedan vänder han sig till Anders.

"Anders vad är dina tankar kring det här med nikotinet och nålsticket?"

"Man slutar ju aldrig förvånas. Som jag sa igår har jag aldrig har stött på ett fall där någon har blivit förgiftad av nikotin och avlidit till följd av detta. De vanligaste fallen av nikotinförgiftning är barn som har tuggat i sig cigaretter och de brukar inte få några större men av det mer än ett par dagars kraftig baksmälla så att säga. Jag har ramlat över fenomenet av nikotin som mordvapen, det var i en brittisk deckare från '60-talet."

"Hur skulle det då gå till om man ville ta livet av någon med nikotin?"

"Här har jag faktiskt varit tvungen att läsa på" medger Anders och plockar fram ett anteckningsblock. Han fortsätter "här kommer receptet! Man kokar vatten och tobak tills vattnet tar ordentligt med färg av tobaken. Häll av vattnet. Upprepa proceduren med nytt vatten och häll av även detta när det har tagit färg. Fortsätt på samma vis tills vattnet inte längre får färg. Det är viktigt att vattnet som har hällts av hålls varmt under hela momentet. Filtrera vattnet för att säkerställa att all fast tobak är borta. Reducera vätskan till en fjärdedel eller till dess att du ser att det börjar kristallisera sig. Kyl ner det som återstår av vätskan och utsätt det inte för direkt ljus. Håll kylt minst 12 timmar. Vit-gula kristaller kommer börjar växa fram. Nu är den enklaste delen avklarad. Härefter krävs någon form av kemiutrustning för att förenkla det hela. Jag har förstått att det går att göra resten på andra vis men om vi utgår ifrån att man har en kemiutrustning är nästa steg helt enkelt att filtrera återstoden för att få fram helt rena nikotinkristaller. Dessa kan sedan blandas med vatten och så att säga avnjutas. En dödlig dos uppgår till ca 60 mg för en vuxen person."

"Tack för receptet" säger Magnus. "Jag har antecknat det för eventuella behov."

"Drar vi rätt slutsats att om Per-Göran har mördats, och i sådant fall med nikotinkristaller, har han antingen druckit vätskan eller så har den injicerats. Skulle den ha injicerats kan blåmärket på skinkan tyda på att någon har givit honom en spruta."

"Ja, så kan man summera det."

"Och vet du hur lång tid det tar efter det att personen ifråga har fått i sig kristallerna tills det att han faller av pinn?" undrar Valdemar.

"Varierar på mängd, vikt, kvalitén på kristallerna osv men jag skulle säga relativt omedelbart."

"Då måste ju nikotinet ha injicerats eller druckits alldeles invid Svandammen" flikar Marianne in.

"Vi jobbar med nikotinförgiftning som tes. Antingen har han själv försökt ta livet av sig med hjälp av nikotin eller så har någon annan velat ha ihjäl honom. Vi hoppas på att datorn ska ge oss en del ledtrådar kring Per-Görans liv och personlighet. Herbert, hur lång tid behöver er bästa vän för att knäcka lösenordet?"

"Det brukar ta ett par timmar."

"Ok, vi behöver göra en exakt kartläggning av alla hans uppdrag och börja lyssna med dem han arbetade närmast med för att se vad de kan bidra med. Några nära vänner har vi inte hittat kontaktuppgifter till eftersom telefonboken nästan var tom. Det är förstås viktigt att inte håsa upp detta i onödan om det trots allt inte rör sig om mord. Sen får vi inte glömma att höra de närboende vid Svandammen som inte var hemma när vi knackade på tidigare idag."

"Jag har inte läst något i tidningarna ännu men det är en fråga om timmar" säger Marianne som avbryts av Valdemars mobiltelefon som kallar på uppmärksamhet.

"Eller sekunder" säger Valdemar och fiskar upp den ringande mobiltelefonen ur sin bröstficka.

"Valdemar Horn."

Det blir tyst i rummet.

"Ja det stämmer. Nej jag har inga kommentarer i detta skede. Vi jobbar på det."

Återigen tystnad.

"Vi kan inte utesluta det i detta läge, liksom vi inte kan utesluta en naturlig död."

Valdemar lägger på.

"Nu är de ikapp. Det var Aftonbladet. Nyheten hamnar på löpsedlarna ikväll."

"Otroligt att det tog så lång tid. Det har ju faktiskt gått mer än 1½ dygn sedan han dog" säger Magnus.

"De var väl upptagna på annat håll" menar Herbert.

"Vår utredning hamnade väl som tur är i skymundan av det amerikanska stadsbesöket" säger Valdemar. Herbert och Magnus, ni använder kvällen och natten om så behövs till datorn. Medan ni väntar på att komma in i den kan ni hjälpa mig med kartläggningen av Per-Görans uppdrag och lista de människor han hade närmast sig. Kanske inte kan kalla det kollegor men ni förstår säkert vad jag är ute efter. Marianne och jag kan beta av listan och göra hembesök. Anders, du har redan gjort en stor insats, gå hem till din lilla familj."

T I O

Teamet löses upp men Valdemar stannar kvar. Han granskar whiteboarden med anteckningarna säkert uppemot en halvtimma varefter han lämnar rummet för att hämta kaffe och återvänder för att bli ståendes nästan lika länge igen. Han vet av erfarenhet att lösningen ofta är nära men kommer ta tid att finna. Det är väl det som är charmen med hans yrke om man nu ser någon "charm" i det. Marianne avbryter hans tankar.

"Grabbarna är redan klara med listan. Den är gedigen så vi får fundera i vilken ände vi ska börja."

Valdemar sträcker fram handen och tar emot den. "Oj, oj" muttrar han. "Borde de inte ansluta sig till oss igen så vi får gå igenom tillsammans."

"Det håller jag med om" svarar Marianne och lämnar honom för att sammankalla teamet igen.

"Hur kan man göra ett bra jobb om man sitter på så många stolar?" är det första Herbert säger när han kommer tillbaka till utredningsrummet.

"Jag håller med. Måste ju bli schizofren" fyller Magnus i.

"Men kanske ett måste för att kunna försörja sig?" tänker Marianne.

"Det har du nog rätt i Marianne, som alltid. Ja, det var inte heller vad jag hade föreställt mig" suckar Valdemar. "Men, å andra sidan är jag inte helt insatt i hur en politiker verkar. Om ni berättar grabbar så ritar jag på tavlan. Ok?" Valdemar kommer att tänka på en studiekamrat från juristlinjen som blev heltidspolitiker. Vad var det han hette? Lars

Rosengren, så var det. Kanske värt att kontakta honom för att höra lite mer hur den världen fungerar hinner han föreslå för sig själv innan han fattar den blåa whiteboardpennan.

"Gärna" svarar Herbert och fortsätter "det var en gång en folkpartist…nej jag menar liberal. Åh vad krångligt! Måste de hålla på och byta namn också!"

Valdemar tittar skämtsamt lite strängt på honom.

"Sorry, om vi börjar på det lokala planet är han alltså ordförande i lokalföreningen. Det verkar han ha varit i år och dar. Han är dessutom ledamot i Stadsdelsnämnden. Om vi vandrar in emot staden sitter han som liberalernas gruppledare i Stadsbyggnadsnämnden. Han har dessutom två styrelseuppdrag i statliga fastighetsbolag."

Valdemar antecknar flitigt, drar streck och ritar rutor. "Intressant, vilka bolag?"

"Äh, Familjebostäder och Stockholmshem."

Magnus gäspar högljutt. "Gud vad grått och trist det låter. Lika grått som betong."

"Han verkar ju i alla fall inte ha utnyttjat sin ställning och fixat lägenhet via de bolagen" fortsätter Herbert.

"Inte vad vi vet än så länge antar jag?" bryter Marianne in.

"Nej precis, han kanske har kontrakt på en hel massa lägenheter som han hyr ut till ockerhyror för att kompensera upp politikerlönen" föreslår Magnus.

"Precis, och nu var det någon hyresgäst som ledsnade och tog livet av honom" kläcker Herbert ur sig.

"Hörrni, hörrni. Kan vi hålla oss till ämnet?"

"Sorry igen" svarar Herbert lite ångerfullt medan Magnus sträcker upp händer i luften liksom för att visa att han ger sig.

"Har vi fått ner alla uppdrag?"

"Yepp" konstaterar Herbert.

"Utmärkt. Berätta lite om folket omkring honom."

Grabbarna byts av och Magnus fortsätter berätta.

"I lokalföreningen är det ju hela styrelsen som är intressant. De bor ju dessutom runtom i Spånga så det är ju nära och bra. Fast en verkar bo på söder. Får man det?"

"Vi fördjupar oss inte i det nu. Namn?"

"Vice ordförande heter Bengt Danielsson, kassör Karl Larsson och sen övriga ledamöter heter Petra Wallin, Ingrid Bengtsson, Hans Pramér,

Johan Andersson och Andreas Persson. Sen verkar de dras med några vakanser."

"Och vem var det som inte bodde i närområdet?"

"Petra."

"Ok, noterat."

Magnus fortsätter rabbla namn på de människor som Per-Göran arbetat med och som rimligen borde kunna hjälpa Valdemars team att lägga pusslet kring Per-Göran. När alla namnen är nedtecknade skakar Valdemar bort skrivkrampen i höger arm, lägger ifrån sig pennan och vänder sig mot kollegorna.

"Var börjar vi?"

"Jag tänker mig att han borde ha en närmare relation till styrelsen i lokalföreningen eftersom de kan ha suttit länge tillsammans i styrelsen, de bor i samma område och har dessutom engagerat sig ideellt" analyserar Marianne.

Övriga nickar instämmande.

"Känns som vi kommer behöva förstärkning" säger Herbert moloket.

"Så ja. Ingen uppgivenhet nu! Innan det är konstaterat att det är mord lär vi inte kunna be om resurser. Vi måste alltså tänka strategiskt" säger Valdemar så upplyftande han kan. Han ger inte kollegorna tid att bemöta utan fortsätter omedelbart. "Ni grabbar har nog med att gå igenom datorn. Som sagt, vet vi inte ens om Per-Göran blivit mördad och därför är det kanske viktigast nu att hitta de som stod honom närmast, om några, och med hjälp av dem bilda oss en uppfattning om honom. Jag tycker det ligger något i ditt resonemang Marianne, om de lokala styrelsekollegorna."

"Klockan är redan efter 19" konstaterar Marianne. "Vi delar styrelsen emellan oss och hoppas på lite tur ikväll Valdemar."

"Bra förslag."

"Det var sju namn. Jag tar de fyra första så får du de tre sista."

"Vilken gentleman du är Valdemar."

"Alltid" svarar han och ler mot kollegan. "Om du blir klar före mig kan du höra av dig och få en fjärde kandidat."

"Bra förslag! Hembesök?"

"Alltid att föredra tycker jag."

"Vi kanske hörs senare ikväll då?"

"En snabb avstämning före vi släcker sänglampan låter bra."

Kollegorna skiljs åt, åtminstone till ett avstånd som sträcker sig mellan deras skrivbord, för att angripa sina kandidater.

Valdemar tittar på sitt armbandsur som visar kvart över sju och tittar sedan på namnlistan med kontaktuppgifter. Eftersom vice ordförande har en fast telefon bör chansen vara stor att han svarar på den linjen nu. Han knappar in telefonnumret och sätter sig vid sitt skrivbord.

"Barbro Danielsson."

"Godkväll. Mitt namn är Valdemar Horn. Jag är kriminalkommissarie och ansvarig för utredningen kring Per-Göran Forsströms död. Jag söker Bengt."

"Per-Görans död? Åh herregud, är han död?"

"Ja, dessvärre. Jag förväntade mig kanske att du kände till."

"Nej, det är märkligt men det har faktiskt gått mig förbi. Och polisen vill nu tala med min make?"

"Vi kontaktar alla som stod honom nära."

"Men polisen? Blev han mördad?"

"Det är för tidigt att säga."

"Ja förstår. Detta kommer som en chock. Ja, Bengt är på styrelsemöte med partiet. Det är inte säkert att han svarar på mobilen. Du kan åka dit istället."

"Utmärkt. Var håller de hus?"

"Det finns en samlingslokal i bottenplanet av Konsumhuset i centrum. Dörren är låst så du får knacka på ett av fönstren så de kan komma och öppna."

"Du ska ha stort tack Barbro."

Detta är ju för bra att vara sant tänker Valdemar glatt. Hela styrelsen samlad på ett och samma ställe. Han skyndar bort till Marianne som just lägger ner telefonluren och skakar missbelåtet på huvudet.

"Jag har ringt samtliga ledamöter och ingen svarar i telefon. Har provat både hemnummer i de fall det fanns och mobilerna förstås."

"Nej, jag vet" säger Valdemar lite triumferande.

"Vad är det du vet?"

"De sitter på styrelsemöte i Spånga Centrum. Vice Ordförandes fru svarade på hemnumret. Kom! Vi åker dit på en gång."

"Alla fiskar i samma nät. Det är ju för bra för att vara sant!"

"Eller hur."

Medan de går till parkeringen för att hämta Valdemars bil berättar han att Barbro Danielsson inte kände till att Per-Göran var död. De funderar om det stämmer eller om hon kan sagt så medvetet. Något att titta närmare på när de har träffat hela styrelsen.

TOLV

En kvart senare har de lokaliserat sig till den beskrivna platsen och kan skönja en grupp människor vid ett långbord genom de något i särdragna ljusblå gardinerna. Valdemar knackar hårt på rutan och en lång vithårig herre med prydlig mustasch reser sig nästan i givakt och kommer fram till fönstret. Rutorna är för välisolerade för att kunna tala igenom så Valdemar visar sonika upp sin polislegitimation och pekar mot porten. Mannen agerar lika hastigt som han rest sig upp och går genast bort och öppnar den stora tunga dörren av glas. Redan när han öppnar dörren hör de ett något upprört sorl från styrelsen.
"Kriminalkommissarie Valdemar Horn" säger Valdemar och sträcker fram handen.
"Bengt Danielsson. Kommer ni för att prata om Per-Göran. Har vi lagt ihop ett och ett med Aftonbladets löpsedlar, polisbanden vid Svandammen och det faktum att Per-Göran ännu inte kommit till kvällens styrelsemöte?"
"Det stämmer dessvärre" svarar Valdemar.
Bengt nickar kort förstående med en trött och ledsam blick. Marianne presenterar sig och Bengt visar vägen in i samlingsrummet. Det blir först tyst i församlingen när de två nykomlingarna ansluter, sedan uttalar en kraftig kvinna med kortklippt grått hår, glasögon och en dåligt sittande vinröd blus "våra möten är visserligen alltid öppna för nyfikna partivänner men just idag passar det inte så bra."

Valdemar tittar på Marianne och förstår att även hon inser det nästan tragikomiska missförståndet och är lättad över att Bengt räddar upp situationen.

"Det här är Valdemar och Marianne och även om jag inte känner till er politiska läggning, hoppas jag förstås att ni sympatiserar med vårt parti. Men, det är inte därför ni är här. De kommer från polisen för att prata om Per-Göran. Det är som vi trodde. Han är död."

Nedslagna blickar slår emot dem. Den kraftiga kvinnan visar tydligt att hon skäms över sitt uttalande och är snabb att återigen ta till ord. "Så det är han som har hittats död i Svandammen. Vad ska det bli av vårt samhälle? Ja men då får ni verkligen ursäkta. Så bra att detta tas på allvar. Som ni förstår har vi lagt dagens ordinarie agenda åt sidan."

Två stolar skjuts till och Valdemar och Marianne tar plats på långbordets kortsida tillsammans med vice ordförande. Rummet är möblerat med mörkbruna konferensmöbler tydligt sjuttiotal och Valdemar kan inte låta bli att känna att lokalen är långt ifrån inspirerande. Någon har ansträngt sig och lagt en beige löpare på bordet, broderad med små liljekonvaljer. I mitten står en terrakottakruka med en vit julkaktus i plast. Bladen är blekta och aningens dammiga. Nåja det är väl människorna och innehållet i mötet som är det viktigaste tänker Valdemar innan han inleder "det hör inte till vanligheterna att vi träffar folk i grupp på det här viset men vi har ändå tänkt att tala med er alla så låt oss börja så här. Per-Göran Forsström har alltså avlidit. Ni har förstås redan läst Aftonbladets rubriker att en man har hittats i Svandammen och de spekulerar i att det skulle röra sig om mord. Jag vill understryka att det inte är bekräftat att Per-Göran har blivit mördad men vi från Polisen har ändå valt att inleda en förundersökning eftersom det finns detaljer kring hans dödsorsak som är värda att titta närmare på."

"Vad då för detaljer?" frågar genast en rödlätt fräknig man i 40-årsåldern som sitter närmast Marianne.

"Vi kan inte gå närmare in på det just nu" svarar Marianne. Hon fortsätter sedan "men vi gör just nu en kartläggning av Per-Göran som person och eftersom hans familj är liten behöver vi redan i det här tidiga skedet er hjälp att lägga en del av pusslet. Vi förstår att Per-Göran suttit länge som ordförande och att många av er säkert har följts åt under dessa år och att ni därför borde känna hon närmre."

Det blir obekvämt tyst runt bordet. Valdemar bryter tystnaden "är samtliga i styrelsen närvarande?" Han räknar deltagarna runt bordet medan han ställer frågan och kommer fram till att en borde saknas.

Bengt konfirmerar hans summering. "Alla är här utom Petra Wallin."

"På det viset. Säg hur kommer det sig att en person som bor på söder är med i er lokalförening?"

"Inget undgår polisen" konstaterar den rödlätte mannen.

"Petra har bott i Spånga och flyttade i somras. Hon valde att sitta kvar på sin post fram till årsmötet i april vilket vi förstås är oändligt tacksamma för."

"Jag förstår."

"Vissa saker undgår alltså polisen" säger den rödlätte mannen igen nu lite sarkastiskt.

Bengt stirrar irriterat på honom. Valdemar väljer att inte bemöta uttalandet utan startar istället på ny kula "kanske vi kan gå varvet runt för en presentation, namn och hur länge ni känt Per-Göran. Berätta också var ni befann er i tisdagskväll om än bara för sakens skull. Sedan är ordet fritt att bidra med fakta till oss som ni bedömer vi kan ha nytta av."

Bengt sträcker lite på sig och inleder omedelbart presentationsrundan, som för att föregå med gott exempel, vice ordförande som han är.

"Bengt Danielsson. Vice ordförande. Jag har suttit i styrelsen i tjugo år. Trots att jag är markant äldre än Per-Göran har han faktiskt suttit längre än mig. Jag och Per-Göran satt också tillsammans i Spånga-Tensta Stadsdelsnämnd som representanter för vårt parti. I tisdagskväll var jag hemma och tittade på tv med min hustru." Han tystnar och nickar åt sin bordskamrat att fortsätta. Bordskamraten, en man som förmodligen närmar sig pensionsåldern, ger ett högtravande intryck med sin rutiga skjorta, slipover och fluga, runda glasögon och välkammat hår men verkar samtidigt vara nervöst lagd eftersom han fingrar på sin penna och ideligen rättar till pappren framför sig.

"Hans Pramér, ordinarie ledamot, jag är inne på mitt fjärde år i styrelsen men kan inte påstå att jag känner Per-Göran alls. Jag var på teater i tisdags med ett sällskap som jag brukar gå med på teater ett par gånger per år." Han verkar vara nöjd så och stirrar ner på sitt papper som lyser med sin frånvaro av anteckningar. Nästa person förstår vinken att ta vid, en yngre kille i blå collegetröja som stramar över hans svällande överkropp, kort snaggat hår och spår av tidigare acneangripen hy.

"Andreas Persson. Ja, jag är också ordinarie ledamot. Det här är mitt första år i styrelsen. Jag jobbade över i tisdags. Sen gick jag och tränade med en polare. Var nog inte hemma förrän vid 22. Kollade tv en stund sen gick jag och la mig. Flickvännen var hemma när jag kom."

Den kraftiga damen som Valdemar vid det här laget räknat ut borde vara Ingrid Bengtsson fortsätter. "Jag heter Ingrid Bengtsson och har suttit i styrelsen i 6 år. Jag är ordinarie ledamot. I tisdags var jag på restaurang i Sundbyberg med en väninna. Jag tog bilen och var hemma till Aktuellt klockan 21. Kalle, din tur."

"Tack Ingrid. Jag heter Karl Larsson, precis som konstnären men kan inte påstå att jag har vidare handlag med färgtuber. Desto bättre koll på siffror hoppas jag att jag har eftersom jag är kassör." Han skrattar lite för sig själv. Ingen annan verkar tycka att det är särskilt lustigt. Särskilt inte med tanke på omständigheterna. "Fast jag stavar Karl med K så det är ingen chans att vi förväxlas. Ja, ja, jo jag har suttit med i styrelsen, hmm, låt mig räkna efter 8, 9 nej jädrar är ju inne på mitt tionde år nu. Tja, vad gör man inte för politiken! Hmm i tisdags. Låt mig tänka. Jag var nog faktiskt hemma utan att göra något särskilt. Gick väl ut med hunden som vanligt. Frugan är inte så pigg på att gå ut när det är mörkt. Ja, hon var hemma. Jag har alltså ett alibi" avslutar han lite käckt.

Den rödlätte sarkastiske mannen återstår. "Johan Andersson. Ordinarie ledamot. Jag kom in i styrelsen samtidigt som Andreas. Tror vi blev övertalade på samma årsmöte, inte sant?" Han tittar bort mot den andra unga mannen.

"Äh, jo det stämmer."

"Vi har en nyfödd hemma så jag var hemma hela kvällen och hjälpte min sambo."

"Gratulerar" säger Valdemar och Marianne i princip samtidigt.

Bengt tar tillbaka ordet. "Petra är som sagt frånvarande ikväll. Hon har känt Per-Göran länge så ni gör nog klokt i att ringa henne. Sen har vi ett par vakanser. I den bästa av världar hade vi varit fler."

"Tack för informationen om Petra. Vi ska absolut ringa henne. Som jag förstår är det Sveriges föreningslivs dagliga utmaning att hitta eldsjälar" svarar Valdemar.

Alla nickar. Bengt sträcker på sig och ser lite extra stolt ut över att bli kallad eldsjäl. Valdemar känner att han har en hel del följdfrågor till styrelsen med anledning av deras berättelser kring tisdagskvällen. Som när Karl gick med sin hund och var och om någon passerade Svandammen under kvällen eller Per-Görans hus. Han bestämmer sig att vänta med dessa frågor till dess de fått tydligare indikationer på att det rör sig om ett mord. Kan inte gärna börja med korsförhör om de inte är på jakt efter en gärningsman. Valdemar får nöja sig med att notera sina funderingar i detta skede och fortsätter "ja några av er verkar vara tydliga med att ni inte hunnit lära känna Per-Göran. Men ni övriga, som har suttit i styrelsen längre, ni borde väl ändå ha någon information att dela med er av?"

Det blir obekvämt tyst igen. Hans fingrar på sin fluga. Ingrid tar av sig glasögonen och sätter genast på sig dem igen. Bengt drar i mustaschen. Marianne tar vid för att försöka hjälpa situationen.

"Bengt. Du har suttit längst i styrelsen."

Vice ordförande drar sig återigen i mustaschen som för att ta sats och berättar sedan.

"Det stämmer. Jag och Per-Göran har följts åt i många år. Det har blivit många styrelsemöten, årsmöten och kampanjer. Inför varje sommar har vi haft en liten sommarfest och ibland har vi också ätit en jultallrik tillsammans. Det obekväma är att trots att vi har känt varandra alla dessa år vet jag fram till idag väldigt lite om Per-Göran som person. Jag har aldrig varit hemma hos honom även om jag varit till hans hus flertalet gånger för att lämna dokument, valsedlar osv. Han har aldrig släppt in mig."

Övriga veteraner i styrelsen nickar och hummar instämmande.

"Hur var det med hans mor då? Var hon mer öppen?"

"Hon var alltid vänlig om man stötte på henne i centrum. Hälsade och utbytte artighetsfraser men det var också allt."

Ingrid drar lite i blusen och lägger armarna i kors. "Jag träffade hans mamma ensam en gång när vi stod i kön på banken. Det var många nummer före oss så vi hade lite tid att prata. Hon beklagade sig faktiskt över att Per-Göran verkade så ensam fastän han nästan alltid hade saker för sig. Hur var det hon sa…jo tom, hon sa att han verkade så tom."

"Kom det upp något mer under det samtalet?" frågar Marianne.

"Nej, sen blev det min tur och det slutade med det."

"Okej. Är det någon av er som upplevde att Per-Göran kände sig hotad?" undrar Valdemar.

"Absolut inte" svarar Karl och verkar med ens mycket engagerad. "Han var precis som vanligt."

Återigen hummar övriga styrelsemedlemmar medhållande.

"Kan han ha haft några fiender?"

"Det skulle vara medlemmar från övriga partier då men det är långsökt"
menar Bengt. "Även om vi har olika åsikter om saker och ting härute i
förorten tycker jag att vi har god anda och kamratskap över parti-
gränserna. Vill kämpar trots alla för samma sak. Ett trivsamt Spånga."
"Hur länge har du varit vice ordförande Bengt?" frågar Valdemar.
"Länge, säkert tio år."
"Har du aldrig velat bli ordförande?"
 Bengt verkar inte störd över frågan men resten av styrelsen vaknar till
och verkar med ens mycket intresserade över det svar som komma skall.
"Nej faktiskt inte. Jag trivs bra på min post. Jag tar min roll på största
allvar och står alltid redo att låna klubban om Per-Göran får förhinder.
Jag har inga ambitioner på att bli ordförande. Det har Per-Göran skött
utmärkt."
"Men nu blir du ordförande" flikar Marianne in.
"Det har du rätt i. Åtminstone fram till årsmötet. Jag har faktiskt inte ens
reflekterat över det. Antyder du att…?
"Jag antyder ingenting. Konstaterar enbart" svarar Marianne med en
mjuk stämma för att lugna Bengt som helt klart ändrade ton i slutet av
sitt uttalande.
Valdemar tittar upp på vägguret som visar kvart över åtta. Han
dubbelkollar mot sitt armbandsur och noterar att klockan går rätt.
Tröttheten och avsaknaden av middag börjar slå in. Marianne verkar
läsa hans tankar.
"Har ni något annat att dela med er av?" frågar hon för att få till ett
avslut.
"Vad händer nu?" undrar Bengt.
"Utredningsarbetet fortskrider. Vi kommer att kontakta er om vi finner
det nödvändigt" svarar Valdemar.
"Tror ni han blev mördad?" frågar Ingrid lite skärrad.
"Vi kan inte yttra oss om det som ni säkert förstår. Om det visar sig att
så är fallet kommer vi göra vårt yttersta att hitta den som är skyldig"
lugnar Marianne återigen.
Plötsligt ger sig den rödlätte, Johan Andersson, in i konversationen.
"Tänk om det är en seriemördare som är ute efter fler folkpartister."
"Struntprat!" Bengt snäser av honom.
"Det bedömer vi inte att ni behöver oroa er över i dagsläget." Valdemar
hoppas det ska avsluta spekulationerna. Han vill hem och ta kväll. Han
får sin önskan hörd. Det blir tyst igen och Marianne och han reser sig
samtidigt. Efter många år av samarbete kan de läsa och känna av

varandra liksom ett par i proffsdans. Bengt följer dem till dörren efter det att några sista artighetsfraser är utbytta. Han verkar otålig att få dem för sig själv ett par minuter. Stänger till och med dörren till samlingslokalen efter sig. Valdemar nästan väntar sig att han ska dra i mustaschen igen och mycket riktigt, beteendet upprepar sig.

"Jag tycker det känns obekvämt allt det här. Inte förrän ni påpekade att det nu blir jag som blir ordförande gick det upp för mig att jag ligger högt upp på misstänktlistan. Är det inte en klassiker att en ordförande mördas för att någon annan vill åt hans tron?"

Valdemar skrattar lite för att mjuka upp stämningen. "Det har du helt rätt i. Men man ska inte tro på allt man läser i romaner och ser på film."

"Nej, och jag svär verkligen på heder och samvete att det inte var jag."

"Bengt, vi vet fortfarande inte om han blev mördad" poängterar Marianne.

"Nej, just det men om. Det var inte jag. Jag var hemma hela tisdagskvällen. Det kan min kära hustru intyga."

"Apropå din hustru, det var hon som vägledde oss till ert möte men hon hade ingen aning om att Per-Göran var död."

"Nej, det är inte så konstigt. Hon går illa och kommer inte alltid ut så hon kanske inte har uppmärksamt löpsedlarna. Jag drog slutsatsen först när jag kom till kvällens möte.

"Okej. Det förklarar nog saken" avslutar Valdemar.

Åter ute i kylan. Spånga Centrum ter sig ganska övergivet. En och annan som väntar på bussen längs allén och några få rör sig över den mörka parkeringen efter att ha kompletteringshandlat i sista stund i mataffärerna. Tiggarna har lämnat sina poster för länge sedan.

"Ja, ha, vad tror vi om det?" säger Valdemar medan de promenerar till parkeringen för att hämta bilen.

"Många spännande följdfrågor att ställa. Tror inte vi har någon gärningsman i församlingen men det kan vara vittnen utan att veta om det. Många rörde sig trots allt ute runtom i Spånga under tisdagskvällen."

"Precis vad jag tänkte!"

"Great minds think alike."

"Var kan jag köra dig?"

"Det räcker om du droppar mig i Vällingby. Bra kvinna reder sig själv."

"Ja, du är en envis en att alltid ta dig hem själv på egen hand. Ska jag inte köra hem dig då?"

Valdemar är väl medveten om att Marianne bor på promenadavstånd från tunnelbanestationen i Hässelby och att det nästan är enklare att promenera än att ta sig dig med bil men vill ändå erbjuda sig.

"Tack, du är alltför omtänksam men jag tycker det är så skönt att promenera den där sista biten från stationen."

"Låt gå då" säger Valdemar och vrider om nyckeln till bilen. "Imorgon är det hög tid att angripa ledamöterna i Stadsdelsnämnden."

"Ja, det blir spännande att höra vad politikerna från de konkurrerande partierna har att säga om honom."

"Instämmer."

Valdemar lämnar av Marianne i Vällingby och rullar trött Bergslagsvägen hem mot Bromma. Det strider ju mot allt sunt förnuft att använda sin mobiltelefon när han kör bil, särskilt eftersom han fortfarande inte har lärt sig att använda hörsnäcka men när han blir ståendes vid rödljuset vid Islandstorgets korsning lägger han det sunda förnuftet åt sidan i det avseendet och knappar in mobilnumret till Petra Wallin. Telefonen är avstängd och han kopplas omedelbart till hennes röstbrevlåda. Samtidigt som trafikljuset slår om till grönt och han lägger i ettan lämnar han ett meddelade, om hon skyndsamt kan återkomma, det är av stor vikt att han kommer i kontakt med henne. Sedan fortsätter färden med bägge händer på ratten och P2 på lagom volym. Hilary Hahn spelar Mozart. Valdemar imponeras lika mycket var gång han hör den unga begåvade kvinnan spela. Han hoppas hon snart kommer till Stockholm, förmodligen Berwaldhallen så han får en chans att uppleva henne live. Kanske Lisen vill följa med. Tankarna lämnar Hahn och vandrar tankarna tillbaka till Per-Göran och hans uppdrag inom politiken. Ska han försöka komma i kontakt med sin gamla kursare Lars? Varför inte. Med lite tur hittar har han samma telefonnummer som tidigare. Det var väl en tio år sedan de var i kontakt men telefonnumret vet Valdemar att han har uppskrivet i sin telefonbok. Med lite flyt hinner han ringa honom innan klocka blir nio. Kvart över nio är kanske inte heller hela världen.

Omedelbart när Valdemar kliver innanför sin dörr öppnar han byrålådan i hallen och plockar fram sin telefonbok. Hans minne sviker honom inte. Lars Rosengren återfinns under R. Kvickt knappar han in telefonnumret och noterar glatt att signaler går fram.

"Lars Rosengren."

Detta är för bra för att vara sant tänker Valdemar när han hör sin gamle vän svara i andra änden.

"Hej Lars, det är Valdemar Horn. Ledsen att jag ringer lite sent."

"Nämen Valdemar. Det var inte igår. Du, det är ingen fara. Jag går aldrig och lägger mig före midnatt. Kvällen är fortfarande ung. Hur mår du? Hur mår familjen?"

"Jo, jag ska inte klaga. Nja familjen. Barnen är utflugna förstås och har sina egna liv och Christine gick dessvärre bort för några år sen. Cancern tog henne som så många andra."

"Jag beklagar verkligen min vän. Jag hade ingen aning. Måste ha missat runan."

"Tack. Ja, det är tråkigt. Men livet går vidare. En dag i taget. Hur är det själv?"

"Jo, tackar som frågar. Här är det bara bra. Men jag antar att du inte ringer en kväll som denna enbart för att höra hur jag mår?"

"Nej. Det stämmer. Jag sitter i en utredning. Det här stannar mellan oss som du förstår."

"Tystnadsplikt i allt vet du."

"Precis. Jo, som sagt, jag sitter med en utredning. Vi vet ännu inte om det är en mordutredning men jag försöker bilda mig en bättre uppfattning om den döde."

"Jag lyssnar. Hur kan jag hjälpa till?"

"Han var politiker."

"Är det möjligen den politiker de skriver om på dagens löpsedlar?"

"Ja, dessvärre."

"Ja ha, det var ju en himla soppa. Vad vill du ha min hjälp till?"

"Han hette Per-Göran Forsström. Var liberal. Känner du till honom?"

"Namnet är bekant. Han har varit engagerad länge tror jag. Vi har rört oss i samma kretsar i många år men har aldrig haft något med varandra att göra egentligen. Har inte lyckats hamna i samma utskott, nämnder osv."

"Är du fortfarande moderat?"

"Ha, ha vilken fråga. Född till en och kommer dö som en. Det är klart med den nya politiken att man funderar lite ibland men det finns inte så många andra alternativ så ja, jag är mitt parti trogen."
"Hur överlever man egentligen som politiker?"
"Ja det beror ju på vilka uppdrag man får. Funderar du på Forsströms situation?"
"Du är en god tankeläsare min vän."
"Vad hade han för uppdrag?"
"Han är ordförande i lokalföreningen och sitter med i Stadsdelsnämnden. Sedan är han liberalernas gruppledare i Stadsbyggnadsnämnden och dessutom sitter han i styrelsen i två statliga fastighetsbolag."
"Låt mig tänka, det låter som han har det lite skralt då. Inte mer än 10 000 brutto i månaden. Om man ska kunna leva på sin politik krävs i regel att man dessutom är särskilt arvoderad av sitt parti. Så det är ju en möjlighet men tror du det har någon bäring för er utredning?"
"Nej, egentligen inte. Jag är mer nyfiken på er värld."
"Ja, om han är arvoderad av partiet finns stor chans att han har kontor i Stadshuset och det är ju få förunnat. Där kan ni förstås leta ledtrådar."
"Kan du tänka dig potentiella fiender?"
"Tja, spontant är det ju någon från ett annat parti men kanske mer trovärdigt någon från hans eget parti som vill bli kvitt honom för att komma åt hans plats eller om han envisas med att driva en obekväm linje inom viss sakfråga."
"God tanke. Eller så har det hela inte något att göra med politiken överhuvudtaget."
"Nej precis. Du har väl redan vänt och vridit på de klassiska motiven, kärlek och pengar? Svartsjuka och avundsjuka?"
"Ja, det är långsökt men han verkar ha en käresta i Guatemala av alla ställen så jag kan knappast tänka mig att hennes eventuella make åkt hela vägen till Sverige för att hämnas. Pengar, tja, hans hus tangerar ett gott belopp men den som ärver honom är en dement moder."
"Klurigt."
"Ja, verkligen."
"Vilka har ni hunnit höra då?"
"Närmaste grannarna, delvis närboende vid platsen där han fanns död och den lokala partistyrelsen."
"Ja, då har ni lite kvar då. Vill du att jag kör en inofficiell utfrågning, så där vid kaffemaskinen vad folk tror och tänker?"

"God idé Lars! Jag litar på din professionella smidighet i de konversationerna."

"Ha, ha, det är bra Valdemar. Då hör jag av mig om jag suger in något intressant."

"Du ska ha stort tack. Låt oss försöka ses snart."

"Det tycker jag skulle vara trevligt. Om jag har intressanta nyheter från mina stunder vid kaffemaskinen kan jag lika gärna framföra dem personligen."

"Utmärkt. Du ska ha tack Lars. Ha en fortsatt trevlig kväll!"

"Du också. Hej med dig."

"Hej."

När samtalet är avslutat öppnar Valdemar belåtet kylskåpet som visar sig erbjuda en sparrissoppa på tetra som han värmer på spisen. Han har lärt sig av sina tidigare misstag i värmandet av denna soppa, att när den blir varm går det fort. Alltså är det låg temperatur som gäller. Lite franskt lantbröd har han kvar med en härligt hård skorpa. Medan soppan sakta blir varm brer han två smörgåsar som förädlas av västerbottenost och paprika. När Valdemar sedan sitter vid sitt köksbord och hungrigt angriper den enkla måltiden framstår den med ens som en lyxmåltid med väl matchande smaker. Han läser ikapp dagens tidning och går nästan omedelbart och lägger sig när han avslutat näringslivsdelen. Sedan klurar han lite på motiven som hans vän Lars pratade kring. Vart ska vi leta? Det får morgondagen utröna tänker han när han tillslut lägger huvudet på kudden efter en lång dags arbete. Precis när Valdemar håller på att somna väcks han av ett sms.

"Datorn upplåst och delvis genomgången. Avrapporterar imorgon bitti. Hälsn H och M."

Valdemar är ingen vän av sms, men vill inte framstå som oförskämd och låta meddelandet gå förbi obesvarat.

"Härligt!" svarar han därför med viss ansträngning innan han somnar.

Valdemar vaknar av en telefonsignal. Vad i hela fridens dar, vem ringer så här dags tänker han samtidigt som han harklar sig och svarar.

"Valdemar Horn."

"God morgon, det här är Petra Wallin. Jag hoppas att jag inte väckte dig?"

"Nej då" säger Valdemar och tittar på väckarklockan. Hon är faktiskt 8:15 och Valdemar inser skamset att han försovit sig. Han måste ha glömt att ställa klockan kvällen före. Så sällan som det händer. Han tittar ut genom fönstret och betraktar en grå regnig morgon. Ingen trevlig start på en fredag.

"Du hade sökt mig igår. Jag är ledsen att jag inte svarade. Jag satt i möte hela eftermiddagen och sedan måste jag erkänna att jag glömde att sätta på ringsignalen efteråt."

"Sådant händer."

"Jag förstår att du sökte mig med anledning av Per-Göran. Vad är det som har hänt egentligen? Jag har läst tidningarna, men vad ska man tro? Är det honom de skriver om? Det är overkligt. Har han blivit mördad? Har någon dränkt honom?"

Vanligtvis brukar Valdemar irritera sig över långrandiga och frågvisa människor men just nu gynnar det honom. Han hinner vakna till medan Petra pratar av sig. Dessutom hinner han hämta sin anteckningsbok och penna.

Återigen harklar han sig.

"Åh förlåt. Här pratar jag på. Du har förstås frågor att ställa. Men jag har inte mycket att berätta. Kände honom knappt. Som du har förstått vid det här laget satt vi alltså i den lokala styrelsen för Spångaliberalerna tillsammans."

"Ja, till att börja med kan jag bekräfta att det är Per-Göran som hittades i Svandammen. Vi besökte styrelsemötet igår kväll och träffade resten av styrelsen."

"Nej men tusan. Jag missade mötet. Gud så klantigt."

"Sånt som händer. Får jag fråga hur gammal du är?"

"Vilken fråga! Men jag måste väl svara eftersom det är en polis som ställer frågan. Jag är 49 år."

Valdemar antecknar. "Någorlunda jämngammal med Per-Göran då?"

"Jag har aldrig reflekterat över hans ålder men det kan kanske stämma."

"Berätta om er relation."

"Relation?" Petra fnissar. "Kan inte påstå att vi hade någon relation. Vi har suttit tillsammans i diverse nämnder och utskott under åren som har gått och nu några år i den lokala styrelsen eftersom jag bodde i Spånga ett par år. Jag har nyligen separerat från min sambo och flyttat in till stan."

"Det känner jag till. Ja, inte separationen men att du inte längre bor i Spånga. Har ni följts åt under er politiska karriär?"

"Jo då. Vi har följts åt på håll. Vi var engagerade i FPU, dagens LUF under samma period. Kan inte påstå att vi umgicks. Han var ju lite av en, ja du vet?"

"Vet vad då?"

"Ja, hur ska jag säga, en udda figur."

"Udda?"

"Ja, han var annorlunda. Men han var inte ensam för det. Det fanns liksom ett gäng av udda FPU:are som sökte sig till varandra."

"Är din uppfattning att han var en sann liberal?"

"O ja, annars viger man inte sitt liv åt politiken på det viset som vi gör."

"Upplevde du det som om Per-Göran hade fiender, folk som tyckte illa om honom? Det behöver inte ha med politiska åsikter att göra."

"Nej, det tycker jag inte. Per-Göran var en person man inte kunde tycka illa om. Trots sina politiska åsikter tycker jag att han var försynt. Han prackade inte på folk sina tankar. Han var diplomatisk, lyhörd. Han var en bra person."

"Hade ni någon gång ett förhållande?" Valdemar får ett långt skratt som svar. Han lyfter reflexlikt bort telefonen från örat tills det avtar.

"Ett förhållande?" Hon skrattar igen.

Valdemar suckar inombords.

"Nej, något förhållande hade vi aldrig. Även om det är vanligt med romanser inom ungdomsförbunden, på läger och så vidare, är det inget som drabbade mig och Per-Göran."
"Det drabbade dig och någon annan då?"
"Självklart, men det har väl inget med den här utredningen att göra?"
"Man vet aldrig. Vi lämnar det nu. Berätta mer om dina tankar kring Per-Göran."
Valdemar ångrar nästan att han ger henne friheten att prata istället för att ställa konkreta frågor. Petra fortsätter sin utläggning nonstop i tio minuter och avslutar med att hon trots vad hon har sagt om Per-Göran ändå är mycket tagen av det som har skett, innan hon tystnar. Ganska snart inser Valdemar att det inte verkar finnas så stort behov av att anteckna ytterligare utan ägnar sig istället åt att bädda sängen, klä sig, och förbereda frukost, efter bästa förmåga med en hand, alltmedan hon pratar på. Hyvla ost inser han dock att det inte är en möjlighet. Där går gränsen för vad en polis i femtioårsåldern utrustad med för närvarande enbart en hand klarar av. Sammanfattningsvis var det inte mycket av värde Petra hade att förmedla. Valdemar tackar för att hon tog sig tiden, tänker att det snarare var han som tog sig tiden och ber att få återkomma.

Varför känner jag mig så irriterad undrar han? Förmodligen för att jag väcktes av telefonen och inte väckarklockan som jag är van vid. Tänk vad viktigt det är med invanda rutiner. Han känner sig bättre till mods när han drar sig till minnes att Magnus och Herbert har lyckats ta sig in i Per-Görans dator. Det ska bli spännande att se vilka hemligheter den rymmer.

F E M T O N

Klockan 9:30 prick kliver han in på stationen.

"Sovmorgon idag?" är det första han hör från Marianne som tittar upp från sitt skrivbord och samtidigt skjuter upp de gröna glasögonen på huvudet.

"Ofrivillig sådan. Väcktes av telefonen 8:15. Det var den frånvarande styrelsemedlemmen Petra Wallin som ringde."

"Petror är alltid bra!"

Marianne har själv en dotter som heter Petra.

"Vi fortsätter när teamet samlas. Vill du kalla ihop gänget så går jag och ordnar kaffe från fiket?"

"Absolut" svarar Marianne.

"Firar vi något?" undrar Herbert och nickar åt brickan med köpekaffe som Valdemar kliver in med.

"Nej. Det är en vink åt personalavdelningen att det är dags att byta kaffemaskinerna på det här stället" svarar Valdemar.

"Vi kan ju alltid starta en namninsamling" fyller Magnus på.

"En annan gång" säger Valdemar. "Nu har vi en mordutredning att ägna oss åt."

"Har vi missat något? Har ni redan hittat bevis för mord? frågar Herbert exalterat.

"Min magkänsla säger mig att det är så" svarar Valdemar.

"Räcker det för Stina?" undrar Marianne.

"Har inte pratat med henne om min magkänsla än. Hon förväntar sig med största sannolikhet att vi får fram konkret bevisning. Apropå det, Herbert och Magnus, jag hoppas att ni har goda nyheter från datorn."
"Nja" svarar Magnus.
"Kom igen nu, vi har ju väntat på det här. Berätta; vad var lösenordet?"
"Ett mycket märkligt val, har aldrig stött på något liknande. Lösenordet var Hackkyckling62" svarar Magnus.
"Per-Göran föddes 1962. Det är väl ganska vanligt att man använder sitt födelseår till lösenord, emailadresser och annat. Men hackkyckling?"
"Var det inte det gubben Lundqvist sa?"
Alla vänder sig mot Marianne.
"Arne Lundqvist, Per-Görans granne ringde mig igår sent igår kväll. Ja precis när du hade droppat av mig i Vällingby Valdemar. Det var tydligt att han inte känt att han fick möjlighet att komma till tals under vårt samtal eftersom frun malde på. Han tog väl tillfället i akt att ringa när han kunde komma ifrån. Tv:n stod på med hög ljudnivå i bakgrunden så frun satt säkert framför den."
"Vad sa han då?" säger Valdemar otåligt.
"Att Per-Göran var mobbad under sin uppväxt av fotbollsgrabbarna i skolan. Han kan alltså ha betraktat sig själv som en hackkyckling. Men varför skulle man använda det som lösenord? Det är väl snarare vara något man vill lägga bakom sig. Inte påminnas om var gång man loggar in i sin dator."
"Det kanske fanns en anledning till att han ville påminnas om det?" menar Magnus.
"Ett slags martyrskap!" tillägger Herbert.
"Petra jag talade med i morse, hans styrelsekollega från Spångaliberalerna, antydde att han var udda. Dessutom sa modern när jag besökte henne på Fristad något i stil med att Solhemsbarnen var värst. Så visst finns det en möjlighet att han har blivit konstant mobbad och därmed betraktat sig själv som en hackkyckling" reflekterar Valdemar.
"Hmm intressant" tycker Marianne.
"Håller med men vi lämnar det nu. Det kan mycket väl vara av vikt för utredningen men fortsätt att berätta vad ni hittade i datorn." Han antecknar lösenordet på white boarden.
Herbert tar ordet "Foton från Guatemala. Mest på landskapet men också på Maria. Korta dagboksanteckningar från resan. Väldigt känslofattiga. Mer renodlade iakttagelser."

Magnus fortsätter "Korrespondens med Fristad där modern bor. Inga filer är äldre än ett år gamla och man ser till datormodellen så är den relativt ny införskaffad, så det är säkert anledningen till att det inte finns så mycket material i datorn."

"Inget mer alltså?" undrar Valdemar.

"Nope, inte på hårddisken" menar Magnus.

"Vad hade jag förväntat mig? Dagboksanteckningar förda av en liberal som känner sig hotad till livet? Obehagliga mail?" Hur såg förresten historiken ut på Internet Exploren?"

"Han har besökt hotmail frekvent. Hade en hotmailadress; PerGoran@hotmail.com, som var översållad med reklam från alla möjliga företag, inget som sticker ur. Däremot några fåordiga mail från Maria..."

"Den Maria?"

"Antar det, eftersom de är skrivna på spanska."

"Kan ni spanska, grabbar?" frågar Marianne.

"Nej men google translate talar alla språk" svarar Magnus stolt.

"Vad skriver de då?"

"Äsch inget särskilt egentligen."

"Per-Göran, var gömmer du dina hemligheter?" funderar Marianne.

"Precis vad jag frågade väggarna i hans hus när vi var där. Men fick inget vettigt svar. Något mer?" undrar Valdemar.

"Om vi fortsätter med internetvanor, är det Handelsbanken och Liberalernas hemsida som ligger topp två och tre" berättar Magnus.

"OK, vi får gräva djupare. Någonstans ligger en hund begraven. Han måste ju ha haft en arbetsdator också, eller hur. Jag pratade lite med en gammal vän igår som är en lika inbiten politiker som Per-Göran måste ha varit. Han menade att det fanns en chans att Per-Göran kan ha haft ett kontor i Stadshuset. Ett kontor innebär också en dator och kanske t o m en arbetsmobil. Herbert och Magnus, ni får springa på den bollen idag."

"Kul, såna bollar gillar vi! Men, vad gjorde ni igår kväll då när vi satt och umgicks med Per-Görans dator?" undrar Magnus nyfiket.

"Vi var på styrelsemöte!" skojar Marianne.

"Ja, ha, vi sliter och jobbar och ni bara roar er. Var det detektivklubben eller?"

"Ha, ha, nej, det föll sig faktiskt så turligt att hela styrelsen för Spånga-liberalerna hade styrelsemöte igår kväll och vi ramlade in och förhörde hela hopen på ett bräde."

"Imponerande!" tycker Magnus. "Ja men berätta vad de sa då. Någon misstänkt?"

"Nej, vi tror inte det. Det intressanta är att även om somliga i styrelsen har känt Per-Göran både tio och tjugo år är det ingen som verkar känna honom som person eller umgås privat med honom utanför politikens plikter."

"Helmärkligt! Hur kan man leva ett sånt liv?" undrar Herbert.

"Ingen har någonsin varit hemma hos honom, aldrig blivit inbjuden. En kvinna sa att hon hade träffat modern någon gång som berättat att hon tyckte att sonen verkade tom."

"Det tror jag det. Vilken konstig människa" tycker Magnus.

"Ja ha, vad gör vi resten av denna fredag då?" säger Valdemar och gnuggar händerna. "Vi ska ta tag i Stadsdelsnämnden men, utdrag från Forsströms telefon. Har ni hunnit fixa?"

"Självklart. Varsågod!" säger Magnus och skjuter fram en bunt papper över bordet.

"Så det var det du satt och höll på?"

"Japp!"

"Vilken tur. Då har du och jag något att göra idag Marianne. Det var länge sedan jag satt och gick igenom listor så det känns nästan sentimentalt."

"Back to the good old days" säger Magnus. "Då börjar vi lokalisera dator nummer två."

"Ni vet var vi finns om ni har några nyheter till oss" säger Marianne och grabbarna lämnar dem.

"Okej Valdemar, fram med kulörta överstrykningspennor då" säger Marianne och börjar rota i den lådhurts som finns inne i rummet. "Ser man på! Gul, grön, blå och rosa. Ska vi se om de fungerar också eller om de legat och torkat till sig."

Kvalitén på pennorna är det inget fel på. Kollegorna har således inget att skylla på för att inte sätta igång med listorna. De fördelar dem jämnt emellan sig och tystnaden lägger sig över rummet. Endast tonen av bläddrande och överstrykande hörs. Tänk om man hade haft förmånen av sådana pennor under juristlinjen tänker Valdemar. Så mycket enklare det hade blivit att lokalisera sig i de minst sagt omfattande texterna då. Dessutom hade det väl varit just detta ljud man hade hört i läsesalarna. Ganska fridfullt faktiskt. Marianne bryter tystnaden efter en stunds arbete.

"Men vad är detta. Man kan nästan tro att karln var allergisk mot att ringa med en telefon."

"Ja, Marianne jag håller med. Verkligen iögonfallande få samtal. Vi får hoppas på att han hade en till telefon. En arbetstelefon som din vän antydde och den hittar vi inte i våra sökningar, för de står väl registrerade på arbetsgivaren? Han kan ju ha haft en kontantkortstelefon också?"

"Värt att undersöka. Men en kontantkortstelefon? Den borde vi ju ha hittat hemma hos honom för varför skulle han lämna den på jobbet, om han nu har ett kontor?"

"Håller med. Hoppas på en arbetsmobil då. Om inte gärningsmannen plockade med sig telefonen förstås."

"Det är också en möjlighet förstås. Men några återkommande nummer finns ju i alla fall att kolla upp. Vi går bort till grabbarna och ber om hjälp. Är du igenom din lunta?"

"Nästan. Ge mig en liten stund till bara."

Det misströstande resultatet från telefonlistorna läggs åt sidan för stunden och Valdemar och Marianne angriper Stadsdelsnämnden.

"Ja ha, lite mer folk att höra idag då, jämfört med igår, eller hur Marianne."

"Japp, i Stadsdelen sitter det hela 26 ledamöter inklusive Per-Göran och ersättare. En härlig mångfald ifråga om politisk läggning."

"Och vänstern i minoritet."

"Stockholm i ett nötskal."

"Mot telefonen då!"

"Mot telefonen."

När Valdemar passerar Herbert och Magnus gör de tummen upp och bekräftar att Per-Göran var en av de lyckliga som hade ett kontor i Stadshuset och att de beger sig dit för att förhoppningsvis hämta arbetsdatorn. Magnus viftar med husrannsakan och ber Valdemar underteckna den. De har ju ingen lust att behöva försöka luta sig mot offentlighetsprincipen om någon försöker sätta käppar i hjulet. Den fördjupade undersökningen av telefonlistorna lovar de att ta tag i så snart de är tillbaka.

Resten av fredag förmiddag fram till eftermiddagen förlöper lyckosamt ifråga om att etablera kontakt med samtliga representanter i Stadsdelsnämnden via telefon. Valdemar och Marianne lirkar, vänder och vrider på frågeställningarna men summeringen ser densamma ut från dem bägge två. Hälften av representanterna har suttit i Stadsdelsnämnden så pass kort period att de inte hunnit lära känna Per-Göran ännu och inte heller lyckats bilda sig en uppfattning av honom som person i de politiska sammanhangen. Övriga som känt honom längre, däribland Bengt från den lokala styrelsen, återger samma bild de fick från just den lokala styrelsen; en ensamvarg som inte förnärmade någon. Valdemar pressar veteranerna på hur Per-Göran då lyckats så väl inom politiken eftersom han uppenbarligen klättrat till högre nivåer än många andra? Svaren är ganska självklara; hans uthållighet i den politiska apparaten, brist på andra som vill engagera sig och att han trots allt var en person man fick förtroende för.

En fredagskväll borde väl ändå Solhemsborna kring Svandammen vara hemma är Valdemar och Marianne överens om. Efter en hopplös dag instängda på kontoret bland telefonlistor och återvändsgränder i tankearbete beslutar de sig för att försöka avsluta det de påbörjat; dörrknackningen kring dödsplatsen. Dammen kantas av inte alltför många hus och uppgiften att knacka dörr i omgivningen ter sig ganska enkel och snabbt avklarad. Valdemar och Marianne bestämmer sig därför för att ta knackningen tillsammans snarare än att dela på sig.

Det har redan börjat skymma när de parkerar på närmaste villagata invid Svandammen. Första huset de siktar in sig på, kantas av byggnadsställningar och kollegorna får leta länge och väl tills de hittar en dörr att knacka på. Det dröjer lika länge innan knackningen besvaras. Till sist öppnar en blond pojke i 10-årsåldern. Det är tydligt att han inte tror dem när de presenterar sig som poliser.
"Ni ha ju inga uniformer. Var är er polisbil?" undrar han och kikar ner mot gatan.
"Har du hört talas om civilpoliser?" frågar Marianne.
"Nej. Mina föräldrar säger att jag inte får prata med främlingar. Ni får gå nu."
Valdemar och Marianne blir till en början mållösa men Marianne hinner replikera innan pojken stänger dörren.
"Har du mamma eller pappa hemma?"

"Nää, de har inte kommit hem från jobbet än."

Då hör de en röst inifrån huset.

"Lukas, vem pratar du med?"

En flicka, lika blond som pojken kommer till dörren. Förmodligen en äldre syster. De är slående lika.

"Dom säger att de är poliser men de har inga uniformer och ingen polisbil heller."

Såväl Valdemar som Marianne är snabba med att fiska upp sina legitimationer.

"Vi utreder dödsfallet som skedde häromdagen nere vid Svandammen. Vi behöver de närboendes hjälp med ledtrådar och knackar därför dörr" berättar Marianne.

Det är tydligt att storasystern förstår att de verkligen är de, de utger sig för att vara.

"Lukas, spring in och lek, jag tar det här." Brodern gör inte som hon säger utan hänger sig nyfiket kvar. Då stirrar hon hotfullt på honom vilket ger önskad effekt. Omedelbart piper han iväg inåt huset.

"Var ni hemma i tisdagskväll?" fortsätter Marianne.

"Jag hade basketträning och kom hem vid åtta. Mamma, pappa och Lukas var hemma. Dom kollade säkert på TV."

"Vi tror att dödsfallet ägde rum senare på kvällen, kanske framemot midnatt. Hörde ni eller såg något?"

"Nej, inget ovanligt. Vi pratade om det när vi åt middag häromdagen. Mamma och pappa är skakis över att de går en mördare lös. De vill egentligen inte att vi är ensamma hemma nu men idag kunde de inte komma hem tidigare från jobbet och mormor bröt benet förra veckan så hon kunde inte heller komma."

"Vi kan försäkra er om att ni inte behöver vara oroliga. Vi vet inte om det är ett mord och om det är det är det ganska ovanligt med seriemördare" bryter Valdemar in.

"När kommer dina föräldrar hem?" frågar Marianne. "Vi skulle gärna vilja prata med dem också."

Flickan tittar på sin klocka. Intressant att hon bär en klocka tänker Valdemar. Han har förstått att de flesta ungdomar överger klockan för sina mobiltelefoner.

"Mamma skulle komma senast fem. Så det är ganska snart."

"Då tar vi ett annat hus emellan och återkommer" säger Marianne. "Du kan väl berätta för din mamma att vi kommer?"

"Ja, det ska jag göra. Hej då."

"Hej." Kollegorna höjer handen i en hastig vink och promenerar bort mot nästa hus.

Här behöver de inte leta efter ytterdörren. Den lyser klarröd från vägen. Inbjudande med en röd dörr tänker Valdemar. Han drar sig också till minnes att han läst just att röda dörrar uppfattas som mer inbjudande än andra kulörer. Någon kinesisk lära. Vad hette den nu igen? Gong Bao? Nej, det är ju en maträtt. Feng Shui. Så var det. Mariannes bestämda knackning besvaras omedelbart och de möts av en äldre dam som uppenbarligen är på väg ut eftersom hon har hela munderingen på sig. Kollegorna presenterar sig och blir inte ifrågasatta för sin avsaknad av uniform. Berit Blomqvist heter kvinnan och bor ensam i huset eftersom hon är änka sedan ett år tillbaka. Hon känner igen Forsström från bilden men har inget att tillägga om honom som person. Valdemar noterar av husets fönsterläge att kvinnan helt klart har första parkett mot Svandammen och därför rimligen kan ha sett något häromkvällen. Men förhoppningen grusas snabbt av att kvinnan berättar att hon går på sömntabletter vilka hon petar i sig redan vid 9 för att vakna pigg och utvilad till 7 dagen därpå. Hon varken såg eller hörde något med andra ord. Valdemar ber av formaliaskäl att får se såväl pillerburk som recept som hon har lätt tillhands i köket. Ordning och reda. Ingen anledning att ifrågasätta. Nitlott. Tack och adjö. Missnöjda vandrar kollegorna tillbaka till huset med byggnadsställningarna och hoppas att mamman kommit hem. De hinner ikapp en kvinna med långa kraftiga blonda flätor som går uppför grusgången med tunga matkassar. Barnens blonda hår har fått sin förklaring. Hon vänder sig om när hon hör deras steg i gruset.

"Kan jag hjälpa till med något?"

Marianne och Valdemar förklarar sitt ärende medan de slår följe med henne upp till ytterdörren. Valdemar erbjuder sig gentlemannamässigt att hjälpa till med en matkasse men får nobben. Bättre med jämvikt som kvinnan uttrycker det. Åsa berättar hon att hon heter. Åsa Berg. Vid ytterdörren möts de av dottern som stoltserar med att hon redan talat med poliserna och berättat det hon vet. Kvinnan bjuder utan vidare in dem i köket att prata medan hon packar upp matvanorna och dottern ansluter frivilligt för att hjälpa till. Är hon alltid hjälpsam eller tycker hon att deras närvaro är spännande funderar Valdemar. Köket vittnar om vardagen hos en barnfamilj. Posthögar och skolböcker täcker det stora matbordet i ett ljust träslag. På kyl och frys sitter scheman och kallelser till olika möten fastsatta med magneter av allehanda ursprung.

Frukostdisken står delvis framme eller kan det kanske vara mellanmålsdisk.

"Vi är skakade av det här som ni förstår. Så nära och ändå märkte vi ingenting!" säger Åsa och gör en kort paus i matupplockande för att snabbt plocka ner disken i maskinen som om hon läst Valdemars tanke.

"Känner ni Forsström?" frågar Valdemar.

"Hette han så?"

"Ja, Per-Göran Forsström. Han bor inte långt härifrån." Valdemar fiskar upp ett foto ur fickan som de ordnat fram.

"Ja ha, är det han. Jag ser honom ofta på pendeln men har aldrig pratat med karln."

"Ni har samma pendlarrutiner då?"

"Ja, uppenbarligen."

"Något annat du kan berätta om honom?"

"Nej, jag är ledsen men det är allt jag vet om honom. Eller förresten, när jag har sett honom på pendeln har jag nog inte förstått att han är politiker, om det står rätt på löpsedlarna, men nu inser jag att jag också känner igen honom från att han har delat ut valsedlar vid skolan när vi gått för att rösta och säkert stått på torget också. Men jag är inte så intresserad av politik, det är mer en plikt att rösta, så jag har aldrig pratat med honom."

"Det är du nog inte ensam om" bemöter Valdemar.

"Du sa att ni inte märkte något av det som skedde häromkvällen. Är du säker på det? Låt oss gå igenom vad ni gjorde den där kvällen" föreslår Marianne.

Kvinnan stannar återigen upp lite i sitt uppackande, stryker undan lite hår som lossnat ur ena flätan från ansiktet och berättar "middag vid 6-tiden. Sedan satt jag och Lukas i köket och gjorde läxor. Fönstret vetter som ni ser inte mot dammen." Kvinnan visar med en gest mot de vackert spröjsade fönsterrutorna. Ingen Svandamm utanför men en vacker ek skymtar bakom byggnadsställningarna. "Ellen var på basket som hon berättat för er och kom hem strax efter 8. Hon har träning i hallen på andra sidan gatan så det är nära hem."

"Jag gick dessutom hem längs dammen och då låg han inte i vattnet. Det hade jag sett."

"Mötte du någon när du gick längs dammen?" undrar Marianne.

"Nej, inte en själ. Bara jag där."

Valdemar antecknar och Marianne fortsätter med frågorna.

"Din man?" frågar Marianne och tittar mot kvinnan.

"Henrik kom hem när jag och Lukas satt med läxorna. Han behövde jobba över lite. Annars brukar vi försöka äta tillsammans. Resten av kvällen varvades med tvätt och tv-tittande."

Valdemar tittar över axeln inåt huset. "Var har ni tv:n?"

"Den är därinne i vardagsrummet."

"Med fönster mot dammen då?" noterar Valdemar. "Är det okej om jag ser efter?" Han reser sig innan kvinnan hunnit godkänna inspektionen men hon svarar när han kommit halvvägs mot vardagsrummet.

"Var så god. Se er om."

Marianne reser sig också och följer kollegan till vardagsrummet. Det är ett praktfullt rum med bröstpanel och stor vit kakelugn. Valdemar står redan vid fönstret, lika vackert spröjsat som det i köket, och tittar ner mot Svandammen. Återigen skyms förstås utsikten av byggnads-ställningarna och strax invid dammen dessutom ett antal stora träd. Kan det vara lindar funderar Valdemar? Trots dessa hinder är stora delen av dammen synlig inklusive deras avspärrningar. Nu har kvinnan anslutit från köket och hon nickar liksom hon förstår vad de tänker.

"Jag vet. Vi ser dammen och borde ha hört om något hände där ner. Ändå gjorde vi det inte. Och det känns än värre."

"Var ligger era sovrum?" vill Valdemar veta.

"Mitt och Henriks ligger ovanför vardagsrummet. Så samma utsikt. Barnen har sina mot baksidan."

"När gick ni och la er?"

"Jag tittade på halva 10-nyheterna. Jag var väl i badrummet mellan kvart över tio och halv elva. Sen låg jag och läste en stund. Men jag har varit himla trött på sistone så det var inte många rader jag hann läsa innan jag somnade."

"Du kan alltså ha somnat redan kl 23?"

"Jaa, men snarare redan kvart i."

"Och din man?" undrar Marianne.

"Han la sig ungefär samtidigt men somnade nog efter mig. Läste väl en tidning som vanligt."

"Intressant. Vi vill gärna tala med honom. När kommer han hem?"

"Till middagen hoppas jag. Som sagt, vi brukar försöka äta middag ihop."

"Kan vi återkomma senare ikväll?" föreslår Valdemar.

"Självklart. Vi ska ingenstans. Jag förvarnar Henrik att ni kommer."

"Du ser uppgiven ut Valdemar" konstaterar Marianne när de lämnat huset med byggnadsställningarna.

"Jag förstår inte att folk varken hört eller sett något."

"Nej, det är konstigt. Men vi har ju inte hört alla än. Kom, vi går ner till dammen och funderar lite högt tillsammans."

"Bästa Marianne. Alltid full av positiva förslag du. Förresten, borde de inte ha tömt dammen vid det här laget?"

"Kanske handlar om dagar?"

"Tacksamt om de låter bli så länge våra band sitter uppe."

Marianne nickar samtidigt som vinden tar tag i banden som följsamt och prasslande dansar med.

Kollegorna slår sig ner på en grön sirlig parkbänk i järn och inlededer funderandet.

"Vi vet ju inte var han ramlade i. Han kan ju ha flutit en bit" resonerar Marianne.

"Sant" håller Valdemar med.

"Och ramlade han i när han var på väg hem eller på väg hemifrån?"

"Om han var på väg hemifrån hade han märkliga vanor."

Marianne skrattar och hennes röda lockar hoppar i takt. "Det har du rätt i. Hur vanligt är det att man lämnar sitt hem någon timma före midnatt på en vardagkväll?"

"I min värld, högst ovanligt. Han måste väl ändå ha varit på väg hem. Hur som helst, vilka vanor han än hade, säger det oss om han föll ifrån ena eller andra sidan av dammen?"

"Egentligen ingenting. Oavsett vilken sida han gick på, borde han ha setts från såväl husen som parkvägen."

"Och bilvägen dessutom."

"Där sa du något. Bussen åker ju förbi titt som tätt. Kan en busschaufför eller några passagerare ha sett något?"

"Bra tänkt. Vi kontaktar SL och ber dem kolla upp vilka chaufförer som tjänstgjorde den kvällen."

"Kom, vi går upp till busshållplatsen och ser hur mycket man kan se därifrån."

Någon minut senare står de vid busshållplatsen och konstaterar moloket att dammen i princip är täckt av buskaget därifrån. Valdemar går 50 meter längs vägen ner mot centrum och ropar till kollegan "men härifrån ser man dammen utmärkt. Särskilt om man kommer upp i den höjden som en busschaufför och förmodligen alla passagerare gör."

"Briljant Valdemar. Vi följer upp den möjligheten."

"Ja ha. Nu då? Vi har två hus kvar va? Och sen kanske Henrik har kommit hem."
"Helt rätt. Full fart mot näst sista huset" säger Marianne och styr stegen dit.

Denna gång möts de av en man i 60-årsåldern som presenterar sig som Hans Svensson. Huset ser ut att vara av samma ålder, alltså byggt på '50-talet, så på den punkten matchar de varandra. Mannens kläder går dessutom i samma bruna och beigea kulör som inredningen så han smälter in utmärkt. Det är väl så att om man trivs med en färg omger man sig gärna med den, reflekterar Valdemar. Det har han till och med läst någonstans. Röda dörrar kopplat till Feng Shui och klädfärg som följer möbelfärg. Hade han uttalat sig högt hade han kunnat tas för inredningsarkitekt men för Valdemar handlar det snarare om en yrkesskada, att iaktta dessa detaljer. Det går aldrig att veta när man kan han nytta av dem. De blir ståendes i tamburen. Hans berättar att han var ensam kvällen dödsfallet inträffade eftersom hans fru var i London på tjänsteresa. Sedan erkänner han bekymrat att han hörde ett plask omkring 23-tiden. När kollegorna tar emot den nyheten ber de omedelbart att få förflytta sig från tamburen till någonstans de kan sitta ner. Detta är den första öppningen. Ett första konkret vittne.
"Ja, ni kanske vill ha te eller kaffe?" säger mannen medan han bjuder in dem i vardagsrummet.
Kollegorna tackar nej som om de inte vill att mannen ska försvinna ut i köket och hålla dem på halster. I vardagsrummet fortsätter '50-tals temat. Stringhyllorna och ekmöblerna med mjuka avrundningar för Valdemars tankar till föräldrahemmet. Trivsamt, hemtrevligt. Rent och snyggt. Det tilltalar honom. Doften av hans pappas cigariller är det enda som saknas. Valdemar slår vad med sig själv om att golvet i köket är vit- och svartrutigt. Han vänder sig hastigt om innan han slår sig ner i en mossgrön fåtölj och mycket riktigt, även köket följer samma stil. Ljuva 50-tal.
"Var snäll och berätta mer detaljerat om tisdagskvällen" ber Valdemar när de slagit sig ner och Hans gör som han blir ombedd.
"Jag hade varit i stan större delen av dagen. Vandrat. Besökt muséer. Ätit lunch med en gammal skolkamrat. Kom hem vid 5-tiden. Värmde rester. Satt och läste en stund. Tittade på nyheterna. Svarade på några mail. När jag gjorde mig iordning för säng, strax före 23 hörde jag ett plask."

"Är du säker på tiden?"

"Ja, det är jag. Jag följer samma rytm varje dag."

"Vad gjorde du när du hörde plasket."

"Jag stod och borstade tänderna."

"På ovanvåningen?"

"Det stämmer."

"Ok, fortsätt tack." Valdemar noterar ivrigt.

"Jag spottade väl ur tandkrämen och gick bort mot det lilla fönstret som vetter mot dammen. Tänkte på vägen dit att det väl var några ungdomar igen. De har dille på att kasta parkbänkar i dammen, ser ni. Förväntade mig att se en bänk flyta runt och några ungdomar som flyendes lämnade platsen."

"Och istället såg ni?" bryter Marianne in, lika ivrigt som Valdemar skriver.

"Ingenting."

"Ingenting?" Valdemar häpnar.

"Förvånande mig också men jag tänkte inte mer på det utan sköljde munnen, gick på toaletten och la mig sen för att läsa en liten stund."

"Kan du visa oss fönstret på ovanvåningen."

"Givetvis, följ med."

De följer Hans upp för ektrappen och Valdemar kan inte låta bli att berätta

"Ditt hus är en exakt kopia av mitt barndomshem."

"Aha, positiva minnen då får jag hoppas."

"Verkligen" svarar Valdemar.

"Vad trevligt att kunna bjuda på lite minnen mitt i er utredning" svarar Hans leende.

Valdemar småskrattar lite instämmande.

"Här är fönstret" visar mannen och kollegorna går omedelbart fram och beskådar utsikten.

"Högra delen av dammen är skymd ser jag" konstaterar Valdemar genast besviket.

"Stämmer bra det" svarar Hans.

"Så om Forsström föll i vattnet där, är det inte så konstigt att du inte såg något."

"Hade inte tänkt på det men visst är det så."

"Kände du Forsström?" Valdemar visar honom bilden för tydlighetens skull.

"Nej, inte alls. Jag har nog hört talas om honom men aldrig kopplat ihop ansiktet med namnet."

"Har ni bott här länge?"

"Ja, faktiskt i 20 år snart. Men både jag och min fru har rest en hel del i våra arbeten så vi har mest mellanlandat här. Har liksom aldrig lärt känna så många i området."

"Barn?" frågar Marianne.

"Nej, dessvärre inga barn."

"Det förklarar ju kanske också varför ni inte lärt känna så många i grannskapet."

"Självfallet."

De står kvar en stund, tysta alla tre och tittar ner mot dammen. Hans bryter tystnaden "känns riktigt illa att jag inte undersökte det där plasket närmre".

"Peter och vargen" säger Valdemar.

"Ja, just så känner jag."

Marianne och Valdemar tackar för informationen och vandrar tillbaka till huset med byggnadsställningarna. Familjen har samlats kring bordet för gemensam middag och maken Henrik har som förutspåtts anlänt. Hans frus redogörelse kring när han la sig och att även han läst före insomnandet stämmer till punkt och pricka. Han berättar att han drar sig till minnes att han släckte lampan 22:55. Då sov frun redan och han somnade inom någon minut. Hörde inget märkligt innan han somnade och vaknade inte till av något. Frun tillägger att ingen av dem är särskilt lättväckt. Henrik kan inte svära på om han känner igen Forsström från fotot. Kan ha sett honom i centrum någon gång men inte ett ansikte han lagt på minnet.

Kollegorna rullar upp mot Vällingby igen. Det har blivit mörkt för länge sedan och klockslaget vittnar om att flertalet familjer i de idylliska Solhemsvillorna har börjat inleda sitt fredagsmys.

"Grabbarna har messat och meddelat att de är igång med att knäcka jobbdatorn men att de kommer behöva ett par timmar till. Däremot kan de rapportera av telefonlistorna" berättar Marianne glatt när hon gått igenom missad information i telefonen.

"Bra, då pressar vi in en timmes arbete till denna fredagskväll och sedan ger vi oss."

"Hur var Stadshuset?" är det första Valdemar frågar när de har kommit upp till stationen i Vällingby och ser grabbarna.

"Vilken arbetsplats!" svarar Magnus och himlar med ögonen.

"Verkligen. Vi funderar seröst på att byta jobb" fyller Herbert i.

"Det tycker jag inte. Det skulle vara en enorm förlust för Polisen" säger Valdemar och pekar ett varningens finger.

"Och rikets säkerhet" skämtar Marianne.

"Okej, okej, vi stannar väl kvar i kåren. Men vi kanske kan föreslå för Stina att vi hyr kontor därinne i stan."

"Då kan ni väl lika gärna be att få bli förflyttade till Kungsholmen?" tycker Valdemar.

Magnus skakar på huvudet. "Inte så mycket till sjöutsikt där!"

"Vi har inte tid att titta på utsikten. Här jobbas det" svarar Marianne och sticker armbågen i hans sida.

Valdemar harklar sig som så ofta när han vill ha tillbaka uppmärksamheten och pekar samtidigt mot bordet. "Fantastiskt att ni kom tillbaka med en arbetsdator. Hittade ni något annat spännande på Per-Görans kontor?"

"Papper, papper och åter papper" berättar Herbert.

"Väldigt långt kvar till det papperslösa kontoret" suckar Magnus.

"Alla är olika. Ni hade väl knappast tid att gå igenom alla papper?" frågar Valdemar.

"Nej, vi bläddrade slentrianmässigt. Kände att arbetsdatorn var viktigast."

"Och mobilen" säger Herbert triumferande och visar upp den funna telefonen.

"Riktig jackpott idag grabbar" tycker Marianne.

"Träffade ni några i Stadshuset värda att prata med?" undrar Valdemar.

"Nja, inte mer än vakten som släppte in och ut oss. Annars var det riktigt dött faktiskt" konstaterar Magnus. "Vi frågade faktiskt vakten varför det var så tomt och han svarade bara irriterat att vissa dagar är folk på plats andra inte. Var de är när de inte sitter på sitt rum var inte hans ansvar att hålla reda på."

"Nä han tyckte väl inte om att bli tagen för en sekreterare" skrattar Herbert.

"Nåja, vi kommer ju i alla fall behöva återvända dit så ingen fara på taket" tycker Valdemar.

"Berätta om telefonlistorna då. Våra färgglada överstrykningar, vad berättar de för oss?" undrar Marianne.

Grabbarna berättar att det är avdelningen på Fristad där modern bor som är överrepresenterad. Några få samtal till vice ordförande i lokalföreningen. Vårdcentralen, skatteverket, vaccinationscentralen, vårdcentralen igen. Inget som avviker. Inget som är värt att gräva ytterligare i. I och med den slutsatsen beordrar Magnus och Herbert skämtsamt gamlingarna att åka hem och vila sig medan de tar det sena kvällspasset med Per-Görans arbetsdator och mobil. Alla är lika förvirrade och besvikna över att dagens utfrågningar och eftersökningar hittills har givit noll och inget. Sagt och gjort, de bestämmer att höras av under morgondagen för att avgöra om de behöver ses.

Valdemar står och väntar på tolvan med händerna djupt nerstuckna i rockfickorna. Denna förmiddag har han bestämt sig för att åka till Operan på vinst och förlust för att hämta sina handskar. Alltid finns det väl någon där, tänker han. Om inte, kan han ju ändå ta en trevlig promenad och en spontan lunch någonstans. Hans tankar går inte oväntat till utredningen. Han hoppas att arbetsdatorn och arbetstelefonen innehåller fler ledtrådar eller att något annat mirakulöst ska inträffa som att någon av alla busschaufförer som passerade Svandammen under kvällen ska ha sett något. Även om det inte har gått många dagar sedan liket upptäcktes var det länge sedan de stod inför en utredning som var så osjälvklar. Valdemar börjar tvivla på sin magkänsla att det rör sig om mord. Kanske Per-Göran trots allt tog livet av sig. Kärleken till Maria långt bort från Sverige, kanske en omöjlig kärlek, en uppväxt med en dominant moder och ständigt mobbad i skolan kanske gjort att han tillslut tappade lusten för livet. Nikotinförgiftning verkar om än en komplex metod en ganska snabb och smärtfri sådan för att lämna jordelivet. Kan det vara som Magnus antydde, att lösenordet till mailen, "hackkyckling" var en sorts martyrskap för att påminna sig om det som varit och på något vis legitimera den kommande handlingen som krävdes för att få slut på detta? Att ta en spruta i baken klarar väl vem som helst av själv. Men varför sätta en nål i skinkan? Hade inte låret varit mer lättåtkomligt?

Valdemar har nått Drottninggatan. Tänk att turistbutikerna fullkomligen har tagit över denna del av stan. De skyltar för fullt även utanför på gatan trots årstiden. Turisterna kommer väl året om. Väl framme vid Operan känner han på dörren till huvudingången; låst. Han går runt hörnet och provar dörren till biljettkontoret. Även denna låst. En skylt talar om för honom att de har öppet 15-17 på lördagar. Nåväl, jag var införstådd med att det var en chansning att åka hit på vinst och förlust. Vid sceningången alldeles intill biljettkontoret står en smal kvinna med långt brunt hår och iakttar honom.

"Du verkar besviken över att det var stängt" säger hon.

"Det var en chansning att det skulle vara öppet. Jag hade inte kontrollerat det innan jag gav mig hit."

"Vilken föreställning skulle du se?"

"Faktiskt ingen. Jag har ganska nyligen varit på föreställning och glömde då mina handskar. Jag kom hit för att hämta dem."

"Det var tråkigt. En kylig dag som denna ser jag att du hade behövt dina handskar. Om du väntar här ska jag se vad jag kan göra."

"Vad du kan göra?" undrar Valdemar.

"Ja, Operan är min arbetsplats."

"Du är dansare" påstår Valdemar.

"Hur kunde du ana?" ler kvinnan.

"Hela du utstrålar det!" utbrister Valdemar och ler tillbaka.

Han blir ståendes ensam en stund men kvinnan är strax tillbaka.

"Kom!" ropar hon till honom från dörren till sceningången.

Valdemar lyder och går in i byggnaden tillsammans med henne. Vilken spännande upplevelse att få kliva in bakom kulisserna. Långa korridorer med en mängd dörrar. Omklädningsrum, mindre loger. Valdemar hinner snegla in allt eftersom de passerar förbi. Trappa efter trappa, slitna efter flinka fötter som raskat upp och ner.

"En helt annan värld." utbrister han.

"Min värld" skrattar kvinnan.

Plötsligt inser han att de har hamnat på scenen.

"Tänkte vi kunde ta en avstickare. Passa på, när vi ändå är här."

De blir ståendes. Valdemar betraktar scenen och salongen. Så magnifikt att uppleva det från detta håll. Det han har hört om att scenen lutar svagt uppåt stämmer onekligen. Tänk att dansa i uppförsbacke. Hans blick vandrar från scenen till den främmande kvinnan. Späd som en flicka men bakom de bohemiska kläderna döljer sig en vältränad kropp. Han kommer på sig själv med att för första gången sedan han förlorade sin fru, verkligen iaktta och studera en kvinna. Så vacker hon är. Hur gammal kan hon vara? Hela atmosfären med den ödelagda Operasalongen gör att han känner sig långt, långt ifrån verkligheten. Orden kommer ut hans mun innan han hinner hejda sig.

"Kan du inte ta ett par steg?"

Kvinnan svarar inte. Hon gör som han ber. Trots sina schaviga träningskläder, utsläppta hår och avsaknad av tåspetsskor, är hon som en gudinna när hon rör sig över scenen. Valdemar hör musik i huvudet fast det är knäpptyst i salongen. Han blir ståendes en lång stund, likt en staty, tills den magiska stunden avbryts av att ljusen tänds i hela salongen. En vaktmästare kliver in.

"Här får ni inte vara" ropar han bryskt.

Kvinnan vinkar åt Valdemar att följa med. Han känner sig som en liten pojke som flyr från ett utfört hyss. Vad är det för känslor han känner egentligen? Hon tar honom bakvägen upp till garderoberna. De pustar ut när de har sprungit upp för alla trapporna.

"Jag är ledsen att jag utsatte dig för det där" utbrister kvinnan.

"Ingen fara. Så länge du inte råkar illa ut."

"Nej då, det behöver du inte oroa dig för. Han är alltid sur den där vaktmästaren. Nu ska vi se. Jag är inte så bevandrad i garderoben men vi får kika runt tillsammans och se om vi hittar någon plats där de förvarar kvarglömda kläder."

Valdemar tittar runt och ser genast en stor trälåda som det står en prydlig lapp på "Kvarglömt". Hans handskar ligger överst. Säkert på grund av att den kvinnan han tidigare talade med letade igenom lådan under deras samtal.

"Här är de. Men det känns lite konstigt att bara ta med sig dem."

"Skriv en lapp då?"

"Det kan jag göra förstås. Kanske de undrar än mer då."

Valdemar skriver sitt budskap och lämnar namn och telefonnummer om de vill nå honom.

"Är du rädd att bli gripen av polis, för olaga intrång eller vad det nu heter?" frågar kvinnan.

"Nej det är det minsta jag oroar mig över" svarar Valdemar. Han vill ogärna berätta vad han arbetar med. "Vaktmästaren verkar värre."

De skrattar hjärtligt och skyndar sedan därifrån. Kvinnan visar honom vägen ut igen. Denna gång undviker de omvägen över scenen.

"Tack för äventyret och hjälpen" säger Valdemar och tar hennes hand.

"Det var roligt att kunna hjälpa till att återförena ett par handskar med sin ägare i detta kalla höstväder."

"Får jag bjuda på lunch som tack?" hör Valdemar sig själv säga återigen utan att reflektera över orden.

"Gärna, men inte idag. Jag har en klass som börjar om 15 minuter."

"En annan dag då?"

"Söndagar är min lediga dag."

"Det är söndag imorgon."

"Då är jag dessvärre uppbokad. Men nästa söndag är jag ledig."

"Skall vi ses här, klockan 12."

"Det låter bra."

"Vi har inte presenterat oss" inser Valdemar skamset och sträcker fram sin hand. "Valdemar."

"Isabelle."

"Namnet klär dig verkligen säger Valdemar.

"Detsamma."

De skrattar igen.

"Då ses vi om en vecka."

"Och en dag."

"Det har du rätt i. Tack igen."

Isabelle vinkar och försvinner in genom bakdörren till logerna igen. Valdemar står kvar med sina återfunna handskar i handen och funderar över vad han känner. Det kan inte vara möjligt, Nej det är inte möjligt. Hon är alldeles för ung för mig. Jag har bara träffat henne i dryga 30 minuter. Nu får jag lägga dessa barnsliga romantiska känslor åt sidan. Men han kan inte. Han äter en smörgås på ett litet kafé i närheten. Hon finns på hans näthinna genom hela måltiden. Denna vuxna kvinna med barnet kvar inom sig. Hennes graciösa rörelser på scenen i mörkret. Detta magiska ögonblick. Hur de liksom barn sprang bort från den onda vaktmästaren. Han säger nästan högt för sig själv. "Valdemar. Nu är det nog med detta dagdrömmeri. Du är snart 55 år och har en mord-utredning att ägna dig åt. Du har inte tid med fantasier om en ballerina vars liv skiljer sig markant från ditt." I samma stund ringer telefonen. "Så bra" hinner Valdemar tänka när han ser Herberts namn på displayen "nu kanske jag kan skingra detta dagdrömmeri för ett tag".

"Vad har ni hittat?" frågar Valdemar utan att hälsa.

"Diverse. Vi behöver sätta oss och gå igenom allt. Det är för många loose ends."

"Ok, vi ses på stationen om 45 minuter. Jag är i stan utan bil så det tar mig en stund. Jag ringer Marianne."

Han lägger på och slår genast Mariannes nummer. Hon svarar efter en signal.

"Jag skulle just ringa dig och höra om vi skulle ses idag."

"Tankeöverföring. Vi behöver samlas på station och gå igenom det som grabbarna har funnit i arbetsdatorn."

"Spännande, vad är det?"

"Det sa de aldrig, men lite av varje om jag förstod saken rätt."

Det tar Valdemar en timme att ta sig från Operan till Vällingby. Tunnelbanas gröna linje gör många stopp på vägen ut i förorten. Han är sist att anlända till station. En kopp med polisstationskaffe rycker han med sig i farten. Kollegorna väntar redan inne i deras inrättade högkvarter, där lokalvårdarna enbart får städa golven för att inte riskera att viktiga tankar försvinner av bara farten från whiteboard och block. Han är förväntansfull. Isabelle har han slagit ur tanken igen även om hennes väsen förföljde honom längs hela den långa tunnelbanefärden.

"Grabbar, berätta!"

"Det hela är intressant. Vi har ju inte pratat med några av dem Per-Göran arbetade med innanför tullarna så att säga men vi har väl ändå fått bilden av att han var plikttrogen, lojal, en kille att lita på osv. Han verkar inte ha varit särskilt hårt belastad med arbete eftersom han har ägnat en hel del av sin arbetstid åt privata saker."

"Hur vet ni det?" undrar Marianne.

"Mina dokument i datorn var välfyllt med privata dokument. Hotmail har besökts minst 4 gånger per dag. Även arbetsmailen innehöll privata mail."

"Vad skulle min far ha tyckt om detta" säger Valdemar för sig själv. "Vilket förfall."

"Ursäkta?" frågar Marianne.

"Nej, nej ingenting, fortsätt Herbert. Berätta mer om innehållet."

"En kärlekshistoria onekligen. Mailen till Maria, Maria Pérez heter hon för övrigt, innehåller långa kärleksförklaringar till henne. Det är inte så många mail. Det verkar ta tid för henne att svara.

"Kanske långt till en dator?" funderar Marianne.

"Mycket möjligt" svarar Magnus och fortsätter "många av mailen avslutas med att han lovar att komma snart. Han har saker han måste avsluta och ordna upp först."

"Han skriver aldrig vad det är?"

"Han skriver att det är tre saker. Morsan, kåken och den tredje nämner han aldrig vid namn. Däremot beskriver han att den saken tar tid att ordna upp."

Valdemar antecknar med sina egna ord på tavlan, "mor, huset, ?"

"Morsan kan man väl tänka sig att han ville ha in på ett hem innan han flyttar från Sverige. Den hade han redan fixat. Eller kan man tänka sig att han också ville vänta ut henne helt och hållet?"

"Att hon skulle dö?" undrar Marianne.

Magnus rycker på axlarna och fortsätter "Huset; det självklaraste är väl kanske att han skulle sälja det för att ha med sig kapital dit ner."

"Men vad är den tredje saken?"

Valdemar tar vid "Jobbet? Han lär väl inte vilja vänta 10 år tills han gått i pension med att flytta till sitt livs största kärlek. Avsluta en relation på hemmaplan? Inget tyder på att han hade en relation med någon här."

"Inte vad vi har hittat än i alla fall."

"Allt detta, talar det om för oss varför någon skulle vilja ta livet av Per-Göran?"

"Som vi sa tidigare, en svartsjuk äkta man till Maria verkar långsökt. Vi får fortsätta att gräva. Ska vi vänta med Stadsbyggnadsnämnden och fastighetsbolagsstyrelserna till måndag eller sätter vi igång i detta nu?"

Valdemar gör en konstpaus och hämtar andan. "Jag skulle också vilja att ni besöker Per-Görans hus och går igenom det med fräscha ögon."

Valdemar öppnar det låsta kassaskåpet som finns i sammanträdesrummet och plockar fram ett par nycklar. "Hinner ni med det idag också?"

"Inga problem. Blir bra med lite luftombyte och vi behöver ju också lära känna Per-Göran bättre så det är ett måste."

"Bra! Då har vi lite att stå i."

"Precis. Färdigsnackat. Dags att börja jobba!" skrattar Magnus och de skiljs åt.

Valdemar vänder sig mot Marianne

"Och vi, har busschaufförerna att ta tag i."
"Pust, så sant."

Valdemar och Marianne kikar på SL:s tidtabeller för att bilda sig en uppfattning om hur många bussar som passerade Svandammen vid den tiden på tisdagskvällen. Det rör sig om ett femtontal bussar i riktningen mot Vällingby/ Hässelby och Brommaplan och lika många i den andra riktningen. Efter ett par långdragna samtal med SL kommer de underfund med att ungefär hälften av chaufförerna tjänstgör denna lördag och därmed inte är nåbara. Resten får de kontaktuppgifter till och fördelar emellan sig. Det hade väl varit för mycket att hoppas på att någon busschauffför skulle ha sett något. Bottennapp är väl den mest talande sammanfattningen för de samtalen Valdemar och Marianne tar sig igenom denna lördag eftermiddag. Hoppet ställs till de chaufförerna som inte är nåbara denna dag och kan sökas på söndagen istället. Prick klockan 16 kommer Magnus och Herbert tillbaka från husbesöket och muntrar upp med sitt glada humör. De drar visserligen samma slutsatser från Per-Görans hus som Valdemar och Marianne gjorde men Herbert är snabb med att föreslå

"Nu när ni är klara med busschaufförerna och vi huset, kan vi väl hugga tag i folket innanför tullarna." Han viftar med listan med namnen på nämndledamöterna i Stadsbyggnadsnämnden och de statliga fastighetsbolagen vilken Valdemar är snabb att plocka.

"Herregud, 26 ledamöter i Stadsbyggnadsnämnden, 14 i Familje-bostäder och 16 i Stockholmshem. Vi får hålla på hela helgen med detta."

"Vi drog samma tröttsamma slutsats när vi kollade upp namnen, men…hälften av alla dessa är ersättare och har typ inte varit med på ett endaste möte tillsammans med Per-Göran så dem tycker jag vi kan skippa. Dessutom, som du ser har vi satt kryss för lite folk som kan vara mer intressanta än andra eftersom de suttit ungefär lika länge som vår kille… och då är vi nere på 12 stycken intressanta att snacka med" förklarar Herbert och visar pedagogiskt hur listan är rangordnad.

"Ni är fantastiska grabbar, det gör det mycket lättare att angripa. Tack för det!"

"Yes, kokar ner till tre personer var att ringa. Valdemar och Marianne, ni får Stadsbyggnadsfolket och vi tar gänget i fastighetsstyrelserna" flikar Magnus in för att visa sin delaktighet. "Borde vara snabbt avklarat, vi kanske t o m kan få ledigt imorgon."

"Nja, det är nog en överdrift" säger Valdemar och tittar skämtsamt manande på kollegan.

Valdemar inleder lördagens nästa telefonsejour men har ingen framgång med de två första samtalen. Han lämnar meddelanden och hoppas att de snart kan ringa tillbaka. Däremot svarar den tredje kandidaten, en moderat nämndledamot i Stadsbyggnadsnämnden, Anders Göransson.
"Anders."
Valdemar återupprepar den invanda frasen där enbart namnet på den avlidne förändras.
"God eftermiddag. Mitt namn är Valdemar Horn. Jag är kriminalkommissarie och ansvarig för utredningen kring Per-Göran Forsströms död."
"Jag förstår. Vad kan jag hjälpa till med?"
"Vi arbetar för närvarande med att skapa oss en bättre uppfattning om den avlidne. Vi hoppas att du som nämndkollega kan hjälpa oss."
"På så vis. Jag har inte jättemycket att tillföra men naturligtvis vill jag stödja polisen i er utredning."
"Tack för det. Kan vi ses? Jag kan komma hem till dig om det underlättar så här en lördagseftermiddag."
"Det går bra. Vi är hemma men ska snart äta middag. Kan du komma efter 20 trots att det är lördag? Då har det lugnat ner sig med barnprogram och läggning. Min adress är Grävlingsstigen 7 i Bromma. Hittar du dit?"
"Absolut, jag bor själv i trakten."
"Så bra. Då ses vi."
Det var praktiskt, tänker Valdemar, när han avslutar samtalet. Då kan jag åka hem en stund och sedan avsluta dagens arbete i närheten av hemmet.

Valdemar stannar förbi Mariannes skrivbord på vägen ut till bilen. Hon lägger precis på luren efter att ha avslutat sitt samtal.
"Något napp?" undrar hon.
"Bara hos en, moderaten Anders. Ska på hembesök senare ikväll. Och du?"
"Fick också bara tag på en, moderat även han, Didrik. Jag var välkommen hem till honom klockan 20:30. Bor på Kungsholmen. Jag fortsätter att jaga de andra. Någon spontan känsla?"

"Inte mycket mer än att han gärna ville vara till hjälp utan att riktigt veta vad han kunde bidra med. Din?"

"Han hade faktiskt väntat på att vi skulle höra av oss men han var lika kort som tillmötesgående."

"Vi kanske hörs senare ikväll då?"

"En snabb avstämning före vi släcker sänglampan låter bra."

Valdemar vinkar till grabbarna som sitter bekvämt med fötterna på skrivborden djupt försjunkna i sina telefonsamtal.

Valdemar promenerar nöjt över till Anders Göransson på Grävlingsstigen när utsatt tid närmar sig. Vardagsmotion kan man aldrig få för mycket av. Han nynnar på Änkevalsen ur Glada Änkan som han lyssnat på under den paus som erbjöds hemmavid. En typisk Brommavilla möter honom; putsfasad, blyinfattat glas i trappfönstret och prydligt klippt häck om än utan löv. En man i 45-års åldern öppnar. De skakar hand och Anders visar in i vardagsrummet. Han drar igen skjutdörrarna så att de ska få tala ostört och visar bort mot två Laminofåtöljer i mörkgrått fårskinn vid fönstret mot terrassen. Vardagsrummet andas en blandning av Lammhult och Svensk Tenn. Trivsamt tycker Valdemar. Han hör ljudet av barn på övervåningen och minns ljuden väl från när hans barn var små. Läggningen var hans och barnens stående tid tillsammans på dygnet. Han arbetade långa dagar och hans hustru hämtade alltid barnen från dagis och fritids. När Valdemar kom hem från arbetet var hon tacksam att han tog vid, så att hon fick vila sig. Därför blev det naturligt att han gjorde läggningen till sin sak. Han berättade sagor för barnen, ibland historier från när han var liten. Det var verkligen en underbar stund de fick tillsammans var kväll, han och barnen. Nu, var de stora.

"Jag hoppas att det inte stör dig." Anders nickade upp mot övervåningen just som de dunsar ordentligt där uppe.

"Inte alls. Snarare tvärtom. Det är så hemtrevligt med ljud av barn."

"Det är inte alla som har den inställningen."

"Jag förstår dem inte."

"Men nu var det inte ljud av barn som du kom för att diskutera."

"Nej, dessvärre inte. Jag, som du förstår utreder vi Per-Göran Forsströms dödsfall."

"Ja, tråkigt och märkligt detta. Kan jag bjuda på något att dricka förresten?"

Helst hade Valdemar velat avnjuta ett glas rött men ber naturligtvis sedvanligt om svart kaffe. Anders lämnar honom och går in i köket. Valdemar hör malandet av bönor, samma malande som han brukar lyssna till på Polishuset men han är ganska säker på att detta kaffe smakar betydligt mycket bättre. Den lilla anteckningsboken som han alltid bär med sig i rockfickan tar han fram tillsammans med sin Parker 75, en penna som han aldrig lånar ut. Den är honom alldeles kär, för att riskera att förloras. Det var en gåva från hans far när han tog sin juristexamen. En penna som alltså har tjänat honom i närmare 30 år. Vid ett tillfälle köpte han på sig ordentligt med blyertsstift när han befarade att de skulle sluta sälja dem. Till hans glada överraskning men kanske inte förvåning saluförs de fortfarande. En odödlig klassiker.

Anders återvänder med en liten bricka med två koppar kaffe och ett fat pepparkakor. Han sätter ner brickan på avställningsbordet mellan fåtöljerna och tänder ljusen i vänskapsknutsstaken av mässing och det hela känns mycket hemtrevligt. Historien bakom uppkomsten av ljusstaken har alltid berört Valdemar och han har länge tänkt att han ska införskaffa en egen, men det har inte blivit av.
"Oj, pepparkakor i oktober?" Valdemar tar suktande för sig.
"Så goda att de kan ätas året om tycker jag."
"Håller med, särskilt med lite smör emellan."
"Åh en likasinnad. Ska jag hämta."
Valdemar klappar sig på den obefintliga magen, tackar skämtsamt nej och ber istället Anders att börja berätta om relationen till Per-Göran.
"Jag och Per-Göran har suttit i Stadsbyggnadsnämnden sedan valet så det har blivit tre år nu. Utöver det har våra politiska karriärer löpt någorlunda parallellt även om han är ett par år äldre än mig, så jag har stött på honom i andra sammanhang tidigare."
"Kom ni överens trots olika partitillhörigheter?"
"O ja, det var inga problem. Per-Göran var liberal men jag kände aldrig att vårt arbete i byggnadsnämnden påverkades av att vi hade olika politiska inriktningar. Inte så fasligt många ärenden att ta ställning till egentligen. Det kan ju hända att om vi hade arbetat med större ärenden tillsammans att vi hade varit av olika åsikt."
"Större ärenden?"
"Ja, stora nybyggnationsprojekt, ibland på annan bebyggelses bekostnad."
"Jag förstår."

"Hur uppfattade du Per-Göran som person?"
"Det finns inget illa att säga om den karln. Han var medgörlig, ordentlig, punktlig. Något asocial, men han ansträngde sig, det var tydligt."
"Hur var han med kvinnor?"
"Oj, vilken fråga! Svårt att säga. Kan enbart tala från en kollegas perspektiv här."
"Han var blyg, helt klart, men som sagt han ansträngde sig."
"Någon särskild händelse som du refererar till?"
"Egentligen inte. Bara ett iakttagande hur han arbetade med sina kvinnliga kollegor."
"Uppfattade du det som om Per-Göran kunde ha haft några fiender."
"Absolut inte. Som jag sa, det fanns inget illa att säga om den karln, ingen kan ha tyckt illa om honom. Det är för mig en gåta att någon skulle ha mördat honom."
"Det är ännu inte fastställt."
"Jag förstår, tidningarna tenderar att dra sina egna slutsatser."
"Just så."
"Så du kan inte tänka dig att han hade några fiender någonstans."
"För att vara politiker var han ovanligt neutral, så jag kan inte tänka mig att han hade några ovänner bland kollegor i de övriga partierna."
Anders tystnar och tittar ut genom fönstret.
"Det enda jag kan tänka mig, men det är mycket långsökt, är att någon i Stockholm med omnejd skulle ha blivit upprörd över något av våra beslut inom byggnadsnämnden."
"Det är intressant" sa Valdemar.
"Ja, men som sagt, mycket långsökt. Kan inte tänka mig att detta skulle leda till mord."
"Får jag återigen förtydliga att det inte är fastställt att det rör sig om ett mord."
"Förlåt mig."
"Du använde ordet neutral. Har du anledning att tvivla på hans politiska intresse? En neutral politiker är väl ändå inte så vanligt."
"Det finns ganska gott om dem, det vill jag lova. Många ger sig in i politiken i brist på annan tydlig väg i livet. Man kanske ärver sin politiska läggning. I många frågor har ju även partierna närmat sig varandra bortsett från de som ligger längst ut åt ena eller andra hållet, då förstås."

"Jag förstår vad du menar. Från hjärtat, anser du verkligen att Per-
Göran var en liberal i själen?"

"Jag kan inte säga att han vände kappan efter vinden. Jag kan inte heller
säga att han var obstinat. Men visst var han ändå en typisk liberal, det
tycker jag."

"Är det något annat du tror skulle vara av vikt för oss att känna till?"

"Inte vad jag kan komma på nu. Men jag hör gärna av mig och jag
kommer på något."

"Det låter bra. Här är mitt kort. Du kan ringa mig dygnet runt."

"Ständig jour?"

"Så kan man kalla det."

"Hur ska vi förhålla oss till detta med Per-Göran? Vad ska vi säga till de
som undrar?"

"Säg som det är. Han har oväntat gått bort och att ni inte vet orsaken.
Fast orsaken är ju att hjärtat stannade så vill du säga det så stör det inte
vår utredning."

"Ok, tack för det."

Valdemar stoppar ner anteckningsbok och penna i rockfickan och reser
sig.

"Du ska ha tack att du tog dig tiden med så kort varsel att träffa mig."

"En självklar samhällelig insats."

"Ett fint sätt att se det på."

Anders följer honom till dörren och de skakar åter händer.

"På eventuellt återhörande" säger Anders.

"Vi säger så" svarar Valdemar och ska precis gå ut för att påbörja
promenaden hemåt men hejdar sig i dörren. "Jo förresten, du sa att han
var ordentlig och punktlig. Missade han några sammanträden?"

"Hmm, ja faktiskt, ett möte missade han förra hösten. Inget man normalt
sett lägger på minnet men anledningen var lite speciell."

"Han skulle till Guatemala?"

Anders skrattar "så klart ni visste".

"Berättade han något särskilt om resan? Hur verkade han när han kom
hem?"

"Det var en svår fråga. Svårt att minnas. Hur verkade han? Han var
solbränd. Du har nog rätt i att han var något förändrad efter denna resa.
Under våra möten kunde han plötsligt verka frånvarande, liksom
drömmande."

"Vad tror du att detta berodde på? Var det något du tog upp med
honom?"

"Nej det gjorde jag inte. Kanske borde jag ha gjort det mer av nyfikenhet än att jag tyckte att det störde. Tänkte att det var naturligt att en resa till en sån destination hade gjort ett starkt intryck på honom."

"Jag behöver förmodligen inte fråga om han nämnde att han träffade en kvinna, Maria, på denna resa?"

"En kvinna? Nej du, det nämnde han inte. Jag har alltid funderat över om han kanske föredrog män eftersom han aldrig verkade ha några kvinnor i sitt liv, ja lite som vi pratade tidigare om, att han var tafatt kring dem."

"Du måste väl ändå ha frågat hur han hade det på sin resa?"

"Klart jag gjorde men kan inte komma ihåg att jag fick mycket till svar. Kanske bara ett "bra" eller "fint". Och så var det liksom bra med det."

"En fråga till. Upplevde du Per-Göran som deprimerad?"

"Du menar självmordsbenägen?"

"Bara en fundering."

"Nej, det tycker jag inte. Han höll liksom jämn humörsnivå, inte nedstämd men ingen glädjespridare kanske men så har han alltid varit."

"Alkoholproblem?"

"Alltså vi umgicks inte på fritiden egentligen så svårt att säga. Kan inte påstå att jag upplevde att han hade problem med bakfylla på jobbet iallafall."

"Droger?"

"Det tror jag inte. Men har ingen erfarenhet av att läsa av sånt så kan inte svära på det."

"Tack igen" säger Valdemar och beger sig hemåt.

Armbandsuret säger honom att det är för tidigt att ringa Marianne för en avstämning. Han kan gott unna sig en promenad i tystnad. Isabelles ansikte dyker genast upp och han drar sig till minnes ett par ord från en låt från 60-talet, "I had a date with a pretty ballerina". Han gillar inte låten men skrattar tyst för sig själv åt parallellen.

Ganska precis 22:00 ringer Marianne.

"Har du släckt sänglampan?" inleder hon med.

"Inte på långa vägar, det är ju trots allt lördag."

"Ja, det har du rätt i! Nu hoppas jag på något spännande."

"Jag med. Börja berätta är du snäll. Jag är full av nyfikenhet."

"Jag var som sagt hem till kollegan Didrik Magnusson, boendes på Kungsholmen. En karl i 50-årsåldern. Han bodde tillsammans med en Martin som hade lite svårt att hålla sig på avstånd under samtalet. Kan inte påstå att pratstunden gav särskilt mycket. Även om Didrik har arbetat tillsammans med Per-Göran i ca 5 år, hade han inte mycket att säga om honom. Jag frågade om Didrik trodde att Per-Göran var homosexuell och han var mycket bestämd på att det kan han inte ha varit. Han kände inte till Maria och ingen annan kvinna i Per-Görans liv, förutom modern. Skötsam på jobbet. Kom alltid i tid. Skötte alltid sina uppdrag. Inget avvikande beteende. Ingen kan ha tyckt illa om honom. Det enda Didrik nämnde som han tyckte verkat ha besvärat PG var en farbror boendes i Solhem som konsekvent överklagade alla bygglov som initierades. Denna farbror fick aldrig rätt men PG var irriterad över att processerna ständigt blev utdragna av att denna farbror tyckte saker och ting.

"Kallade Didrik honom för PG?"

"Ja faktiskt."

"Ingen av mina kallade honom för det."

"Kanske ska följa upp det. Kan tyda på att de trots allt kände varandra bättre. Eller så var det bara något Didrik tog sig friheten att säga. Det finns ju sånt folk."

"Tala inte om det. Jag hade en klasskamrat som envisades med att kalla mig Valle fastän jag var väldigt tydlig emot honom att jag ogillade det smeknamnet. Kan inte påstå att vi var närstående vilket kanske skulle ha givit honom skäl till att använda ett smeknamn."

"Åter till den enträgna farbrodern. Didrik trodde inte att denna farbror brann så pass mycket för sitt engagemang att han skulle kunna ta livet av Per-Göran p.g.a. något beslut som denna fattat och som gick farbrodern emot."

"Sa han vad han hette."

"Lars Eriksson."

"Jag tycker vi skall besöka honom. Bara för att vara på säkra sidan."

"Absolut, en söndagsutflykt till Solhem. Det blir trevligt."

"Instämmer. Något mer?"

"Nej, som sagt, Didrik hade fullt sjå att hålla sin sambo på avstånd. Jag tyckte faktiskt att Didrik verkade relativt tagen av vad som har hänt. Fick du några starka reaktioner."

"Inte mycket. Ja det är klart, Anders Göransson som jag träffade hade svårt att greppa det som hänt men var samlad. Han envisades med att benämna det som mordet på PG, har läst på löpsedlarna förstås.

"Nu säger du också PG" skrattar Marianne

"Visst blir det enklare att slänga sig med förkortningar."

"I alla fall. De har arbetat i samma sfär länge men aldrig kommit varandra inpå livet. Per-Göran var asocial och Anders verkade inte veta mycket om honom privat. Han kände till resan till Guatemala men PG delade inte med sig något om hur resan var mer än att den var bra. Men Anders tyckte att han hade förändrats något efter denna resa."

"Hur då?"

"Lite frånvarande, drömmande. En annan intressant reflektion han gjorde var att den enda som skulle kunna tycka dåligt om Per-Göran kan ha varit, och nu citerar jag honom "någon i Stockholm med omnejd som skulle ha blivit upprörd över något av våra beslut inom byggnadsnämnden"."

Marianne håller med om att det låter intressant inte minst med kopplingen till Lars Eriksson.

"Ställde du frågan kring sannolikheten att PG tog sitt liv?" undrar Valdemar.

"Ja, gjorde det, men Didrik tyckte inte att det lät särskilt rimligt. PG var visserligen en beige person men verkade liksom nöjd med sitt liv och var till och med lite självgod ibland."

"Ok, Anders trodde inte heller att han var deprimerad eller liknande."

Valdemar fortsätter att redogöra för sitt besök. Samtalet varar nästan en timme.

"Nu är det nog dags att ansluta sig till maken i soffan" signalerar Marianne.

"Det gör du rätt i. Vi ses imorgon på station så åker vi gemensamt till Lars Eriksson."

"Vi har en plan. Trevlig kväll!"

"En plan vi har. Tack detsamma!"

NITTON - SÖNDAG 28 OKTOBER

Äntligen en lugn morgon i rutinernas tecken; söndagsmorgonen inleds liksom andra mornar med te och en smörgås. Valdemar konstaterar glatt att solen vågat sig fram idag. P2 ger på vägen till stationen ett stycke av Leonard Bernstein. "Nej" säger Valdemar högt "inte en sådan dag idag" och stänger av radion. "Då får det va." Han kör i tysthet de få kilometrarna mellan hemmet och stationen. Grabbarna ser han inte röken av men han litar tillräckligt på dem för att veta att de säkert är fullt sysselsatta med fallet men på annat håll. Alternativt att de har unnat sig en liten sovmorgon efter nattskiftet. De får säkert tillfälle att sammanstråla senare under dagen. Vid 10-snåret ramlar Marianne in och de påbörjar fullföljandet av sin plan, söndagsturen till Solhem för att besöka den enträgna Lars Eriksson.

"Lars Eriksson ja, det kan bli ett intressant besök. Jag letar reda på kontaktuppgifter med en gång" säger Marianne och slår sig ner vid sin dator.

Valdemar hänger över hennes axel när hon knappar in namnet.

"Hmm, 4 stycken Lars Eriksson i Spånga" muttrar Marianne.

"Spånga består av diverse olika områden, Flysta, Sundby och några till. Stäm av adresserna och se om vi kan köra uteslutningsmetoden. Kanske enbart en av dessa herrar bor i just Solhem."

Marianne knappar vant vidare på datorn. Plockar upp en karta som visar gränsdragningarna mellan de olika områdena. Valdemar fascineras av hennes snabbtänkthet vid datorn. De är ungefär lika gamla men han är mycket långsammare framför datorn jämfört med henne.

"Då ska vi se; en bor på Berghällsvägen, det är i Flysta. En på Sundbyvägen."

"Det måste vara Sundby" flikar Valdemar in för att känna sig duktig.

"En på Solhagavägen, det är Solhem. Den sista på Uppgårdsvägen, det är också Solhem."

"Kolla åldern på dem så får vi se om vi bli klokare. Måste vara en äldre farbror om det ska stämma in på Didriks beskrivning. Annars får du ringa Didrik och be honom om närmare uppgifter."

"Karln på Solhagavägen är född 1937 och han på Uppgårdsvägen 1939. Det gjorde oss inte mycket klokare. Jag får ringa Didrik. Vi vill väl inte gärna behöva ställa fel person mot väggen."

Marianne har Didriks nummer nedskrivet på en rosa post-it lapp på skrivbordet. Hon ringer honom med en gång.

"Inget svar. Vad är klockan?" säger hon och tittar på sitt armbandsur.

"10:15. Han kanske ägnar sig åt frukostbestyr eller något sådant. Vi får vänta lite."

I samma stund ringer Mariannes telefon.

"Marianne Bertelson."

Valdemar lämnar henne att prata ifred och återvänder till sitt kontor men hinner knappt komma dit förrän Marianne ansluter.

"Didrik var mycket riktigt i badrummet och hann därför inte svara. Han lovade att kolla upp adressen imorgon eftersom det inte var något han lagt på minnet. Han trodde dock att det var Lars på Solhagavägen. Kunde inte gärna tvinga honom att kolla upp detta på en söndag när det inte är en uttalad mordutredning vi ägnar oss åt."

"Fair enough, vi chansar tycker jag."

Sagt och gjort, det beger sig mot Solhem igen.

Ombytta roller, Marianne har bilen och erbjuder sig att köra.

"Nu får du vara kartläsare, hjälper du mig att hitta?"

Hon får inget svar av Valdemar, som tittar ut genom fönstret. Efter ytterligare en stunds tystnad petar hon till Valdemar.

"Åh förlåt" ursäktar sig Valdemar. "Vad sa du?"

"Inget särskilt. Hjälper du mig att hitta vägen? Vi ska till Solhaga-vägen."

"Naturligtvis. Det borde vara höger in efter backen."

Marianne saktar in för att de ska kunna läsa gatuskylten. Valdemar hade rätt.

"Man kan verkligen inte tycka illa om det här området."

"Instämmer" säger Valdemar. "Det blir bara trevligare för var gång vi kommer hit. Så mycket vackra hus."

"I de lugnaste vatten."

"Instämmer igen."

"Där framme till vänster på hörnet borde det vara."

Marianne saktar åter ner farten när de närmar sig ett litet sekelskifteshus som inte sett närvaron av faluröd färg och en gräsklippare på flera år.

"Kan det verkligen vara här? Bor det verkligen någon här?" undrar Marianne när hon parkerar.

"Husnumret stämmer. Vi får gå och knacka på."

De kliver in genom en gammal järngrind som gnisslar så högt att de skrämmer upp en katt som förmodligen låg och vilade sig i det höga gula fuktiga gräset. Grusgången är övervuxen av ogräs och trädgården är precis som hämtad ur en saga.

"Husägaren ifråga är antingen långt ifrån intresserad av trädgårdsskötsel eller så bor det faktiskt ingen här" säger Valdemar.

De har i alla fall inga problem att hitta ytterdörren. Intill finns en rullstolsramp.

"Husägaren verkar sitta i rullstol vilket kan förklara den förfallna trädgården."

Valdemar får knacka tre gånger innan de hörs en mansröst inifrån.

"Ta det lugnt, jag kommer, jag kommer."

Tillslut öppnas dörren och de möts av en farbror i 70-årsåldern som mycket riktigt sitter i rullstol. Han är mager, tunnhårig och munnen liknar ett rakt streck. Han synar dem men låter blicken stanna vid Valdemar.

"Vad vill ni?"

"Lars Eriksson?" frågar Marianne.

"Ja, det stämmer."

Valdemar och Marianne fiskar upp sina legitimationer och presenterar sig. Valdemar förklarar att de utreder Per-Görans Forsströms död.

"Vad skulle jag ha att göra med Forsström?"

"Om vi får komma in kanske vi kan förklara närmare" menar Marianne.

Eriksson synar dem igen.

"Nå låt gå. Men ni kan inte stanna mer än 30 minuter. Hemtjänsten kommer."

"Det ska inte behövas" lugnar Marianne.

Inomhus är det gudskelov inte lika länge sedan någon röjde som i trädgården. Gammalt och slitet men förhållandevis rent. Han har väl hemtjänsten att tacka för det tänker Valdemar medan han följer Lars in i vardagsrummet.

"Jag tänker inte bjuda på något snutkaffe" säger Lars sniket.

"Tack, det behövs inte heller. Vi vill bara ställa några frågor.

Lars visar på en rokokosoffa som sett sina bättre dagar. Det röda sammetstyget är mycket nött men de virkade huvudskydden som hänger på ryggstödet är i alla fall inte solkiga. När Valdemar och Marianne sätter sig i soffan och då med förhållandevis långt avstånd till varandra är det tydligt att soffan är mycket nedsutten. De hamnar praktiskt taget i knät på varandra. Valdemar överlåter soffan åt Marianne och sätter sig i den lika nedsuttna fåtöljen bredvid istället.

"Hur känner du Per-Göran Forsström?" frågar Valdemar medan har plockar upp block och penna ur rockfickan.

"Jag känner honom inte, jag känner till honom" svarar Lars.

"Okej, hur känner du till honom?"

"Solhem är som en by. De flesta som har bott här länge känner till varandra. Våra vägar korsas på det ena eller det andra sättet. Per-Göran har ju bott här hela sitt liv och har alltid varit politiskt engagerad så nog känner jag till honom. Jag tycker inte om honom."

"Varför?"

"Han förstör det som har varit. Ger tillåtelse till de hemskaste byggnationer som förstör och förfular. Det är inte bra för vårt område."

"Är det därför du konsekvent överklagar alla bygglov som ansöks i området?"

"Så det var så ni fann mitt namn? Självklart är det därför. Någon måste ta sitt ansvar för att bevara det villasamhälle som våra föräldrar byggde upp. Jag vet att det är många fler som delar mina åsikter men de gör inget åt det. Allt får man göra själv. Per-Görans insatser gör det inte bättre."

Marianne och Valdemar tittar som hastigast nöjt på varandra. De har kommit till rätt Lars Eriksson.

"Hur tänker du då?" frågar Valdemar nu när han har ångan uppe.

"Tänker? Det är väl uppenbart! Allt han beviljar i nämnden som frångår detaljplanen förstör vårt område. Det styckas tomter som aldrig förr. Ursprungligen låg tomterna på minst 1500 kvadratmeter och folk bosatte sig här för att kunna odla sina grönsaker och frukt. Och de hus de beviljar bygglov för! Man tror inte sina ögon. Den ena skapelsen är värre än den andra. Groteska. Fula. Det är hemskt. Jag förstår inte folk som vill bo i dessa hus. De kan ju knappt gå runt dem med en tomt på 550-600 kvadratmeter. Men det är väl den moderna barnfamiljen som ska ha allt som vill bo så. Hur är det de säger? Nära till stan men ändå på landet. Vansinne. Men det är skatten de vill åt förstås. Tänk så mycket skatteintäkter två förvärvsarbetande genererar. Det är inga låginkomsttagare heller. Ni skulle bara veta vad husen här kostar."

De kanske hinner ta bättre hand om sina trädgårdar med den kvadratmeterytan än du tänker Valdemar, men ångrar sig genast. Det var inte snällt tänkt. Här är en typisk anhängare till "det var bättre förr i tiden" och i vissa avseenden är han benägen att hålla med honom.

”Du säger att ni är många som tycker likadant. Finns det någon som brinner så mycket för detta att denne skulle vara kapabel till att ta död på Per-Göran?” frågar Marianne.

”Nej o nej, det kan jag verkligen inte tro. Det var inte så ni skulle tolka det. Och jag, som ni ser, sitter i rullstol och är inte kapabel till mer än att skriva på min skrivmaskin som arbetsinsats mot Per-Görans göranden.”

”Kan du säga något annat om Per-Göran. Kanske som person?”

”Nej, jag vet inget om honom som person. Ja, jag vet ju var han bor och att han länge bodde med sin mamma men mer än så, nej det vet jag inte.”

Farbror Eriksson har mjuknat väsentligt i sin framtoning. Han var väl glad att någon ville lyssna till hans utläggningar om Solhems förfall.

”Det är ju förskräckligt att någon ville mörda Forsström, men inte tror jag det beror på hans politiska insatser. En sådan uppstickare var han väl ändå inte? Han var väl egentligen en vanlig folkpartist. Sådana har man väl inte ihjäl. Nej, då ska man väl vara Sverigedemokrat.”

De avbryts av en knackning på dörren som följs av en nyckel som vrider om låset.

”Farbror Eriksson?” ropar en kvinnoröst med kraftig brytning.

”Det är inte fastställt att han blivit mördad, oavsett vad löpsedlarna säger. Men, vi var väl klara?” säger Marianne medan hon tar sats för att komma upp ur soffan.

Valdemar nickar till svar.

”Varför skulle han annars ligga i Svandammen? Känns som en symbolisk handling om ni frågar mig” muttrar Lars. Men sedan skiner han upp lite när hemtjänsten sticker in ansiktet i rummet. ”Ni får släppa ut er själva” vinkar Lars.

Marianne lämnar sitt kort. ”Hör gärna av dig om du kommer på något som du tror kan vara av intresse för vår utredning.”

”Det tror jag inte” säger Lars men tar i alla fall emot visitkortet.

”Vad tror du?” säger Marianne till Valdemar så snart de klivit utanför trädgården.

”Har han rätt i att kampen om Solhems bevarande inte är värd att döda för?”

”Så fanatisk som han verkar kan jag tänka mig motsatsen även om chansen är minimal.”

”Ja, han kan väl inte ha gjort det själv i alla fall.”

”Men han kan ju vara ledare för en hemlig organisation, ”Bevara Solhem” eller något i den stilen” fnissar Marianne.

"Vi får låta det mogna. Men det ligger något i det där med symboliken att Per-Göran fanns död i Svandammen. Nu rullar vi tillbaka till station för att höra med grabbarna hur det gått för dem med intervjuerna med fastighetsfolket."
"Håller med om Svandammen. Höga förväntningar på vad grabbarna har att berätta."
"Mycket!"

Marianne och Valdemar finner sina yngre kollegor vid sina skrivbord bakom sina datorer.

"Dags att komma nu?" säger Magnus skämtsamt och tittar fram bakom sin skärm.

"Alltså vi var här klockan 10 i morse och har efter det varit och pratat med en viss Lars Eriksson."

"Oj, vem är han? Och var det inte ett ganska snabbt möte" svarar Herbert och nickar mot vägguret som är strax efter 11.

"Det ska ni strax få höra. Och ja, det var ett snabbt möte. Inge kaffe. Inget kallprat."

Valdemar och Marianne delger Herbert och Magnus samtalen med Didrik och Anders som sedan lett dem till farbror Eriksson.

"Är det en tes att arbeta efter? Att någon trots allt skulle kunna ha tagit död på Per-Göran för ett beslut han har fattat som nämndeman?" funderar Herbert.

"Vi kan absolut inte utesluta det" svarar Valdemar. "Grabbar, vad kan vi göra för eftersökningar när det gäller denna idé?"

"Vi får väl kartlägga alla ärenden Per-Göran var delaktig i" föreslår Magnus. "Ringa in folk som har överklagat är väl en början" fortsätter han.

"Dessvärre är det väl inte alla som har tålamodet eller kunskapen att skriftligen överklaga ett nämndbeslut" fyller Marianne i.

"Du menar att personen ifråga skulle ha gått till handling istället?"
undrar Herbert.
"Varför inte?"
"Jag håller med" säger Valdemar. "Grabbar, vi närmar oss söndag
lunch. Hinner ni avverka ett par effektiva timmar nu är ni säkert en god
bit på väg.
"Känns bra mycket mer lockande än fastighetsfolk och busschaufförer"
säger Herbert och gnuggar sina händer som om han stod inför en
kraftövning.
"Just det, berätta vad ni kommit fram till i dessa samtal. Måste ha blivit
ett par timmar vid telefonen" ber Valdemar.
"Helt lönlöst, gav verkligen inget alls" suckar Magnus.
"Precis. En busschaufför hade dessutom mage att påpeka att han
minsann höll ögonen på vägen och inte på dammar längs med vägen"
fyller Herbert i.
"Men fastighetsfolket då?" undrar Marianne.
"Tja, lite som ni beskrivit" fortsätter Herbert. "Tyckte det var tråkigt och
lite kusligt att karln var död men kunde inte föreställa sig om det fanns
någon som ville ta död på honom eftersom han var snäll som en ko."
"Sa de så; snäll som en ko?"
"Nä, det var min sammanfattning."
"Valdemar, du och jag har ju ett par samtal kvar till de nämndledamöter
vi inte fick tag på igår."
"Ja suck, men vi har ju lämnat meddelanden så rimligen ringer de
tillbaka. Jag har dessutom ett samtal kvar som jag borde ringt för flera
dagar sedan."
"Till vem?" frågar grabbarna i kör.
"Våra kollegor i Guatemala. Någon måste ju försöka få fatt på Maria och
meddela henne den tragiska nyheten."
"Så sant Valdemar. Men med tanke på tidsskillnaden får det väl lämnas
till nattskiftet" säger Marianne.
"Precis. Så jag kan skjuta på det lite till" säger Valdemar nöjt. "Nu ser
jag fram emot att ni startar upp det nya spåret grabbar."
"Vi med!" ler Herbert och Magnus i kapp.
"Bra. Då tänker jag så här. Kartlägg vilka områden, tomter etc som
berörs i besluten och fundera över vilka som kan tänkas ha påverkats av
dessa beslut. Sätt er in i en Solhemsbo och fundera över vilka beslut som
berör vilka personer eller grupper. Fokusera särskilt på de ärenden som
överklagades till Länsstyrelsen, för det är väl nästa instans numer?"

"Stämmer säkert" svarar Magnus. "Men, det är söndag. Frågan är vilken information vi kommer åt utan att vara i direktkontakt med myndigheterna."

"Åh dessa myndigheter" suckat Herbert.

"Så sant. Gör det ni kan och sedan får det i värsta fall vänta till imorgon. Klart som korvspad då?" undrar Valdemar.

"Yes boss" svarar Magnus och Herbert visar tummen upp.

"Valdemar, jag beger mig hemåt efter mina samtal. Har en make att fira ikväll" säger Marianne lite ursäktande.

"Laga förfall. Och jag tar miljöombyte ett par timmar innan jag ska försöka komma i kontakt med kollegorna i Guatemala" säger Valdemar.

"Inget jag opponerar mig emot."

Valdemar vet precis vilken miljö han behöver byta till för att få lite kvalitativ tanketid. Han ska åka tillbaka till Drottningholm där han så hastigt var tvungen att avsluta sin promenad ett par dagar tidigare när han fick beskedet om den döda politikern i dammen i Solhem. Valdemar är väl medveten om att en han inte lär vara ensam om att se härligheten i att promenera en solig söndag i den vackra parken, men det är en risk han är beredd att ta. En smörgås från Pressbyrån äter han i bilen på väg mot friden i sällskap av Mozarts 25:e symfoni i g-moll. Lite dramatik känns utmärkt längs Bergslagsvägen.

Hans riskanalys stämde väl, den första parkeringen vid slottet är nästan full. Då får det bli Karusellplanen som sist. Här möts han av flertalet öppna bakluckor och hundägare i fullt sjå med att lasta i och ur sina bästa vänner. Valdemar parkerar och kliver ur bilen, andas in den kyliga och råa höstluften och tittar tacksamt upp mot solen. Han kan inte låta bli att njuta, trots Per-Görans dödsfall hängandes över honom. Händerna behöver han inte längre stoppa i fickorna, nu har han ju återförenats med sina handskar. Bilden av Lisen fladdrar förbi men byts omedelbart ut av Isabelles vackra ansikte. Det nästan midjelånga håret. Den vackra välvda pannan och svagt välvda näsan. Munnen med den perfekta amorbågen och de fylliga läpparna. Den delikata kroppen, nej nu får det vara nog, inte kan han gå och tänka på detta. Det är ju fallet Forsström han skall ägna sina tankar åt under denna promenad.

En kvinna med mörkt lockigt långt hår passerar honom. Hon har två stora ryska vinthundar i koppel. Så otåligt men graciöst de rör sig. Man ser hur de riktigt strävar mot hundön där de vet att de ska släppas och få springa av sig. De gracila rörelserna får honom att återigen tänka på Isabelle tills han får säga åt sig själv på allvar. Efter dessa avledningar kan han äntligen fokusera på utredningen.

Motivet att någon blivit upprörd över beslut som Per-Göran fattat i egenskap av ledamot i byggnadsnämnden känns realistiskt. Men vad kan han tänkas ha fattat beslut om som upprört så mycket att det förmått någon att döda honom. Vad brinner folk för i de områden som berördes av Per-Görans ansvar? Vad brinner folk för överhuvudtaget? Valdemar betraktar förbipasserande människor. Kvinnan med vinthundarna brinner förmodligen för sina hundar. Det unga lyckliga paret med barnvagnen brinner otvivelaktigt för varandra och sitt nyfödda barn. Den ensamma motionären månar hel klart om sin kropp och brinner för sin löpning. Varför valde gärningsmannen tillvägagångssättet? Finns det ens en gärningsman eller tog Forsström livet av sig trots att de runt omkring honom inte fann det sannolikt. Valdemar skjuter spåret om självmord åt sidan. Känns hämmande för det kreativa tankearbetet att ens tänka på självmord i det här skedet. Trodde den eventuella gärningsmannen eller kvinnan för den delen att det skulle gå att komma undan med det, att det skulle tolkas som vanligt hjärtstillestånd? Detta får han ta vidare med Anders.

Långt, långt borta Guatemala och Maria. Maria Pérez. Valdemar hoppas att han får kontakt med kollegan ikväll så att de får hjälp att komma i kontakt med Maria. Han skulle förstås kunna ta hjälp av en tolk och maila Maria men det känns bättre att hon får beskedet personligen av en landsman. Det får bli sista utvägen att kontakta henne direkt.

Valdemar har redan hunnit ner till vattnet förbi den gamla jägmästarbostaden när han släpper tankarna en aning. Ovanför honom skymtar träslottet Breidablick med sin majestätiska punschveranda. Inte skulle man tacka nej till en middagsbjudning där inte. Så spännande det vore att åtminstone trotsa förbudsskyltarna och vandra uppför backen någon gång, för att betrakta fastigheten på närmare avstånd. Men denna dag är inte lämplig för sådana äventyr. Valdemar bestämmer sig för att återvända. Han tar samma väg via Kina slott som han kom, men viker av mot den gamla lejongropen istället för att promenera tillbaka längs Vakttältet. Stannar upp en stund när han når Vattenparterren. Detta är en vy man aldrig tröttnar på. Så sagolikt vackert slottet är och vilken ögonfröjd att få följa parken under årstidernas växlingar. Här vill han promenera tillsammans med Isabelle. Han förvånas återigen över sina tankar. En kvinna han har träffat vid ett enda tillfälle och som han ska bjuda på lunch. Hur kan han ha sådana tankar om henne? En hel vecka ska det dröja innan har träffar henne igen. Men han måste fokusera på utredningen så det är väl lika gott. Med den nyktra tanken styr han sina steg mot bilen och kör tillbaka till stationen i Vällingby.

TJUGOTRE

Herbert och Magnus sitter i utredningsrummet och äter varsin hamburgare när Valdemar kliver in. Han ser genast att de handgripligen angripit den nya anfallsvinkeln. En stor karta över Stockholm har satts upp på väggen.

"Tjena Valdemar! Är du hungrig?" säger Herbert med munnen full av bröd.

"Nej tack, jag åt en smörgås i bilen" svarar Valdemar.

"Jag ser att ni har en strategi. Berätta!"

Magnus sväljer ner sista pommes fritten med sin läsk och föser undan soporna. Han reser sig upp och går fram till kartan.

"Vi kammade noll att få ut någon info från Stadsbyggnadsnämnden på en söndag. Men vi har en vision. Imorgon 9 sharp när de öppnar så kommer vi begära ut alla handlingar och börja fylla kartan med spännande pilar och cirklar."

"Utmärkt. Kom ihåg att Per-Göran enbart satt i nämnden i 3 år, så ni behöver inte gå längre tillbaka än så."

"Schysst, tack för att du påminde oss. Spontant hade vi tänkt att gå tillbaka 5 år i tiden" säger Magnus tacksamt medan han samlar ihop bägges sopor och går med dem mot papperskorgen.

Kartdiskussionen avbryts av att Valdemars telefon ringer.

"Valdemar Horn."

"Ja men säg god dag, det här är Torbjörn Karp från Spånga Mäklarbyrå. Jag ber om ursäkt att jag ringer dig på en söndag men med tanke på din utredning tänkte jag att du nog arbetar var dag. Jag som mäklare arbetar naturligtvis alltid på söndagar."

"Ingen fara alls. Hur kan jag hjälpa dig? Eller kanske kan du hjälpa mig eftersom du nämner min utredning?"

"Jo, jag vet inte alls om det är av vikt för mordet på Per-Göran Forsström men jag ville berätta att han kontaktade mig för omkring en och en halv månad sedan angående försäljning av sin bostad."

"Vi har inte konstaterat mord ännu."

"Ah, tog det bara för givet eftersom det skrivs i pressen att ni har tillsatt en utredning."

"Jag förstår. Det låter absolut som om detta kan vara av nytta för oss. Kan jag komma förbi ditt kontor?"

"Ja men visst. Det går bra. Vi har vårt kontor på Spånga Torg, bredvid urmakaren. När kommer du?"

"Jag kommer med en gång. Jag är i Vällingby på stationen just nu. Tack för att du ringde."

"Bingo gällande husförsäljningen!" säger Valdemar glatt när han lagt ifrån sig telefonen.

"Håller du på att sälja ditt hus? Trodde du bodde i lägenhet?" frågar Magnus förvirrat.

"Nej, Valdemars hus. Det var en lokal mäklare som berättade att han fått i uppdrag att sälja."

"Jaha, då är jag med. Men då kan vi ju bocka av nr två på Per-Görans lista" säger Magnus och gör en high-five i luften.

"Precis, jag åker över till mäklaren. Ses sen" svarar Valdemar och lämnar grabbarna.

TJUGOFYRA

Valdemar ställer bilen på parkeringen vid Spånga Torg. Solhems trevliga miljö återspeglar sig inte riktigt i denna parkering trots att den nu flödar i solen. Men det anade han redan kvällen han och Marianne var där för liberalernas styrelsemöte. Han har precis lämnat parkeringen när tanken slår honom, P-skivan. Vill inte gärna riskera en bot även om han säkert kan argumentera sig ur saken och hänföra det till tjänstens utövande. Det vill han inte ge sig in på. Han vet att kollegorna gör så men det ligger inte i hans natur. Raskt återvänder han till bilen, tittar på armbandsuret för att fastställa tiden, sätter P-skivan vid vindrutan och promenerar tillbaka samma väg han kom. Han ser omedelbart urmakarskylten och går dit enligt mäklarens vägbeskrivning. Tänk vad trevligt och ovanligt med en urmakare i ett centrum av denna storlek. Han tittar in genom skyltfönstret. Urmakaren, en äldre farbror med vit välansad mustasch sitter vid ett urmakarbräde i butiken och arbetar. Någon gång under utredningen skall jag ta tillfället i akt och besöka denna butik. Det skulle vara spännande tänker Valdemar. Nog ligger väl fars gamla fickur i byrålådan där hemma och väntar på att bli ompysslat. Så är han framme vid mäklarbyrån. Ett avskalat och tråkigt kontor möter honom. Men mäklaren Torbjörn är trevlig såsom sig bör när man arbetar inom den branschen.
"Ja, vi har ju tystnadsplikt när det gäller våra kunder men när jag läste i tidningen att Per-Göran var död, kanske mördad, kände jag att jag behövde kontakta er med anledning av det."

"Det var klokt. Så, berätta om hans förestående fastighetsaffär."
"Han kontaktade mig för omkring fjorton dagar sedan och berättade att han planerade att sälja huset inom det närmaste året. Jag var hem till honom på Gryningsvägen och värderade huset och presenterade en tidsplan för honom. Tanken var att vi skulle lägga ut det till försäljning till våren. Han ville flytta ut till sommaren."
"Sa han vart han skulle flytta?"
"Det nämnde han faktiskt, eller så var det jag som ställde frågan, minns inte riktigt. Jag la däremot den nya destinationen på minnet eftersom det avvek något. Han sa att han skulle flytta utomlands, till Guatemala närmare bestämt. Det hör inte till vanligheterna att våra kunder flyttar dit så det hade jag inga problem att minnas."
"Du måste ha ställt ytterligare frågor. Som du själv säger det är inte varje dag någon berättar att han ska flytta till Guatemala."
"Det har du rätt i. Men han var förtegen. Sa bara att han skulle börja ett nytt liv där. Inget annat. Då ville jag inte fråga mer. Fick i alla fall känslan av att han hade någon som väntade på honom där."
"Maria" säger Valdemar tyst för sig själv. "Säg mig, vad beräknade du att Per-Göran skulle få ut för sitt hus?"
"Omkring fem miljoner. Huset är inte särskilt stort men det är ett attraktivt läge, nära skola, centrum och kommunikationer. Tomten är stor så det går att bygga till huset utan problem. Sedan föreligger ju vissa moderniseringsbehov men huset är pedantiskt skött så det är i ett ovanligt gott skick för att vara ett hus med så många år på nacken."
"Fem miljoner, det var inte dåligt. Då hade han fått en god nystart i Guatemala. Säg mig, kontrollerade du att Per-Göran var ägare till huset. Modern bodde ju där tidigare."
"Naturligtvis, det är ett standardförfarande inför nybesök på en fastighet. Huset skrevs över på Per-Göran för cirka ett år sedan. Solhem är ett ytterst attraktivt område för barnfamiljer. De har med dagens räntenivåer inga problem att betala fem miljoner."
"Så bra att du kontrollerade det. Vilken prisutveckling."
"Ja, det har dragit iväg de senaste åren."
"Är det något annat du tror kan vara av intresse för oss."
"Nja, han var väldigt orolig att det skulle komma ut att han beslutat sig för att sälja huset. Frågade flera gånger om det var säkert att vi inte skulle kommunicera detta före det var dags. Självklart arbetar vi på det viset så det lugnade jag honom med. Men han frågade faktiskt samma fråga flera gånger."

"Det var märkligt. Vilket hemlighetsmakeri. Känner du Per-Göran sedan tidigare?"

"Nej, inte alls. Jag känner till att han är politiskt aktiv och det har väl hänt att jag stött på honom på torget. Men jag har aldrig pratat med honom."

"Jättefint Torbjörn att du kontaktade oss. Om du skulle komma på något mer som kan tänkas vara av intresse för vår utredning vill jag gärna att du återkommer; oavsett vilken dag i veckan."

"Det ska jag absolut göra. Hoppas ni löser detta. Det är ju en bedrövlig historia. Här i Solhem av alla ställen. Kan båda illa för affärerna."

"Du kanske trots allt får sälja huset men då med modern som uppdragsgivare."

"Det har du rätt i. Så långt hade jag inte tänkt ännu. Jag sparar hans akt vilket fall som helst. En fortsatt trevlig eftermiddag då."

"Tack detsamma.

"Tack för det och hjälpen i övrigt. Eventuellt på återseende."

"Ja men visst. Det var det minsta jag kunde göra. Vi säger så."

Valdemar lämnar mäklarbyrån och promenerar bort till konditoriet. Nu måste han ha lite rekorderligt kaffe. Det känns som evigheter sedan han och Marianne satt här och åt lunch, precis i utredningens början fast det bara var några dagar sedan. Det har hänt så mycket inom utredningen de senaste dagarna att det känns som om det gått en månad minst.

Valdemar sätter sig vid bardisken med utsikt mot Spånga Station och reflekterar över de fakta som dagen givit honom. På en pelare bredvid honom hänger ett inramat svartvitt foto av en vacker stationsbyggnad. Spånga Station står det tydligt på skylten. Valdemar blickar återigen ut över dagens stationsbyggnad och är benägen att återigen hålla med Lars Erikssons budskap "det var bättre förr".

Så Per-Göran var verkligen seriös med att flytta till Guatemala. Det var ju trots allt vad han skrev i mailet till Maria. De tre saker han skulle ordna med. Modern, hoppas att han enbart ville försäkra sig om att hon hade det bra på hemmet. Huset, skulle säljas. Säger sig ju självt att han behövde kapital för att starta upp ett nytt liv i Guatemala. Men vad var den tredje saken? Och vad hade han tänkt göra i Guatemala? Han var ju en bra bit från pensionsåldern och besparingarna kunde han väl inte leva på hur länge som helst. Hade han och Maria en plan för detta? Har det överhuvudtaget något med dödsfallet att göra eller är händelserna och framtidsplanerna helt frikopplade? Behöver verkligen komma i kontakt med polisen där nere. Hoppas han lyckas på första försöket ikväll, trots söndag.

Genombrottet med bekräftelsen från mäklaren att Forsström planerat att sälja huset verkar Valdemar få nöja sig med denna dag. Samtalet till Guatemala besvaras av en vänlig assistent som på knackig engelska meddelar att kommissarien är ledig men att han kommer återkomma imorgon. Tja, varför arbeta på en söndag om man inte är mitt uppe i en mordutredning, eller åtminstone vad man för stunden tror är en mordutredning.

TJUGOSEX - MÅNDAG 29 OKTOBER

Få se nu, vad finns på "att göra" listan idag? Definitivt att ytterligare en gång försöka etablera kontakt med kollegorna i Guatemala. Under dagen ser han fram emot att se kartan över Per-Görans ärenden i Stockholm växa fram. Vad mer? Isabelle...nej, nej, nej, fortfarande nästan en vecka till vår lunch. Översta punkten på listan får han avvakta med tills långt senare idag med tanke på tidsskillnaden. Med den planen fastställd går han bort till utredningsrummet för att förhoppningsvis finna Herbert och Magnus där.

Tydliga spår av att de har varit där stöter han på, men inte grabbarna själva. De har kanske gått till fiket för att köpa lite gott kaffe. En stor trave med papper ligger på ett av borden. Valdemar börjar förstrött bläddra lite och förstår genast vad traven innehåller. Grabbarna har under morgonen redan hunnit trycka ut alla bygglovsärenden som Per-Göran hanterat under sin tid som ledamot i Stadsbyggnadsnämnden. Tre års arbete ligger framför honom, utskrivet på ett par timmar men hur lång tid ska det ta att gå igenom tro? Han betraktar sedan kartan över Stockholm. Vad är då nästa steg? Ska de prata med samtliga som har förlorat mot nämnden? Han avbryts i sina tankar av att grabbarna med Marianne i släptåg anländer. Mycket riktigt har de handlat kaffe och de har haft hans kaffesug med i beräkningen också.

"Ah, veckan kan inte börja bättre!" säger Valdemar när han tar emot sin pappmugg med kaffe. "Borde vi inte förhandla till oss en rabatt, så ofta vi handlar där?"

"Lustigt nog pratade vi om just det idag med konditorn." svarar Marianne.

"Och hon sa?"

"Om vi fortsätter konsumera kaffe i denna utsträckning kan vi få gratis kaffe på fredagar."

"Det var inte dåligt."

"Vad gör man inte för gardet som upprätthåller ordningen i samhället!" flikar Magnus in.

Kollegorna surrar på en stund tills Valdemar ber om ordning och inleder genomgången. Han berättar först kort och mest riktat till Marianne som inte känner till gårdagens besök till mäklaren och vad det samtalet gav.

"Jo, jag blev ju kontaktad av en lokal mäklare som berättade att Per-Göran anlitat honom för att sälja sitt hus till våren. Per-Göran hade berättat efter att ha blivit tillfrågad, att han skulle flytta till Guatemala till sommaren. Han var noggrann med att försäkra sig om att det inte blev känt nu att huset skulle säljas."

"Oj, intressant" säger Marianne. "Varför ville han inte att någon skulle veta om att han skulle sälja och flytta? Han dolde helt klart något som inte fick komma ut i förtid."

"Huset skulle inbringa ca fem miljoner så det skulle han kunna leva på ett bra tag. Det finns ju inga andra kända arvingar så jag kan inte tänka mig att någon hade ihjäl honom för att komma åt arvet. Nu har vi i alla fall fått bekräftat att han verkligen hade för avsikt att flytta till Guatemala och på ett eller annat vis var i färd med att avsluta sitt liv i Sverige."

"Det gick kanske lite väl fort" tycker Herbert.

"Ja, det ingick nog inte i planen" kontrar Magnus.

"Så mycket mer har jag inte att delge i nuläget. Jag ska ringa till Guatemala ikväll så jag slipper riskera att väcka vår kollega. Men nu är jag mycket nyfiken på den här högen" säger Valdemar och nickar mot traven han just bläddrat i.

Herbert och Magnus tittar på varandra som för att bestämma vem som ska inleda, men Magnus tar ordet.

"Som ni ser är den en rejäl hög att ta sig igenom. Vi har tänkt något slags färgkodssystem, typ en grön ring kring den fastighet där ägaren vunnit mot nämnden och en röd ring där de förlorat. En tjock röd ring kring de ärenden där de sen valt att överklaga."

"Och om ni inte har något bättre för er kanske vi kan hjälpas åt med högen under dagen?" frågar Herbert.

"Självklart, självklart, eller hur Marianne" säger Valdemar och vänder sig mot den kvinnliga kollegan.

"Ja visst, jag har inget mer planerat än några samtal. Är det hela Stockholm i bunten?"

"Ja, det är det. Han täckte ju hela Stockholm och vi kände liksom att en potentiell mördare kan bo i hela stan även om PG dog i Spånga. Kanske att vi kan fokusera extra på Spånga, lite i Lars Erikssonanda, när vi väl ritat klart ringarna?" föreslår Herbert.

"Mycket bra idé grabbar" svarar Valdemar.

Högen delas upp lika mellan alla fyra kollegor och de sprider ut sig över rummet. Sedan följer timmar av läsande och skytteltrafik fram och tillbaka till kartan för ringritning; röda och gröna. Prydliga siffror refererar ihop ringen med respektive utskrivet ärende. Nästintill ett konstverk växer fram. De sätter i system att tjoa namnet på berört område och färg på cirkeln för att hålla en glad och stimulerande stämning. Framemot eftermiddagen har de tagit sig igenom högen och de betraktar gemensamt vad dagens övning resulterat i och framförallt klustret kring Spånga.

"Per-Göran levde hela sitt liv i Spånga, var politiskt aktiv i den lokala föreningen och hade sitt hjärta här. Nu har vi satt ringar över hela Stockholm men jag håller med er grabbar om att jobba i första hand i Lars Erikssonanda. Det hela ser ut att ha kokat ner till att det finns omkring 20 husägare som är plausibla mördare i Spånga enbart" summerar Valdemar upp.

"Vi är väl så illa tvungna att höra hela bunten" Magnus suckar högljutt men med ett leende på läpparna.

"Jag instämmer att det är klokt. Vi får fördela dem emellan oss. Det handlar trots allt bara om fem fastighetsägare per person" svarar Valdemar.

"Snabbtänkt" skrattar Herbert. "Eller så outsourcar vi."

"Vi gör vad?" undrar Valdemar.

"Glöm det" svarar Herbert.

"Vi kan väl enas om några standardfrågor så att vi angriper detta på samma vis" föreslår Marianne.

"Mycket god idé Marianne" tycker Valdemar.

Sedan blir det tyst, som om alla inväntar att någon skall ta på sig uppgiften att formulera frågorna.

"Jag gör det" bryter Marianne tystnaden för att de ska kunna gå vidare.

"Bra. Magnus, du fördelar adresser" beordrar Valdemar.

"Utifrån ärendets karaktär eller lokal belägenhet?" undrar Magnus.

"Bra fråga. Vilka karaktärer har vi hittat?" frågar Valdemar gänget.

"Tillbyggnader" hojtar Marianne och tillägger "alltså befintliga byggnader som ska ökas i storlek och som stoppas pga restriktioner kring hur stort man får bygga, så en storleksfråga helt enkelt."

"Styckningsärendena" kompletterar Herbert med. "Folk vill stycka av sina stora tomter för ny bebyggelse och för att håva in pengar. Eller fastighet som vi nu lärt oss att det heter, inte tomt alltså. Skulle tippa på att man får omkring två miljoner för en obebyggd tomt i Spångaområdet."

"Det är verkligen intressant. Pengadrivet har förstås alltid varit en faktor som kan få folk att döda" funderar Valdemar.

"Och så lite udda ärenden" avslutar Magnus. "Folk som vill måla om hus i besynnerliga färger, byta ut sina fönster mot andra i besynnerliga former osv."

"Tänk att man måste ha bygglov för sånt. Vi blir allmänbildade av detta" säger Marianne.

"Om man nu kan tycka att de här reglerna ingår i allmänbildningen ja" kontrar Herbert.

"Det där med tomtstyckningarna tycker jag låter som mest tänkbart skäl till att ta livet av en nämndeman" tycker Valdemar. "Jag tror att vi fördelar utifrån karaktär och jag tar gärna tomtstyckningsärendena. Hur många var det?"

"De är ju fler än fem till antalet. Få se nu, en, två, tre, fyra..." Herbert fortsätter räkna tyst. "...tolv till antalet."

"Då tar vi dem Marianne, trots att det är fler än tio stycken. Grabbar, ni får de besynnerliga färgerna mm" säger Valdemar.

"Vilka var förresten de besynnerliga färgerna?" undrar Marianne. "Jag hade inga sådana fall i min hög."

"Starkt lila, cerise och sådana färger" rabblar Magnus.

"Oj, ja det avviker klart" svarar Marianne.

"Då så. Detta borde vi kunna ha klart före veckans slut, eller hur?" avslutar Valdemar.

"Som chefen begär" säger Herbert och de andra nickar instämmande.

"Ja ha, då får vi ut och åka igen då Marianne" säger Valdemar till kollegan.

"Kommer med yrkesvalet" ler Marianne. "Jag går igenom adresserna och bestämmer i vilken ordning vi skall göra besöken. Eller ska vi kanske ringa folk först? Kanske inte så stor sannolikhet att någon är hemma så här dags."

"Det har du rätt i. Vi delar lika och ringer sex stycken var."

Sagt och gjort, kollegorna skiljs åt för en stund för att telefonera.

"Något napp?" undrar Marianne när hon tittar in till Valdemar femton minuter senare.

"En av sex är hemma. Och du?"

"Jag slog dig; tre av sex!"

"Bra jobbat! Då tar vi min först tycker jag."

"Låter klokt. Vems bil?"

"Min förstås. Jag är väl en gentleman, är jag inte?"

"Alltid."

TJUGOSJU

De lämnar polishuset och promenerar mot parkeringen.
"Så, vilken adress?" frågar Marianne medan Valdemar startar bilen.
"Skogsbacken, ska vi till."
"Okej, jag kollar kartan."

De hamnar rätt med en gång.
"Jag börjar känna mig hemma här nu" nickar Marianne till Valdemar.
"Jag med. Kommer sakna det när vi är klara med detta fall."
"Just nu känns det som om det är långt dit, även om jag verkligen tror
att vi kan få ihop bra ledtrådar efter dagens gemensamt hårda jobb."
"Instämmer helt. Låt oss vara optimistiska. Livet blir så mycket enklare
då."
"Valdemar, en optimist. Den går jag inte på" skrattar Marianne.
"Du känner mig alltför väl."
"Alltid värt ett försök."
"Tack för att du tror på mig kära kollega" säger Valdemar och ser
ödmjukt på Marianne medan han blinkar höger för att parkera bilen.
De står framför en liten gul villa på en stort tomt. En vindflöjel rör sig
sakta i brisen och skvallrar om husets byggnadsår; 1912.
"Dags för hundraårskalas" säger Valdemar och pekar på vindflöjeln.
"Vilken trevlig idé. Vi bjuder in oss tycker jag"

De går upp för grusgången och ringer på. En blond kvinna i 30-årsåldern öppnar dörren. Hon ser trött ut och i bakgrunden gråter en bebis. Valdemar visar upp sin polislegitimation.

"Valdemar Horn, kriminalkommissarie."

"Ja, det var du som ringde. Så snabbt ni kom" svarar kvinnan och släpper in dem. "Jag ska bara plocka upp August. Kom in ni. Vi kan väl sätta oss i köket."

Ett hemtrevligt men relativt stökigt hem möter dem. Valdemar och Marianne får praktiskt taget kliva över en tvättkorg överfylld med tillsynes ren men ovikt tvätt som står mitt i hallen. I köket får de väja för dammsugaren. Frukostdisken och vad som ser ut att vara middags-disken, står på diskbänken. Förmodligen såsom det ser ut hemma hos de flesta barnfamiljer, tänker Valdemar, med minnet i färskt behåll från tvåbarnsfamiljen Berg vid Svandammen. Barnskriket upphör genast när kvinna har lämnat dem. Någon blev nöjd av att ha blivit upplyft. Kvinnan kommer in i köket med det nu tysta barnet på armen. Han blir nedstoppad i en babysitter och börjar genast gallskrika igen.

"Nähä, inte det. Du är väl hungrig då" talar kvinna till barnet.

Ogenerat ger hon pojken bröstet och sedan sprider sig ett lugn över huset.

"Så, hur kan jag hjälpa till?" undrar den ammande kvinnan.

"Ja, du får ursäkta att vi tränger oss på så här" börjar Marianne.

"Det gäller ert ärende med styckningen av tomten" fortsätter Valdemar.

"Just det, lite märkligt att det kommer två poliser och frågar om det. Nu får ni faktiskt förklara er närmare" ber kvinnan.

"Förlåt om jag var något diffus över telefon" ursäktar sig Valdemar. "Vi utreder Per-Göran Forsström dödsfall. "Du kanske känner till det?"

"Jadå. Bara från löpsedlarna. Jag har aldrig hört talats om karln och hade ingen som helst aning om att han bodde i Spånga. Läskigt förstås om det är mord och att detta har skett i vår lilla idyll. Men, du nämnde per telefon att du ville veta mer om vårt tomtstyckningsärende, så nu förstår jag inte alls vad saken handlar om."

"Det stämmer att ni har ansökt om att få stycka av er tomt?"

"Ja. Det är en stor tomt, onödigt stor för oss som inte är så händiga när det gäller trädgårdsarbete."

"Ni fick avslag."

"Det var min man som skötte allt detta, men det stämmer."

"Varför fick ni avslag?"

"Den avstyckade tomten skulle bli för liten helt enkelt."

"Vad menas med för liten?"

"Riktlinjen ligger på 600 kvadratmeter per tomt. Om vår skulle styckas skulle vår tomt uppfylla kriteriet men det avstyckade tomten skulle hamna på 550 kvadratmeter."

"Ni fick avslag?"

"Ja, precis. Vi hade hört om andra som har fått dispens, dvs att stadsbyggnadskontoret tillåtit en styckning som givit tomter som är mindre än 600 kvadratmeter och därför tyckte vi att det var värt att överklaga till nämnden."

"Och då fick ni avslag igen?"

"Ja. Det var tråkigt. Det hade gjort oss gott att sälja av en del av tomten och på så vis kunna lösa lite lån."

"Vad var argumentet?" fortsätter Valdemar.

"Precis det jag sa, att den nya tomten blev för liten. De hänvisade också till att just vårt kvarter ligger inom det område som är markerat som q-märkt av stadsbyggnadsmuséet."

"Hur kände ni er efter detta beslut?" frågar Marianne.

"Ledsna förstås. Men inget att göra åt. En regel är en regel. Trist förstås att somliga fått dispens men andra inte. Jag förstår fortfarande inte varför ni har frågor kring detta."

"Per-Göran Forsström satt som nämndledamot och var en av dem som avslog er ansökan."

Kvinna blir blek, får nervösa ryckningar och blicken flackar.

"Ni menar väl ändå inte?"

Hon reser sig och lägger pojken över axeln. En högljudd rap hörs när hon puffar honom lätt men bestämt på rumpan.

"Vi menar ingenting" svarar Valdemar. "Vi frågar enbart."

"Det var det fräckaste. Tror ni att vi skulle ha ihjäl en person för att han nekat oss en styckning av vår tomt?"

"Det nekandet innebar att ni gick miste om ca två miljoner" svarar Valdemar.

"Visst du har rätt men det finns väl gränser för vad en människa gör för pengar. Det känns fräckt att ni kommer hit och påstår att jag och min man som nyblivna husägare och föräldrar skulle riskera allt detta och ha ihjäl en vilt främmande person."

Marianne träder in och lugnar "vi kommer inte med några som helst anklagelser. Vi utreder ett dödsfall som kan vara mord och måste helt enkelt följa upp alla ledtrådar vi kommer över. Som du förstår är en summa om två miljoner kronor inget att blunda för men naturligtvis finns det ingenting som kopplar samman dig eller din man med Forsström."

Kvinnan lugnar sig och skrattar till och med lite grann. "Det är klart att jag förstår att en sån stor summa med pengar är ett självklart motiv för mord. Jag förstår också att ni enbart gör ert jobb. Men jag kan försäkra er om att varken jag eller min man har haft ihjäl den där Forsström på grund av att han var en av dem som avslog vår begäran. Det skulle knappast ha förändrat några styckningsbeslut."

"Du har så rätt" svarar Valdemar. "Tack för att du tog dig tiden att svara på våra frågor. Det var inte meningen att göra dig upprörd. Vi hittar ut själva."

De går ut i trädgården och stannar upp en stund vid grinden.

"Jag tycker att Per-Göran gjorde rätt" säger Valdemar och betraktar trädgården. "En sådan här vacker tomt ska behållas intakt. Tänk dig vad osmakligt men ett nybyggt hus här istället för de knotiga äppelträden."

"Är benägen att hålla med dig Valdemar. Men samtidigt förstår man nyblivna husägare som förmodligen är skuldsatta upp över öronen."

"Skuldsatta eller inte, jag är nog en trädkramare" svarar Valdemar medan han öppnar grinden och låser upp bilen. "Vem ska vi ge oss på nu?"

"En äldre dam som bor på Bifrostgränd. Det ligger åt andra hållet så du får vända bilen och köra tillbaka en bit."

"Okej, jag följer dina instruktioner."

TJUGOÅTTA

De hinner knappt sätta på sig bilbältena förrän de är framme. Denna gång möts de av ett lika bedårande hus, men nu grönt med vita knutar. En äldre dam håller på att tömma brevlådan.

"Fru Birgersson?" frågar Marianne.

"Ja, det stämmer. Är det från polisen?"

"Ja precis" svarar både Marianne och Valdemar.

"Ja kom in ni. Vill du vara så snäll och bära posten åt mig så kan jag hålla mig bättre i ledstången" ber kvinnan Valdemar.

"Självklart, frun" svarar Valdemar och tar emot posthögen.

Hon går illa, kvinnan och ojar sig högljutt.

"Jag går och väntar på en höftoperation ser ni. Men med detta lands sjukvård hinner man ju dö innan man får hjälp" beklagar hon sig.

Marianne kilar före och håller upp dörren. Valdemar erbjuder en hand upp för trappen.

"Det var ena riktiga praktpoliser det" säger kvinnan och ler ett delvis tandlöst leende. "Kom nu in så ska jag bjuda på kaffe, för det vill ni väl ha?"

"Ja tack. Det skulle smaka gott" svarar Valdemar för dem båda.

Vilken kontrast från den tidigare bostaden de besökte. Ett fullkomligen omodernt men undanplockat och välstädat hem. Köksgolvet är slitet utmed diskbänken. Där har kvinnan stått och gått i många år ser man tydligt. Hon hämtar vant kaffepannan som fylls med kaffepulver och

vatten. Sedan sätter hon den på spisen och försvinner ut i vardags-
rummet. Hon återvänder med koppar och fat.

"Man får väl ta fram finporslinet idag. Inte var dag man får bjuda poliser
på kaffe."

Valdemar känner sig återigen som en skolpojke som blivit inmutad hos
granntanten på saft och bullar på väg hem. Och bullar blir det hur de än
försäkrar fru Birgersson om att det verkligen inte behövs.

"Det är så praktiskt med micro ser ni. Tänk att alltid kunna bjuda på
känslan av nybakt. Men vredet har gått sönder och fastnar lätt så jag
måste räkna sekunder när jag använder den. Fast det håller huvudet
igång så det gör då ingenting alls."

I samma stund börjar kaffepannan gurgla och alldeles strax sitter de
runt det runda bordet och njuter av kokkaffe och hembakta bullar.

"Vad var de ni ville fråga om då?" undrar tillslut fru Birgersson.

Marianne tar till orda denna gång "du hade ansökt om styckning av din
tomt."

"Jaså, hade jag?"

"Ja, det finns ett ärende registrerat för denna fastighet hos stads-
byggnadskontoret."

"Det menar du inte. Men det har inte jag gjort. Jag skulle aldrig stycka
denna fantastiska tomt."

"Men hur kan det då finns en ansökan härför?" undrar Valdemar.

"Dessa giriga barn. Kan det vara så illa. Min son har tjatat på mig att jag
ska sälja huset och flytta till hemmet. Jag skulle få det så mycket bättre
där. Och så kunde ju tomten styckas med en gång. Du menar inte att
han har skridit till verket utan min tillåtelse. Det är ju rent förfärligt."

"Men fru Birgersson, en sådan ansökan kan ju enbart lämnas in av den
som äger fastigheten."

"Jag har då inte skrivit under någonting. Han måste ha förfalskat min
namnteckning."

"Oj då, det lät inte bra" säger Valdemar. "Det är ju urkundsför-
falskning."

"Sannerligen. Men nu talar vi inte mer om det. Ville ni bara fråga om
tomten? Misstänkte ni att det handlade om urkundsförfalskning som du
så flott uttrycket det?"

"Nej inte alls. Den begäran som är inlämnad i ditt namn avslogs. Vi
utreder Per-Göran Forsströms dödsfall som var en av de nämndleda-
möter som avslog begäran om styckning."

"Ni menar väl ändå inte att Peter skulle ha gjort sig skyldig till både urkundsförfalskning och mord. Detta är ju rent förskräckligt."

"Ni är snabbtänkt fru Birgersson. Men nej då, det menar vi inte alls. Vi ställer enbart rutinfrågor till de fastighetsägare som har fått sina ärenden avslagna av Per-Göran" berättar Marianne.

"Vilken tur att styckningen inte gick igenom! Det vore ändå rätt åt honom om han fick fängelse för detta" säger fru Birgersson argt. "Göra så här mot sin egen mamma. Vilken girighet. Men inte tror jag att han har mördat den där Forsström inte. Det skulle han aldrig göra. Nu får ni ursäkta, men jag ska genast sätta mig och skriva om mitt testamente. Och därmed basta."

"Det var ord och inga visor det" säger Valdemar när de har lämnat huset.

"Vilken krutgumma! Men vad gör vi med sonen? Urkundsförfalskning? Kan han vara vår mördare dessutom?"

"Långsökt men absolut värt att följa upp. Så, var ska vi nu?"

"Till en gata som heter Utgårdsvägen, närmare bestämt hörnan Utgårdsvägen/ Sörgårdsvägen. Tror att vi ska till den hörnan som är på denna sida av Sörgårdsvägen."

Denna gång möts de av ett hus som avviker från det nationalromantiska temat. Ett enplanshus i mexitegel som andas '70-tal. Vid var sida om yttertrappan växer tujor som så typiskt för denna period. Vintergrönt och lättskött. Det svenska '70-talstemat bryts dock av en gång av vit marmorkross som leder dem till ytterdörren. Fönstren är gallerförsedda och skira gardiner är fördragna i samtliga fönster.

"Tror du någon är hemma? Det är så fördraget" frågar Valdemar sin kollega.

"Det skulle vara någon hemma sa frun när jag ringde. Aisha hette hon."

"Aisha och hennes familj verkar vara oroliga för objudna gäster" säger Valdemar och nickar åt husets gallerförsedda fönster."

"De kanske är välbeställda eller så arbetar kanske hennes man i säkerhetsbranschen."

"Så kan det vara."

En vacker medelålders kvinna av tillsynes sydeuropeiskt ursprung öppnar dörren.

"Aisha?" frågar Marianne.

"Ja, men min man är inte hemma."

"Vi kanske kan komma in i alla fall?"

Kvinnan tvekar men släpper in dem. Interiören är inte vad de har väntat sig och kan inte anas från utsidan av huset. Från hallen till övriga rum löper vackra, polerade stengolv. En gigantisk spegel med guldram hänger i hallen och framför denna på golvet står en madonnastaty. I vardagsrummet skymtas stora ljusa skinnmöbler och ett glasbord täckt av en spetsduk.

"Som hämtat ut tusen och en natt" viskar Marianne till Valdemar.

Han nickar instämmande tillbaka. Deras iakttagelser avstannas av ett gökur som gal fyra gånger.

"Tusen och en natt med en schweizisk touch helt klart" säger Valdemar medan han tittar på sitt armbandsur och konstaterar att gökuret håller tiden exakt.

Aisha visar in dem till köket. Här bryts tusen och en nattemat av med en gustaviansk matgrupp med genomskinlig plastduk över bordet. Denna gång tackar Valdemar och Marianne nej till kaffe. Det finns gränser för hur många koppar man kan dricka på en eftermiddag. Aisha inleder självmant konversationen på felfri svenska men med en kraftig accent.

"Min man har skött allt som har med styckningen av tomten att göra. Jag vet inte mycket om detta så jag vet inte hur jag ska kunna hjälpa er."

"Vill du berätta vad du vet?" frågar Marianne.

"Ja, naturligtvis. Vi köpte det här huset för fem år sedan till ett bra pris. Vi förstår att denna typ av hus inte är lika populär bland er svenskar här i området. Jag förstår inte varför, de är så praktiska med bra utrymmen och underhållsfri fasad. Redan då såg min man till möjligheten att framöver stycka av tomten för att kunna lösa en del lån men även för att investera i sitt företag." Hon gör en paus.

"Vad arbetar din man med?" undrar Marianne.

"Han är i importbranschen."

"På så vis" nickar Marianne.

"Fortsätt" ber Valdemar.

"Min man lämnade in en ansökan. Han var övertygad om att den skulle godkännas. Han förberedde redan för styckningen och planterade tujor längs den blivande tomtgränsen som ni ser."

Aisha pekar ut genom köksfönstret mot baksidan. Mycket riktigt, en nyplanterad tujahäck i en prydlig rad återfinns där. Bakom häcken skymtar en oklippt gräsmatta. De betraktar verkligen andra sidan häcken som någon annans redan nu.

"Vi fick avslag och min man blev mycket besviken. Han kontaktade en vän som är advokat för att denne skulle driva ärendet vidare. Min man betalade dyra arvoden till advokaten. Trots detta fick vi avslag även i nämnden."

"Hur reagerade din man då?" frågar Valdemar.

"Som jag sa, han blev mycket besviken. Vi har inte talat mer om detta. Det är ingen idé att lägga tid på att prata om något som redan ligger i historien."

"Vet du varför ni fick avslag?" undrar Marianne.

"Nej. Som sagt, min man har skött hela ärendet. Jag vet bara att det inte gick som han hade hoppats och att han tog det mycket hårt."

"Ska ni bo kvar i huset?" Valdemar sveper blicken över de närmast gränsande rummen.

"Jag vet inte. Min man är otydlig när det gäller det. Vi har det bra här. Men samtidigt vet jag att han påminns om det här med tomten hela tiden så jag vet inte hur han vill göra. Jag stöttar honom i det beslut han fattar. Dessutom har våra tre döttrar flyttat hemifrån så egentligen behöver vi inte ett sånt här stort hus. Jag vill gärna veta varför det kommer två poliser och ställer frågor om det här med tomten. Ni har väl inget med det ärendet att göra?"

"Det har du rätt i" svarar Marianne. Hon fortsätter "vi utreder dödsfallet av en av de ledamöter i Stadsbyggnadsnämnden som fattade beslutet om att ni inte skulle få stycka er tomt."

Aisha blir märkbart blek och reser sig genast.

"Dödsfall? Eller mord? Jag vill att ni går nu. Om ni har ytterligare frågor vill jag att ni ställer dessa till min man."

"Naturligtvis. Tack för att du tog dig tiden att träffa oss" svarar Marianne.

"Det var inte vår mening att göra dig upprörd" försöker Valdemar lugna på vägen ut.

TRETTIO

Marianne och Valdemar lämnar återigen en solhemsvilla bakom sig och sätter sig i bilen.

"Vi har en misstänkt" säger Valdemar när han vrider om nyckeln.

"Du är rasist Valdemar."

"Säg inte så. Detta har inget med att göra att vi just lämnat Tusen och en natt bakom oss. Går man så långt att man anlitar en advokat för att få till en tomtstyckning då är man verkligen angelägen."

"Jag håller nog med dig. Förlåt att jag sa så. Det bara flög ur mig."

"Ingen fara. Vi behöver ställa ytterligare frågor till maken. Men visst hade vi ett hus kvar."

"Det stämmer. Samma gata men lite längre bort."

"Kan vi promenera?"

"Det kan vi säkert. Och det behöver vi. Då blir det åt höger" visar Marianne.

När de har promenerat i ca 100 meter hör de en bil rivstarta bakom dem. Valdemar hinner uppfatta Aisha bakom ratten på fordonet.

"Och hur ska vi tolka det där?" ropar Valdemar samtidigt som han hoppar åt sidan för fordonet.

"Dags att plocka in importören för förhör."

"Instämmer till fullo." Valdemar drar en lättnads suck, som att ha överlevet en nära döden upplevelse. "Så, där uppe på hörnan, det måste vara dagens sista hus."

De pustar bägge två ut efter att ha bestigit kullen.

"Man verkar få bra motion av att bo i det här området" säger Marianne och nickar neråt backen.

"Onekligen. Lite som hemma i Bromma. Så vad väntar oss nu Marianne?"

"Vi ska besöka en Ulf Brännman."

"Ok, får vi se om vi får fler misstänkta på listan eller om det räcker med den halvmisstänkte sonen Birgersson och den något mer misstänkte importören."

En gråhårig man i 65-årsåldern med glasögon och ett vänligt och intellektuellt utseende öppnar dörren redan innan de hinner ringa på. Jazzmusik hörs i bakgrunden. Valdemar vänder sig mot Marianne och viskar:

"Icke misstänkt."

"I de lugnaste vatten" viskar Marianne tillbaka och skakar på huvudet.

"Kom in. Vi kan väl sätta oss i vardagsrummet."

"Bird Land" påstår Valdemar.

"Ah, en jazzvän."

"Självklart."

Härligt nersuttna ljusa lädersoffor möter dem. Akvareller på väggarna och fårskinn på golven. Huset bebos helt klart av ett konstnärligt lagt par. Ulf går fram till stereon av modell 90-tal och sänker volymen en aning till pratvänlig ton.

"Te, kaffe?" bjuder Ulf.

"Tack det är bra" säger Valdemar och Marianne i kör.

"Samspelt team" tycker Ulf.

"Blir lätt så när man arbetar så intensivt tillsammans" svarar Marianne.

"Så, ni ville höra om tomten."

"Ja, precis. Det är styckningen vi undrar om" berättar Valdemar.

"Jag och Marianne, ja min fru heter också så, har bott här i 30 år. Vi köpte huset när vi väntade vårt första barn. Innan dess bodde vi på Söder. Sedan dess har ytterligare tre barn kommit till världen och huset har vi byggt om och till allteftersom för att anpassa det för en växande familjs behov. Nu har alla barnen flugit ut och huset är alldeles för stort för två personer. Vi har redan ställt oss i kö för ett seniorboende i Sundbyberg, gamla filmstaden, kanske ni känner till? Det ser ut som om vi kommer få en lägenhet där till hösten vilket innebär att vi kommer sälja detta hus till våren. Vi har redan förberett med en mäklare. Han sa att vi kanske hade möjlighet att stycka tomten inför försäljningen. Tomterna här i Solhem tangerar ju höga värden idag. Helt otroligt. Tänk att vi köpte vårt lilla hus för 350 000 kr för trettio år sedan. Nu kommer vi få sju miljoner för huset, säger mäklaren i alla fall och vi skulle dessutom fått omkring två miljoner för tomten om styckningen hade gått igenom. Jag ville egentligen inte stycka tomten, tycker liksom att huset och tomten hör ihop, men det är klart om en tomt tangerar så pass mycket pengar och man ändå ska flytta, är det väl inte så konstigt att man lämnar in en ansökan."

"Vilket du gjorde" fyller Valdemar i.

"Ja, det gjorde jag."

"Och fick avslag" fortsätter Marianne.

"Precis så var det."

"Vad kände du då?" frågar Valdemar.

"Jag blev lite lättad faktiskt. Hur man nu kan bli lättad över att gå miste om två miljoner. Som jag sa, tycker jag att huset och tomten hör ihop. Nu kommer idyllen få förbli intakt och en ny familj kommer att få njuta av trädgården, äppelträden och gröngräset precis som våra trollungar har fått göra. Det känns bra faktiskt."

"Så inga hard feelings då?" undrar Valdemar.

"Nej, inte alls. Reglerna och riktlinjerna kring tomtstorlekar har ju skapats av en anledning. Det är bra att tomterna inte görs för små, det förstör verkligen gatubilden. Har ni varit i Bromma och sett hur de pressar in hus på hus på de små tomtplättarna?"

"Jag råkar bo i Bromma" svarar Valdemar.

"Då vet du vad jag menar?"

"Ordagrant."

"Men du överklagade beslutet till nämnden" säger Marianne.

"Ja, det stämmer. Min fru tyckte det var en principfråga. Det skiljde ju bara på ett fåtal kvadratmeter. Men de var benhårda i nämnden. Så saken är utagerad nu. Men, om jag får fråga, hur kommer det sig att ni kommer på hembesök och ställer dessa frågor till mig?"

"Vi utreder dödsfallet Per-Göran Forsström, politikern."

"Ja just det. Jag läste om det på löpsedlarna. Och vad har detta med min tomt att göra?"

"Per-Göran satt som nämndledamot i stadsbyggnadsnämnden. Han var en av dem som avslog er ansökan."

"Där säger du något. Jag tyckte att namnet lät bekant när jag hörde det på nyheterna. Jag brukar lägga namn på minnet men denna gång hade jag verkligen svårt att placera det. Så det var det som var länken. Så ni tänker att det kanske handlar om mord och tomtstyckningen skulle vara motivet."

"Allt är möjligt."

"Och då ställer ni rutinfrågor till alla som kan tänkas ha ett horn i sidan till herr Forsström. Ja, som ni märker, för oss var det ingen stor sak. Visst, vi gick miste om två möjliga miljoner men vi är lika glada för det och för att vi får lämna huset och tomten intakt."

Valdemar reser sig och går instinktivt fram till fönstret för att se ut över trädgården. Tomten är onekligen underbar och Ulf har rätt i att huset och tomten hör ihop. Återigen ett bravo till Per-Göran.

"Jag tror att vi är klara Valdemar" säger Marianne och reser sig och gör kollegan sällskap vid fönstret.

Ulf ställer sig bredvid dem. "Trevlig utsikt va?"

"Verkligen" håller Marianne med.

"Inte värt att ta livet av någon för att man inte blir av med den."

"Där lyckades du vrida till det" tycker Valdemar.

"Så är det."

"Tack för att du tog dig tiden att svara på våra frågor" säger Marianne och sträcker fram handen för att markera att de är på väg att avlägsna sig.

"Anytime" svarar Ulf och besvarar hennes handslag. "Du, Valdemar, du borde komma till Spånga Folkan vid tillfälle. Vi har en stor variation av jazzkonserter som ges."

"Det gör jag gärna."

"Här, ta ett programblad. Hoppas vi ses!"

"Tack. Det skulle vara jättetrevligt."

"Ska du gå på konsert med en mordmisstänkt Valdemar?" skojar Marianne när de promenerar tillbaka till bilen vid Aishas hus.

"Tycker du han verkade misstänkt?"

"Inte särskilt. Och du kan ju för övrigt kombinera en kväll i jazzens tecken med lite privatspan på solhemsbor i största allmänhet."

"Tack för din tillåtelse och ett förträffligt förslag. Du kanske vill följa med?"

"Jazz är inte riktigt min cup of tea."

"Har du sagt det förut till mig?"

"Kommer inte ihåg? Vi pratar väl kanske inte om min musiksmak så ofta? Din lyser liksom igenom med P2 som ständigt är på i din bil."

"Ha ha, du har så rätt Marianne. Tror det blir svårt att komma iväg närmaste perioden" avslutar Valdemar och stoppar ner programbladet i fickan.

Musikpratet går över i matprat.

"Ska vi ta en lättare middag uppe i Vällingby ikväll? Så vi orkar med kvällsskiftet."

"Ja magen säger att det är dags igen. Och jag ska orka med ett samtal till Guatemala dessutom."

"Bara en sån sak. Och vi har många namn kvar på listan."

"Onekligen. Vi får väl se om fler är hemma ikväll annars kan vi ju även överväga initiala telefonintervjuer."

"Sista utvägen va?"

"Ja, det är ju alltid mycket bättre att sitta öga mot öga med folk."

TRETTIOETT

Herbert och Magnus sitter i det gemensamma pentryt när Valdemar och
Marianne kliver in med sina bruna papperspåsar.
"Äter ni hamburgare nu igen?" frågar Valdemar lite stöddigt.
"Ja, fast vi varierar oss. Denna gång har vi varit på Sibylla och hämtat."
"Tänka sig att det finns variation även inom den matgenren" kontrar
Marianne.
"Om man nu kan kalla det mat" muttrar Valdemar.
"Och vad har ni i era påsar då?" undrar Magnus.
"Mackor" svarar Marianne.
"Till middag?" säger Magnus förvånat. "Det är väl dessutom nästan
samma sak som en hamburgare. Bröd och pålägg. Fast hamburgaren är
tillagad så den påminner mer om mat."
"Nu släpper vi matdiskussionen mina vänner" tycker Valdemar. "Har
ni varit ute och träffat misstänkta eller fick ni inte fatt på någon?"
"Fick napp i två fall av åtta."
"Och vi fyra av tolv."
"Chefen kan få börja."

Medan de äter sina mackor redogör Valdemar och Marianne mellan
tuggorna för sina samtal med berörda fastighetsägare på förmiddagen.
Magnus och Herbert instämmer mellan hamburgare och pommes att
importören verkar vara den mest misstänkta hittills. De ägnar mycket

tid at att analysera hans motiv och förehavanden. Sedan berättar grabbarna om sina efterforskningar. Magnus inleder:

"Först hälsade vi på hos en konstnär som behövde större fönster till sin ateljé."

"Det måste verkligen ha varit stora och avvikande fönster om han fick avslag" tycker Marianne.

"Jo, i och för sig. Men han bodde i att av Solhems äldsta hus så avslaget berodde som han så fint uttryckte det på att de nya fönstren inte harmonierade med huset i sig. Men han verkade inte tycka att det var så farligt. Han tog det som en spark i baken att tillslut flytta ut till stugan vid kusten eftersom det i alla fall inte stämde med ljuset i Solhem."

"Dessa konstnärer" skrattar Marianne.

"Men han gick ju så långt att han överklagade" påpekar Valdemar.

"Det var frugan som envisades. Hon ville gärna bo kvar" förtydligar Magnus.

"Och nu måste hon flytta i alla fall" konstaterar Valdemar.

"Tydligen inte. De ska bli särbos. Hon bor kvar i huset och han flyttar ut till stugan vid kusten."

"Det var ju också en lösning" flikar Marianne in.

"Har man råd så" svarar Magnus.

"Ja ha, så vi kan stryka dem från listan då?"

"Ja, till en början tänkte jag att frun kunde vara ett ämne eftersom hon var så bestämd på att bo kvar i huset. Men eftersom de löste det på sitt eget lilla vis, känns det liksom inte som att det finns anledning att misstänka henne längre."

"Undra om det bara var ljuset som gjorde att han beslöt sig för att lämna Solhem?" funderar Marianne.

"Ja ha och sedan?" undrar Valdemar.

"Jo sen var det avvikande färgönskemål som var uppe på tapeten" berättar Herbert.

"Ja, det var en riktig häxa" skrattar Magnus.

"Häxa?" frågar Marianne.

"Ja, en sådan där tant med långt stripigt hår, morotsfärgat. Svart lång klänning och till och med en svart katt" berättar Magnus.

"Och hon önskade byta färg på sitt hus?" frågar Valdemar.

"Ja. Menade på att det behövde bli lila för att hon skulle få fullständig harmoni."

"Lila i sig kan väl fungera på somliga hus" tycker Marianne.

"Ja, men hon ville ha en riktigt starkt kulör som inte alls gick hem hos stadsbyggnadskontoret. Hon ville dessutom ha senapsgula knutar och foder. Kan ni se det framför er? Inge vidare!"

"Harmonin måste ha betytt mycket för henne eftersom hon bemödade sig med att överklaga" påstår Valdemar.

"O ja. Hon var riktigt besviken" svarar Herbert.

"Tillräckligt besviken för att mörda Per-Göran?" frågar Marianne.

"Nej, hon var inte den typen. Och skulle hon ha velat ta död på en politiker hade hon väl snarare skapat en sådan där wodoodocka än att ha förgiftat honom med nikotin."

"Såg ni någon sådan docka som låg och skräpade någonstans?

"Nä, inte synligt i alla fall."

"Hade hon en plan B då? Hur skulle hon få harmoni utan den lila färgen?"

"Hon skulle måla om inne istället!"

"Ja det var ju också en lösning."

Valdemar frågar "vad hade huset för kulör idag förresten?"

"En diffus beige färg. Huset behövde verkligen målas om, färgen flagade ordentligt. Hon berättade att hon övervägde att måla det vitt istället."

"Det var tvära kast."

"Håller med."

"Så ni tycker att vi kan stryka henne från misstänktlistan då?" undrar Valdemar samtidigt som han antecknar på tavlan på väggen.

"Just nu i alla fall. Vi kanske kan gå tillbaka till henne om vi inte får några andra napp" föreslår Magnus.

"Av ren nyfikenhet" säger Marianne "hur reagerade era på att ni frågade frågorna med anledning av mordet på Forsström?"

"Varken konstnären eller häxan verkade tycka att det var konstigt att vi frågade. Kände sig inte alls utpekade utan verkade fatta" berättar Magnus. "Och era?"

"Blandade reaktioner. Somliga kände sig mer påhoppade och utpekade än andra."

"Fick ni tag på några fler?" undrar Valdemar.

"Tre stycken kan vi stryka helt från listan eftersom de husen bytt ägare och det var den tidigare ägaren som drev process mot SBK" berättar Herbert.

"Fast man kan ju sälja i ren besvikelse" tänker Marianne.

”Först straffa nämndledamoten och sedan sälja. Ja, faktiskt” håller Valdemar med.

”Fast varför vänta så länge. Dessa kåkar såldes för cirkus 2 år sedan” förklarar Herbert.

”Låter inte helaktuella så vi kanske kan lägga dem åt sidan i dagsläget” instämmer Valdemar och fortsätter ”ok, jag tror att vi är klara så långt va? Då fortsätter vi att arbeta av namnen på våra listor. Jag ska ringa till Guatemala om någon timme och se vad vi får för information därifrån.”

”Yes, boss” svarar Herbert och lämnar rummet tillsammans med Magnus.

Valdemar dröjer sig kvar och betraktar utredningen i den skepnad den har tagit på tavlan på väggen. Så enkelt men ändå så svårt tänker han. Hans magkänsla säger honom fortfarande att det rör sig om ett mord.

TRETTIOTVÅ

"Ska vi prata importören?" frågar Valdemar samtidigt som han slår sig ner vid Mariannes skrivbord.

"Absolut, det är ju vårt hetaste spår just nu." Marianne lägger sina papper åt sidan.

"Det är tydligt att vi uppmärksammade frun på något som gjorde henne upprörd när vi ställde våra frågor. Hon blev betydligt mer tagen än övriga vi frågade ut, eller hur? Att hon sedan fick så bråttom från huset så snart vi lämnat tycker jag också är anmärkningsvärt."

"Jag instämmer. Men visst det kan ha varit ett slumpmässigt sammanträffade. Hon kan lika gärna ha fått ett brådskande ärende, eller hur?" funderar Marianne.

"Visst kan det vara så, men maken hade anlitat advokat för att få igenom styckningen, det är också avvikande. De övriga fastighetsägarna som överklagat har skött detta på egen hand."

"Kan ju vara en kulturell fråga. Jag har en känsla av att nere på kontinenten är det bra mycket vanligare att använda advokater till höger och vänster. Ofta ställs högre formella krav. Det ska vara stämplar av notaris publicus så snart ett dokument ska användas för högre ändamål."

"Kan förstås vara en förklaring. Liksom galler för alla fönster som här fortfarande är ganska ovanligt bortsett från källarfönster, eller hur?"

"Men nu lägger vi våra personliga värderingar i detta."

"Delvis så, ja" instämmer Valdemar. "Men, vi följer upp tycker jag. Jag kontaktar Aishas man, Ronaldo hette han. Hoppas vi kan få hit honom imorgon på förhör så vi kan hålla tempot uppe."

"Bra. Jag fortsätter jobba av listan."

De avbryts av att Herbert störtar in med dagens Metro i högsta hugg.

"Sa ni Tusen och en Natt på Sörgårdsvägen?"

"Importörens hus menar du? Ja det var på Sörgårdsvägen."

Herbert lägger ner tidningen framför kollegorna. Han har bläddrat fram bostadsannonserna.

"Är det den här kåken?"

"Ja, mitt i prick. Konstigt, det säljer" svarar Marianne.

"Ännu konstigare att Aisha inte nämnde det när vi var där" säger Valdemar.

"Hon kanske inte kände till det. Verkar ju vara så att maken höll i allt kring huset."

"Eller så försöker de smita?" tycker Herbert.

"Mycket bra observation Herbert" säger Valdemar. "Ytterligare ett argument för att omedelbart plocka in importören på förhör. Herbert, hinner ni gräva lite i hans person- och företagsdata så vi har lite mer kött på benen kring hans karaktär när han kommer?"

"Självklart chefen. Ge mig 15 minuter."

"Du får 30 eller eventuellt till imorgon. Beror på om vi får tag i honom ikväll."

"Generöst! Då kanske jag hinner få ihop hans livsstory."

Ronaldo gör en stor scen när han sen kväll kliver in på polisstationen i Vällingby. Han ser nyduschad ut och doftar starkt av rakvatten. Den muskulöse mannen tar inte i hand utan gestikulerar vilt och utbrister "jag förstår inte vad detta ska vara bra för. Det känns skamligt att bli kallad till polisstationen och en kväll dessutom. Det är kriminellt."

"Vi är mycket tacksamma över att du kunde komma med så kort varsel."

"Vi behöver bara ställa ett par frågor, inget annat" lugnar Marianne. Hon visar in till ett av förhörsrummen. "Kan vi bjuda på kaffe eller te."

"Absolut inte. Nej tack."

"Jo, som du vet har vi talat med din fru angående era motgångar i den planerade styckningen av tomten."

"Ja. Det hade varit mycket bättre om ni talat med mig på en gång. Min fru har inte drivit processen."

"Vi förstod det. Men din fru var mycket hjälpsam och berättade det hon kände till för oss."

"Jag förstår inte varför ni kallar mig till polisstationen för att prata om tomtstyckningen. Jag har inte gjort något fel. Det är folket på kommunen som har gjort fel. Kalla in dem på förhör skulle jag föreslå."

"Du har verkligen fått strida för din sak. Det är mycket pengar det handlar om. Nu har vi förstått att ni ska sälja huset."

"Jasså. Polisen håller koll på bostadsmarknaden. Det var intressant. Ja, det är ingen hemlighet. Nu säljer vi huset."

”Får vi fråga varför?” undrar Marianne.

”Jag vill inte bli mer påmind om motgångarna med styckningen. Barnen har flyttat hemifrån. Jag och Aisha behöver inte ett stort hus längre.”

”Var ska ni flytta?” frågar Valdemar.

”Vi har inte köpt något ännu. Radhusen på Solhöjden är prisvärda. Kanske blir det dit vi flyttar. Eller Hässelby. Vi får se.”

”Känns det inte riskfyllt att sälja innan ni har något nytt att flytta in till?”

”Nej, inte alls. Om vi inte hittar något kan vi bo hos vänner eller släktingar, både i Sverige och utomlands.”

”Ja det var ju förnämligt om man kan lösa det så” tycker Valdemar. ”Om vi får återgå till att fråga om styckningen” fortsätter han. ”Du anlitade en advokat för att få igenom den?”

”Det stämmer.”

”Det hör inte till vanligheterna att man gör det, om du förstår vad jag menar.”

”Ni svenskar, ni är så lama. Strider inte för er sak. Får ni ett nej, ger ni er med en gång.”

Ronaldo gestikulerar ihärdigt och Valdemar tänker lite roat för sig själv, snart lyfter han, som han flaxar.

”Vet inte om jag håller med dig där helt och hållet. Men visst kan vi ses som lite väl fogliga ibland” bemöter Marianne.

”Så vart vill ni komma? Bara för att jag har fightats för min sak, vilket ligger i min natur, så tror ni att jag har haft ihjäl den där mannen som hämnd?”

Valdemar och Marianne tittar på varandra. Vem ska tackla detta påstående?

”En man är död. Just nu följer vi alla spår vi har. Det är vår skyldighet som polismän. Vi påstår inte att du har gjort dig skyldig till något. Vi ställer enbart frågor” förklarar Marianne.

”Jag har inga problem alls att bevisa min oskuld!”

”Var befann ni er kvällen den 23:e oktober?”

Ronaldo plockar upp sin telefon. ”Jag har ett bra minne men måste dubbelkolla min kalender.”

Några sekunders tystnad bortsett från tangentljudet från Ronaldos telefon.

”Precis som jag trodde” säger han. ”Jag hade möte med affärskontakter i Södertälje. Vi avslutade med middag. Ni kan fråga Aisha. Hon anslöt till middagen.”

”Hur länge pågick middagen?” frågar Valdemar.

"Sent skulle jag vilja påstå. Som ni vet, vi sydeuropéer har lite senare vanor än ni nordbor. Vi började middagen vid halvåtta och jag tror inte vi var hemma i Spånga förrän vid midnatt."
"Finns det någon mer än Aisha som kan intyga detta?"
"Självfallet, mina affärskontakter som vi åt middag med. Men det skulle inte se bra ut för mina affärer om polisen kom och ställde frågor till dem. Det måste ni förstå. Ni kan äventyra hela överenskommelsen!" utbrister Ronaldo upprört.
"Ronaldo, vi utreder ett dödsfall. Vi förstår att dina affärskontakter inte får äventyras, men att lösa ett eventuellt mord väger tyngre" säger Valdemar.
Marianne tar vid "och du måste naturligtvis vara mån om att vi stryker dig från misstänktlistan vilket ju är en förutsättning för att du ska kunna fortsätta med dina affärer."
"Ja, ja, jag förstår. Ska fundera över vem som är lämpligast att tala med. Har ni papper och penna?"
"Naturligtvis."
Ronaldo plitar ner ett namn och telefonnummer och fortsätter "jag ber er verkligen att vara så diskreta som möjligt. Jag har en otroligt stor affär på gång med dessa män."
"Du har vårt ord" avslutar Valdemar och känner sig lättad över att den smått hetsiga pratstunden kommit till sitt slut.

Importören lämnar polisstationen med samma scen som när han gjorde entré. Valdemar och Marianne tittar på varandra.

"Du använde ordet mord" säger Marianne och stöter Valdemar i sidan med sin armbåge.

"Var det dumt?

"Nej, vi kanske behöver använda det ordet för att folk ska förstå allvaret. Fast vi vet ju fortfarande inte."

"Nej" suckar Valdemar. "Jag vet. Men jag har den där magkänslan."

"Jag vet. Jag med" håller kollegan med. "Kan han vara skyldig?" frågar Marianne.

"Förmodligen inte" muttrar Valdemar tillbaka och fortsätter "följer du upp med hans affärskontakt om deras påstådda möte på kvällen för dödsfallet. Lyssna gärna lite generellt vilken typ av affärsverksamhet de bedriver. Inte för att de nödvändigtvis har någon påverkan men låt oss ändock suga ur dem så mycket information som möjligt för kartläggningen." Han tittar på armbandsuret. "Jag ska prova ringa Guatemala igen. Det har nästan hunnit blivit lunchtid där nu så de borde vara på jobbet."

"Bra. Då sammanstrålar vi sedan."

"Det gör vi."

Valdemar inväntar ton och slår för andra gången det långa numret till kollegan han inte känner men förlitar sig fullt på ska kunna hjälpa till att lösa del av gåtan. Signalerna som hinner gå fram innan någon svarar i andra änden talar om för Valdemar att de befinner sig långt ifrån varandra.

"Hej kollega långt borta. Så bra att jag fick kontakt med dig!"

"Vad kan jag göra för dig?"

"Jag har en död man kanske ett mordoffer som hade ett förhållande med en dam i ditt rike."

"Intressant. Ett långdistansförhållande."

"Verkligen."

"Har damen ifråga blivit underrättad?"

"Nej, ännu inte. Varken underrättad eller förhörd."

"Och nu min vän överlåter du till mig att utföra detta."

"Precis."

"Självfallet hjälper jag dig. Du får berätta mer."

Valdemar berättar och kollegan lyssnar tålmodigt.

"Det är ett vanligt namn hon har. Jag ska göra mitt bästa för att finna henne. Kanske ni vet i vilken del av vårt land hon kan tänkas bo?"

"Bra tanke. Vi försöker ta reda på det. Vi har ju hennes mailadress också förstås. Men de hade högst sporadisk kontakt via mail så vi har fått känslan av att hon har långt till en dator."

"Då provar vi förstås med mail men behöver backa upp med mer info för att finna henne om hon inte svarar."

"Vi har ett foto också. Jag ser till att ni får det."

"Superbt! Testamente? "

"Vi har ännu inte hittat något. Det finns inga andra kända arvingar i Sverige förutom offrets gamla mor, så jag hoppas innerligt att vi hittar ett testamente."

"Då hörs vi igen om ett par dagar."

"Det ser jag fram emot."

Marianne sitter fortfarande upptagen i telefonen när Valdemar passerar hennes skrivbord. Han stannar upp och lyssnar nyfiket eftersom det är tydligt att det är importörens affärskontakt hon talar med. Marianne skakar på huvudet när hon lägger på.

"Vattentätt alibi. De hade suttit i affärsförhandlingar och promenerade sedan till en restaurang. Allt skedde i Södertäljetrakten så han kan omöjligen ha hunnit ta sig till Spånga."

"Restaurangen?"

"Ska ringa dem nu. Enligt affärskontakten är de stammisar där och han var därför säker på att restaurangens personal skulle intyga att de var där denna kväll."
"Om de är stammisar kan det ju ligga i restaurangägarens intresse att ge dem alibi oavsett."
"Det har du rätt i."
"Se om du kan få en skriftlig logg från restaurangen. Om de betalade med kort ber vi grabbarna göra ett utdrag som vi kan matcha."
"Och om de betalade kontant?"
"Ja, då kan vi verkligen stå inför ett scenario där restaurangen lämnar ett osant intygande."
"Han borde ju fått kvitto även om de betalade kontant. Ett kvitto som med stor sannolikhet bokats som representation i företaget."
"Du är klok du Marianne."
"Man lär sig mycket av att vara ingift i en egenföretagarfamilj."
"Fick du tag på Guatemala?"
"Ja, faktiskt. Han återkommer inom ett par dagar. Hon har ett vanligt namn Maria men med hjälp av fotot och framförallt hennes mailadress hoppades han kunna hjälpa oss."
"Hoppas, hoppas."
"Ja, det gör vi verkligen. Men nu Marianne, tycker jag vi avslutar denna långa dag."
"Åh, jag håller med. Nya tag imorgon!"
"Nya tag!"

Det har blivit tisdag morgon och Valdemar samlar teamet för sedvanlig morgonstund i utredningsrummet. Stina verkar ha lärt sig deras mötesmönster och ansluter utan förvarning.

"Ah, Stina, välkommen" säger Valdemar lite förvånat. "Ja ni andra också förstås. Som ni vet har jag etablerat kontakt med våra kollegor i Guatemala. Inte föga anat är Maria Pérez är ett mycket vanligt namn så vi behöver hjälpa kollegorna att ringa in de områden PG besökte med en förhoppning om att hon är bosatt någonstans där. Grabbar, nu vill jag att ni luskar i den där resan till Guatemala som Per-Göran gjorde."

"Ok, superidé! Vi fokar på det" svarar Magnus.

Stina bryter in "Valdemar, kommer du behöva åka ner till Guatemala?"

"Hallå, nu var det ju vi som fick i uppdrag att kolla närmare på resan!" hojtar Herbert.

Valdemar förstår att den glada kollegan skämtar i vanlig ordning men bemödar sig inte med att besvara honom. "Inte i första taget. Vi får känna av hur mycket information kollegorna kan förse oss med. Det blir ju en dyr apparat också att resa ned. Jag kommer behöva tolk i alla fall."

"Vår resebudget är ansträngd, men om du behöver resa för att lösa detta, har du min välsignelse vilket kanske är galet för ni har väl inte säkrat upp spår som utesluter självmord än?"

Där kom den, tänker Valdemar irriterat.

"Tack Stina. Nej, det kan vara både självmord och mord men det mesta talar för det senare."

Kollegorna stöttar genast upp och berättar detaljerat hur samtliga de varit i kontakt med som kände Per-Göran uteslöt självmord.

Stina verkar nöja sig med det och lämnar rummet till Valdemars lättnad. Han håller sig gärna borta från ett längre samtal med henne där han behöver stå till svars för brist på teknisk bevisning kring mord eller självmord.

T R E T T I O S E X

Det har hunnit bli eftermiddag och Valdemars telefonerande till misstänkta fastighetsägare och funderande däremellan avbryts av att Herbert och Magnus stegar fram till hans skrivbord.

"Vad har ni hittat?"

"Vi har följt PG:s fotspår i den där resan han gjorde" börjar Magnus.

"Hur fick ni tag på rutten?" undrar Marianne som nyfiket överhört deras samtal.

"Det var piece of cake. Vi kontaktade resebyrån som var mycket hjälpsamma när vi förklarade ärendet för dem" fortsätter Herbert.

"Ni behövde inte arbeta ihjäl er mao" säger Valdemar.

"Långt ifrån" skrattar Herbert.

"Vi fick också kontaktuppgifter till den guide som var ansvarig för just Per-Görans resesällskap."

"Otroligt. Det borde vi tänkt på från dag ett" tycker Marianne.

"Jättebra jobbat grabbar. Jag slussar informationen vidare till kollegorna. Summerar ni på engelska?" avslutar Valdemar.

"Already done sir!" säger Herbert och gör honnör.

"Vilket dream team ni är" skrattar Valdemar. "Helt otroligt!"

Kollegorna är precis på väg att avlägsna sig när Valdemar hejdar dem.

"Nu flyter det på fint. Många nya ledtrådar att följa upp. Men vi får inte släppa de gamla ledtrådarna."

"Något särskilt du tänkte på Valdemar?" undrar Marianne.

"Just nu funderade jag faktiskt på Didriks avundsjuka sambo."

"Du har rätt Valdemar. Vi ska nog höra Didrik på neutral mark. Jag ringer och lyssnar när han är tillgänglig" erbjuder sig Marianne och går bort mot sitt skrivbord.

"Tack Marianne" hinner Valdemar säga till hennes skyndande ryggtavla.

Bara några minuter senare är Marianne tillbaka.

"Du fick tag i honom så snart?" frågar Valdemar.

"Nej. Han är på semester."

"Va, från en dag till en annan!" utbrister Valdemar irriterat. "Äsch, drar mig hemåt nu. Behöver tänka i lugn och ro."

"Jag ska också dra mig. Det blev lite för många timmar under helgen. Vi ses imorgon kära kollega." Hon klappar honom vänskapsfullt på axeln.

"Det får vi hoppas."

Trots att det inte blev en särskilt lång och ansträngande arbetsdag känner sig Valdemar ovanligt hungrig och ovanligt omotiverad att laga middag åt sig själv. Han bestämmer sig för att hämta kinamat vid Stora Mossens rondell. Restaurangen har legat där så länge han kan minnas. Den är sällan fullsatt men ägaren får det uppenbarligen att gå runt eftersom den fortfarande finns kvar. Eller så besöker jag restaurangen på för udda tider, tänker han. Parkering är alltid en utmaning här. Han tar det säkra före det osäkra och parkerar i villakvarteret på Lillsjönäsvägen för en kort promenad. Ett hastigt kval av dåligt samvete drabbar honom. Undrar om det irriterar villaägarna att restauranggästerna parkerar här? Alla är ju inte lika hänsynsfulla utan blockerar brevlådor, grindar och garageuppfarter. Eftersom han inte tillhör den kategorin och dessutom enbart kommer parkera högst femton minuter känner han sig bättre till mods när han promenerar till restaurangen. Ett glatt bemötande får han av den kortvuxna, kinesiska alltid lika välklädda äldre damen, och han känner att det var precis rätt val för kvällen.

Väl hemma med en väldoftande vit plastkasse som han sätter ifrån sig på köksbänken skyndar han in i vardagsrummet. Invant går ha till stereon i vardagsrummet för att sätta på lite middagsunderhållning. Han känner en stark instinkt av att lyssna till Orffs Carmina Burana. Det är perfekt "tänkarmusik". Valdemar vrider upp volymen, kanske lite för högt. Grannarna lär knacka i golvet om det går överstyr. Naturligtvis händer det aldrig. Rosévin passar utmärkt till asiatiskt. Valdemar vet att han har en flaska på kylning. Ska han unna sig det trots att det är tisdag. Sluta upp och vara en puritan säger Valdemar högt för sig själv. Efter dessa bestyr kan han till sist slå sig ner och njuta och tänka.

När han är halvvägs genom middagen bestämmer han sig för att ringa Anders Göransson, Per-Görans M-kollega i Stadsbyggnadsnämnden. Kan han ha iakttagit något slags förhållande mellan Per-Göran och Didrik? Han inser när signalerna går fram att han måste sänka musiken och får genast lite bråttom till vardagsrummet. Valdemar hinner precis vrida ner till samtalsvänlig ton när han svarar.
"Anders."
"Valdemar Horn här. Ledsen att störa dig så här på kvällskvisten."
"Valdemar. Du tycks alltid höra av dig till mig kvällstid. Jobbar du jämt?"
"När plikten kräver det."
"Jag förstår, jag förstår och ingen fara. Jag valde trots allt att svara i telefon eller hur" svarar Anders med en ton som låter långt ifrån irriterad.
Skönt tänker Valdemar och fortsätter "vi försökte nå Didrik idag, ja din kollega i Stadsbyggnadsnämnden, men fick beskedet av växeln att han är på semester."
"Ja, det borde jag inte ha koll på i vanliga fall men eftersom vi har ett möte imorgon så känner jag till att han uteblir. Det kom helt klart lite hastigt. Han sa att han och sambon hade ett presentkort som var på väg att passera giltighetsdatum."
"Jag förstår. Får jag ställa dig en rak fråga?"
"Självklart!"
"Finns det någon chans att Per-Göran och Didrik har haft ett förhållande. När vi sågs i lördags pratade vi ju mest om hans förhållande till kvinnor. Tänker att det inte utesluter att han även drogs till män."
Anders är tyst en god stund.
"Jag har nog aldrig tänkt att Per-Görans kunde vara homosexuell eller bisexuell för den delen. Men, nu när du nu frågar konkret kring honom och Didrik blir jag faktiskt lite fundersam. Varför gör ni den kopplingen?"

"Som du förstår kan jag inte yttra mig om det. Jag känner dock att jag kan blotta så pass mycket att vi har reagerat över att Didrik kallade Per-Göran för PG."

"Och därmed skulle de haft ett förhållande?"

"Vi följer upp allt som du förstår."

"Jag ser poängen."

"Eller är det så att Didrik generellt slänger sig med smeknamn?"

"Nej, det har jag faktiskt inte upplevt."

"Hur har du upplevt att Didrik tagit Per-Görans hastiga bortgång."

"Jag träffade honom igår faktiskt och faktum är att han har tagit det ganska hårt. Men så är han lite av en dramatiker också."

"Så det kan finnas en anledning att titta närmare på detta?" Valdemar inser genast att det var en något tokig fråga att komma från honom som ansvarig för utredningen. "Du får ursäkta, det beslutet ska jag givetvis fatta själv."

"Ingen fara alls" säger Anders. "Ibland behöver man tänka högt för att komma framåt. Men, tänk vad snabbt ens uppfattning kan vända, och jag tror faktiskt inte att det kan vara en omöjlighet att de kan ha haft ett förhållande."

"Kärlek över partigränserna. Stort tack för att du tog dig tiden Anders."

"Ja, man styr ju sällan vem men faller för. Glad att kunna hjälpa till. Trevlig kväll."

"Tack detsamma."

Valdemar lägger ifrån sig telefonen och vrider upp musiken igen. Maten har börjat kallna men Valdemar bryr sig inte om att värma på den. Han slår upp ett till glas vin, sätter tillbaka korken i flaskan och placerar den åter i kylen. Två glas räcker på en vardagkväll. Annars vet han att han får huvudvärk och det har han inte tid med. Så reflekterar han över samtalet med Anders medan han avslutar middagen. Kan det trots allt vara ett svartsjukedrama som ligger bakom det som han är övertygad om är ett mord? Ska han ringa Marianne och ventilera lite? Nej, det kan vänta till morgondagen. Hon var tydlig med att hon behövde lite ledigt. Han skingrar tankarna genom att plocka fram programbladet från Spånga Folkan som Ulf Brännman gav honom. Nästa fredag ges en konsert som låter lockande. Han kan ju ha det som målsättning i alla fall även om han är säker på att utredningen kommer komma emellan. Tycker Isabelle om jazz funderar han men slår sedan bort tanken på Isabelle som börjar bli en vana vid det här laget.

Onsdagen förlöpte utan större genombrott. Valdemar vet efter år av utredningar att dessa mellandagar alltid förekommer och hetsar inte upp sig över att inte ha åstadkommit något. Torsdagen vaknar han dock förhoppningsfull. En mellandag måste räcka. Nu ska Didrik ha kommit tillbaka och han och Marianne har ett spännande samtal framför sig. November visar sig från sin typiska novembersida, grå, grå och åter grå. En vinröd slipover under den gröna tweedkavajen piggar upp och värmer gott. Mustaschen får sig en omgång, det var verkligen dags. Så iväg till stationen i hans lilla röda.

"Idag ser vi till att få tag på Didrik, Marianne" är det första Valdemar säger när han passerar hennes skrivbord på morgon.
"God morgon till exempel" svarar hon med en vänlig röst.
"Förlåt mig, god morgon."
"Och jag har redan talat med Didrik."
"Spännande. Vad kom du fram till?"
"Jag bad att få träffa honom. Vill se hans kroppsspråk och ansiktsuttryck om vi ska ställa dessa känsliga frågor."
"Bra, när?"
"Klockan 11 på hans kontor i Stadshuset. Så jag ska väl lätta om en timme eller så. Följer du med?"
"Självklart! Jag ser många fördelar av att vi är två."
"Bra!"

Kollegorna närmar sig Stadshuset.

"Hur ska man bära sig åt för att hitta parkering här?" funderar Valdemar högt.

"Där till exempel" visar Marianne mot en ledig parkeringsruta utav det fåtal parkeringsplatser vid Stadshuset som dock har en demonstrativ skylt "förbokade". Säkert för de anställda även om det inte kan finnas många som gör sig besväret att ta bilen till ett arbete mitt inne i city.

"Ja, vi borde inte parkera här men jag får väl göra avsteg från mina principer" svarar Valdemar.

"Det tycker jag verkligen. Vid väl valda tillfällen."

Marianne får ett tacksamt leende till svar.

"Didrik sa att vi skulle gå in från baksidan" säger Marianne.

De rundar huset och drar bägge två instinktivt jackorna om sig när den kalla Mälarluften slår emot dem. Ett par sekunder stannar de upp och betraktar hänförande vattnet och Södermalm. Trots den gråa novemberdagen är Stockholm lika vackert som alltid.

Didrik möter upp dem såsom överenskommet. Han är inte den person Valdemar väntat sig. Han hade sett en storvuxen rundlagd karl framför sig men möts istället av en mager, välklädd man med vattenkammat hår. Tankarna går omedelbart till Ville Vessla i Ture Sventon. Hans barn älskade de böckerna och sedermera filmatiseringen. När Valdemar valde att lämna arbetet som jurist för att börja som kriminalare drog omedelbart sonen Love liknelsen till Ture Sventon. Valdemar tyckte det var en trevlig liknelse och brydde sig aldrig om att förklara skillnaden för sonen mellan praktiserande privatdetektiv och kriminalare. Han saknar sonen. De har inte hörts på länge. Valdemar inser att han inte ens vet i vilket land Love befinner sig. Han måste ringa Lisen och fråga. Tankeresan avbryts av att Didrik alias Vesslan sträcker fram handen och hälsar artigt. Så snart han öppnar munnen upphör likheten mellan honom och Vesslan. En trevlig prick känner Valdemar, trots att de enbart utbytt artighetsfraser. Valdemar blir genast nyfiken på hur Didriks sambo kan se ut. Han måste fråga Marianne sedan. Vad nu det har med utredningen att göra?

Didrik visar dem mot hissen.

"Jag har mitt kontor högts upp. En fantastisk utsikt naturligtvis."

"Tar den uppmärksamheten från ditt arbete" frågar Valdemar.

Didrik skrattar "avslöjad".

"På skattebetalarnas bekostnad?"

"Riktigt så illa är det inte. Jag tycker nog att den gör lika gott för tankearbetet som den eventuellt gör för drömmeri.

Didrik har inte överdrivit. Hans kontor har verkligen en slående utsikt. Valdemar förstår genast Herbert och Magnus jämförelse med rummen på poliskontoret i Vällingby.

"Vad kan jag göra för er?" undrar Didrik så snart de försetts med kaffe och slagit sig ner i den lilla besöksgruppen som han har på sitt trånga men trevligt inredda kontor. "Stilig penna" lägger han till när han får syn på Valdemars kära ägodel. "Är det en Parker?"

"Det stämmer fint."

"Lyckans ost."

"Ja" hinner Valdemar svara innan Marianne avbryter med frågor av större bärighet för besöket.

"Jag har ju redan ställt en hel del frågor till dig Didrik. Vi känner att det är svårt att få kläm på Per-Göran som person och vilka han omgav sig med" inleder Marianne.

"Minst sagt. Han var som en kameleont. Inte schizofren eller vände kappan efter vinden men svår att få grepp om. Han anpassade sig väl för att smälta in i olika sammanhang och lyckades, trots sin alldagliga ton, vare sig sticka ut eller bli negligerad. Jag kände en viss ambivalens inför honom." Didrik rättar till den tjusiga blårödvita bröstnäsduken som naturligtvis matchar slipsen perfekt. "Hans korrekthet tilltalade mig starkt. Men han var en riktig tråkmåns. Det är sällan man stöter på människor som är så beigea och tråkiga som Forsström var. Han var som en ful ankunge. Om han bara hade intresserat sig lite för kläder och varit mer utåtriktad skulle han ha varit en eftertraktad svan på stan."

"Var du attraherad av honom?" fortsätter Marianne att fråga.

Valdemar känner sig lättad över att kollegan hanterar dessa frågor. Han hade inte känt sig bekväm att ställa dem i detta läge. Istället bistår han med anteckningar i sitt lilla block för att dra sitt strå till stacken.

Didrik rodnar och fingrar denna gång på slipsen istället för näsduken.

"Ja, faktiskt. Trots sin beigehet hade han en glimt i ögat och som sagt människor som håller den klassen i korrekthet växer inte på trän. Det attraheras jag av."

"Men ni hade inget förhållande?"

"Forsström gav mig inga signaler av att han var intresserad och jag uppfattade honom dessutom inte som homosexuell."

"Han kan ju ha varit bisexuell."

"Självfallet. Inget är omöjligt när det gäller den kameleonten."
"Försökte du närma dig honom?"
"Nej, aldrig. Hade han givit minsta signal av att vara intresserad hade
jag säkert gjort det men eftersom dessa uteblev brydde jag mig inte om
det. Jag har ju dessutom en sambo så det var inte läge."
"Tror du din sambo anade att du var attraherad av Forsström?"
Didrik funderar en stund på den frågan innan de får svar.
"Kanske. Jag har säkert talat i superlativ kring PG hemma någon gång
utan att ha haft en tanke på att det skulle upplevas som att jag ville göra
anspråk på honom."
"Är din sambo svartsjuk?"
"Jag vill inte svara jakande på den frågan för jag förstår vad era
slutsatser kan leda till, men dessvärre så är mitt svar ja. Han kan vara
galet svartsjuk. Utan anledning om ni frågar mig."
Nu harklar sig Valdemar och bryter mönstret med att flika in en fråga.
"Du kallar Forsström för PG."
"Gör jag?"
"Ja. Du är den enda vi har träffat som kallar honom för det."
Didrik skrattar lite nervöst.
"Så det var så jag avslöjade mig?"
"Nja, som sagt, det avvek från hur andra har talat om Forsström varför
vi drog slutsatsen att du kanske kände honom på ett djupare plan."
"Makes sense. Det kan ju ha varit det som avslöjat mig hemma också
förstås. Men jag kan försäkra er om att jag inte kallat honom för PG i
allmänna sammanhang eller ens tilltalat honom med den förkortningen.
Jag inser att det är något jag lagt mig till med nu. Något jag som sagt
inte alls använt i publika sammanhang."
"Som du förstår kommer vi att förhöra din sambo."
"Det förstår jag. Han har mitt alibi för mordkvällen. Vi var på
föreställning på Göta Lejon då."
"Kan ni styrka det?"
"Bokning av biljetter finns. Men det är klart, i era ögon är en biljett inte
mycket värd. Man kan ju ha köpt en biljett och avstått från före-
ställningen."
"Så sant."
"Jag kan ha ett kvitto kvar från champagnen vi drack i pausen. Är lite
nitisk med att hålla koll på kostnader nämligen."
"Då tar vi tacksamt emot det, eller en kopia åtminstone" svarar
Marianne.

"När slutade föreställningen?" undrar Valdemar.

"Det blev sent. Lite för sent för en vardagskväll. Föreställningen var nog slut strax efter 22 så vi var inte hemma förrän kvart i elva skulle jag tro."

"Ni åkte hem tillsammans?"

"Självfallet. Vi bor ju ihop. Vi åkte hem och gick och la oss ganska omedelbart. Svårt att komma till ro förstås efter en sådan föreställning men vi somnade tillslut."

"Noterat" svarar Valdemar och känner att han inte gärna vill ha fler detaljer.

Kollegorna summerar upp samtalet på väg till bilen. Vänder och vrider på Ville Vesslas syn på PG och sambons svartsjukhet. Svartsjuka är ju ett klassiskt motiv för mord men i det här fallet fanns det ju egentligen inget att vara svartsjuk över. De är överens om att överlåta förhöret med sambon till Magnus och Herbert. Trots att spåret förmodligen inte ger något känner de sig ändå nöjda över att ha fått en tydligare bild av Forsström.

"Vad säger du om lunch i Södertälje idag?" frågar Valdemar när de stängt kylan utanför och återigen satt sig i hans bil.

"Södertälje?" frågar Marianne undrande medan hon sätter på sig bilbältet. Hon läser dock genast Valdemars tankar "följa upp importören förstås!"

"Precis, annars skulle jag inte gärna låta dig hungra ihjäl för att åka hela vägen till Södertälje för en sen lunch."

"En sen lunch lär dessutom gynna oss eftersom chansen då är större att vi inte gör oss alltför mycket ovän med den stressade restaurang-personalen när vi kommer med våra frågor."

"Bra tänkt Marianne. Kanske du kan ringa grabbarna också och be dem kontakta Didriks sambo, så vi inte tappar den."

"Omedelbart" svarar Marianne och plockar upp sin telefon.

TRETTIONIO

Bilresan från Stadshuset till Södertälje går oväntat smidigt. Inga stopp på Essingeleden, inga olyckor på E4:an. Den dryga halvtimman ger kollegorna en god stund till ytterligare gemensam analys. Kan det vara ett svartsjukedrama trots allt som Valdemar funderade över någon kväll innan? Eller leder det bara in i en återvändsgränd. Alltför modernt för mig tänker Valdemar, när de gemensamt slås av tanken att Per-Göran kan ha varit bisexuell. Han ångrar genast sin tanke om modernt eller icke. Det man inte känner till ska man inte dra förhastade slutsatser om. Kollegorna släpper Per-Görans sexuella läggning och diskuterar importören istället. De är ganska överens om att de borde ha gjort denna lunchutflykt redan i början på veckan men stillar sitt dåliga samvete med att de högst sannolikt gör resan i onödan och viss formalia måste en utredande polis helt enkelt ta sig igenom. Mot slutet fokuserar Marianne på kartläsning och Valdemar på trafiken.
"Här, Slussgatan. Försök leta efter en parkering" uppmanar Marianne.
De har turen med sig och en svart BMW lämnar just en perfekt ficka 25 meter framför dem. Valdemar parkerar prydligt och de kliver ur. Slussgatan erbjuder flertalet restauranger.
"Där" pekar Marianne. "Italienaren med de röda fönstermarkiserna."
"Det ser riktigt trevligt ut" svarar Valdemar medan de korsar gatan.
Det verkar ha förutspått lunchrusningen bra. Spår efter flertalet lunchsällskap är tydliga men endast hälften av platserna är nu upptagna. De slår sig reflexmässigt ner vid ett bord för två vid fönstret.

"Är det bordsservering tro?" funderar Marianne medan hon blickar inåt restaurangen.

Valdemar hinner inte besvara hennes fråga. En servitris skyndar fram till dem.

"Välkomna. Vill ni äta dagens eller titta på vår à la carte meny?"

"Berätta gärna vad dagens är så tar vi beslut baserat på det" svarar Valdemar för dem bägge två.

Dagens låter lockande och såväl Valdemar som Marianne beslutar sig för att ta den.

"När går vi till angrepp?" undrar Marianne.

"Vi kan väl lyssna med henne när hon kommer med vår mat om hon känner till Ronaldo."

"Låter bra. Vi tar det lite piano."

Köket verkar ha god rutin. 10 minuter senare kommer servitrisen till dem med varsin tallrik till bredden fylld med tagliatelle med ricotta och färsk spenat.

"Bara vinet som saknas" utbrister Valdemar när hon ställt ner tallrikarna framför dem.

"Vill ni se på vinlistan?" snappar servitrisen upp.

"Nej tack, vi är i tjänsten" svarar Marianne och visar sin polisbricka. "Säg, känner du till Ronaldo?"

Servitrisen tittar misstänksamt. "Ronaldo Argus?"

"Ja, precis."

"Varför frågar ni om honom?"

"Vi undrar om ni kan intyga att han åt här tillsammans med sina affärskontakter på kvällen onsdagen den 24 oktober?"

"Låter inte orimligt. Jag arbetar inte kväll under veckan. Jag ber att restaurangchefen kommer ut till er." Servitrisen skyndar mot köket.

En rundlätt, tunnhårig man med stora händer och stort leende kommer ut till dem från de bakre regionerna.

"Ni hade frågor om en av våra gäster?" säger han, hämtar en stol och slår sig ner på kortsidan av bordet. "Är det ni som ringt också och ställt frågor tidigare?"

"Det stämmer."

"Precis som den information jag lämnade över telefon var Ronaldo här tillsammans med affärskontakter denna kväll. Hans fru anslöt även senare. Ronaldo är en av våra trognaste gäster."

"Lite konstigt med tanke på att han bor i Spånga" tycker Valdemar.

"Mina gäster kommer långväga för att äta min mat!" utbrister restaurangägaren och faller ut i ett mullrande skratt.

"Det förstår jag. Mina komplimanger" svarar Valdemar och torkar munnen med servetten.

"Hur ofta äter han hos er?" frågar Marianne.

"Varannan vecka ungefär. Ibland lunch, ibland middag. Ibland med sin fru och ibland med affärskontakter. Det har han gjort sedan vi öppnade för 15 år sedan. Han vill alltid sitta vid samma bord" berättar han och pekar mot ett rund bord i restaurangens högra hörn.

Restaurangägaren dröjer sig kvar. Unnar sig säkert en välförtjänt paus efter en välbesökt hektisk lunch. De småpratar lite om Södertälje, mat, dryck och Italien. När Valdemar till sist ber att få notan insisterar han på att huset bjuder. Valdemar envisas och får tillslut betala för 2 kraftigt rabatterade luncher.

"Vill inte gärna se på löpsedlarna att poliserna blev mutade av en restaurangägare som gjort sig skyldig till skyddande av brottsling" förklarar Valdemar på väg ut.

"Så du tror att han inte talar sanning? Att de skapat kvittona i efterhand?"

"I ärlighetens namn tror jag att allt stämmer" svarar Valdemar och skakar på huvudet. "Men man kan aldrig vara nog så säker."

"Tack för lunchen då" säger Marianne.

"Välbekommet. Vad tror du då?"

"Jag tror som du. Känns för långsökt att han skulle ha tagit sig till Spånga för att hinna med detta."

"Håller med. Inte nästgårds precis. Synd, hade gärna haft närmre till den här restaurangen. En av de bättre pastarätterna jag ätit på länge."

"Verkligen. Jag är proppmätt. Vi får väl hoppas på en utredning i Södertälje då" säger Marianne och skrattar.

"Nej, usch, nu måste vi klara upp detta mord först. Om det är ett mord förstås. Dessutom torde inte Södertäljekollegorna bli särskilt nöjda av att vi klampar in på deras territorium."

"Det har du rätt i."

Valdemar startar bilen och de rullar mot E4:an. De har sämre tur med trafiken på väg hem. Bilolyckor avlöses av tidig rusningstrafik vilket återigen ger kollegorna kvalitativ samtalstid.

Valdemar släpper av Marianne, som ska möta upp sin dotter i stan, vid Fridhemsplan och rullar över Tranebergsbron hem till Bromma.

Torsdag, tänker han. Pannkaksdagen, som de kallade den när barnen var små. Varenda torsdag stod pannkakor på menyn, i olika utformningar. Nu var det länge sedan han åt pannkaka och inte minst ärtsoppa. Varför inte, tänker han och vrider upp volymen på radion nu när han inte har någon att prata med. Klassiskt på hemväg ger Arrival of the Birds and Transformation i samma stund som solen går ned. Hembygden ter sig nästan lite spöklik i mörkret till de tonerna och Valdemar uppskattar därför för en gångs skull det starka ljuset i mataffären där han gör ett snabbstopp för att kompletteringshandla det en svensk lokalbutik erbjuder inför den klassiska torsdagsmiddagen. Punschen får han alltså klara sig utan.

Valdemar känner av den typiska fredagskänslan på stationen när han kliver in på morgonen. Tröttheten efter en hård arbetsvecka liksom lyfts av känslan av att snart få vara ledig. Även om såväl han som många kollegor har långt ifrån ett "måndag-fredag, 9-5 jobb", finns det ändå en hel del av personalen som lever efter det rutmönstret. När han närmar sig sin del av kontorslandskapet behöver han bara uppenbara sig och teamet följer honom som på led in i utredningsrummet.

Valdemar och Marianne redogör för gårdagens Södertäljelunch vilket avslutas med att Valdemar kraftfullt och bestämt stryker ett streck över importören på tavlan. Icke misstänkt. Sedan överlåter de åt grabbarna att berätta om samtalet med Didriks avundsjuke sambo.
"Jag hoppas ni har spännande nyheter till mig annars får jag garanterat smäll på fingrarna av Stina vid nästa veckas rapportering" säger Valdemar uppgivet.
"Sorry chefen" svarar Magnus för dem båda. "Vi fick till ett möte med Didriks sambo igår kväll. Inget att hämta där dessvärre."
"Berätta mer."
"På mordkvällen var han med Didrik på Göta Lejon. De åkte hem tillsammans och så var det inte så mycket mer med den saken. Samma version som ni fick alltså."
Valdemar och Marianne nickar och m:ar instämmande ikapp.
"Hmm, ante mig. Kände han till Forsström?" frågar Valdemar.

"Jo då. Mer än väl. Didrik måste ha nämnt honom hemma."
"Precis som han själv drog sig till minnes" fyller Marianne i.
"Fick ni någon känsla för om sambon verkade svartsjuk på Forsström?" undrar Valdemar.
"Han lät faktiskt irriterad, ja lite spydig när han pratade om PG" svarar Herbert.
"Men alibit håller" suckar Magnus.
"Kan vi vara säkra på det?" undrar Valdemar återigen medan han går fram till tavlan med deras kartläggning. "Didrik sa att föreställningen var slut strax efter 22 och att de åkte hem tillsammans. Vi kan förstås ifrågasätta om de var på föreställningen överhuvudtaget. Men låt oss utgå ifrån att de var på föreställningen, drack champagne och allt var det nu var men...åkte de verkligen hem tillsammans? Mordet ägde rum någon gång mellan 22 och 23. Enligt Didrik hade de svårt att somna på kvällen. Nu tänker jag högt. Var det Didrik som hade svårt att somna för att han undrade var sambon befann sig?"
"Långsökt men inte orimligt" tycker Marianne.
"Instämmer" svarar Magnus.
"Men vilka sambos åker åt skilda håll efter en trevlig kväll ute på stan tillsammans?" rannsakar Valdemar sin utläggning.
"Allt är möjligt" tycker Herbert. "Alla förhållanden ser olika ut. Vi kan väl spinna vidare lite på den?"
Valdemar ritar en skarp röd cirkel runt sambon Martins namn. "Vi avfärdar honom inte. Tror vi får pressa han hårdare."
"Sen kan vi väl inte heller avfärda sonen Birgersson va?" försöker Herbert uppmuntra. "Han gick ju faktiskt bakom sin gamla morsas rygg och ansökte om styckning och överklagade dessutom efter det negativa beslutet."
"Bar där Herbert! Honom har vi tappat lite. Marianne, ringer du honom för ett initialt förhör. Verkar han hal, ber du honom komma till station? Dags att ta tag i ytterligare ett förhör som hade kunnat göras för ett par dagar sedan."
"Valdemar, var inte så hård mot dig själv" säger Marianne förmanande. "Vi har inte direkt legat på latsidan."
"Tack, du har rätt."

Marianne låter Valdemar och teamet senare under dagen veta att hon pratat i telefon med sonen Birgersson och att han bedyrar att modern själv skrivit under handlingarna men att han upplevt att hon på sistone börjat få problem med närminnet vilket kan vara en rimlig orsak till att hon glömt. Eftersom Marianne och Valdemar inte riktigt känner igen sig i den beskrivningen bestämmer de sig för att besöka fru Birgersson ytterligare en gång efter helgen. Utifrån intrycken de får då, får de avgöra om de ska ta in sonen Birgersson på förhör.

FYRTIOETT

Lördagen har hunnit övergå ikväll och Valdemar har precis slagit sig ner framför den sena nyhetssändningen när han överraskas av att telefonen ringer. Han blir glad när han ser den långa raden av siffror på displayen; det måste vara hans kollega i Guatemala.

"Valdemar Horn."

"Hej kollega. Hur står det till i era nordliga breddgrader?"

"Julio. Kul att höra ifrån dig. Alldeles utmärkt. Hur står det till själv?"

"Allt bra, allt bra. Jag har god information till dig. Ledsen att jag ringer en lördags kväll men ville dela med mig så snart jag visste."

"Så spännande och ingen fara alls."

"Vi har hittat er Maria. Det tog inte många dagar med hjälp av er eminenta information."

"Jag har ett mycket professionellt team."

"Uppenbart. Lånar du ut dem ett tag?" skrattar José.

"Varför inte!" skrattar Valdemar tillbaka. "Ett miljöombyte skadar aldrig. Men först måste vi hitta vår mördare."

Så berättar José om kvinnan i Per-Görans liv. Det träffades mycket riktigt under hans resa. Maria förevisade de lokala traditionerna i en av byarna Per-Görans resesällskap besökte. Guiden hade berättat att det var uppenbart att tycke hade uppstått dem emellan. Maria var änka och barnlös. Hon var förstås bedrövad och chockad över budskapet. Det var för henne overkligt att någon skulle vilja ha ihjäl Per-Göran. Men hon hade liten insyn i hans liv i Sverige. De hade planer på ett liv tillsammans, i Guatemala. Per-Göran skulle sälja sitt hus och flytta till henne. Han drömde om att investera i en ekologisk aloe vera plantage i anslutning till den by där Maria bodde. Maria och han skulle driva plantagen tillsammans. Det var ingen orealistisk plan. Maria visste att Per-Göran inte gärna ville lämna sin gamla mor i Sverige och att han, hur illa det än kan låta, inväntade hennes död för att tillslut kunna lämna Sverige. De hade planerat att han skulle resa ner till våren men den resan blev alltså inte av.

"Undrade hon vad som skulle ske med hans pengar?" frågar Valdemar.

"Nej, det är hon alldeles för stolt för att göra. Inget testamente än?"

"Nej, inget testamente än." Valdemar byter spår. "Ingen anledning att misstänka någon i hennes omgivning för mordet?"

"Naturligtvis ställde vi också sådana frågor även om de kändes smått absurda. Få i Marias omgivning har ens kapital att resa in till huvudstaden."

"Jag trodde väl det men måste förstås ändå fråga."

"Naturligtvis min kollega. Vi måste alltid följa alla spår."

Samtalet avslutas med diverse artighetsfraser och de lovar att höras snart igen.

"Så bra" pustar Valdemar högt för sig själv. Nu har han åtminstone något att rapportera till Stina som garanterat lär höra av sig under morgondagen.

Valdemar la sig extra tidigt på lördagskvällen för att söndagen liksom skulle komma lite snabbare. Som ett barn kvällen före julafton. Som han längtat efter detta möte. Nu har söndagen kommit och det har äntligen gått en vecka. Idag ska de träffas. Idag, ska han få bjuda henne på lunch. Vad ska de prata om? Tja, operan finns ju alltid som ett säkert samtalsämne. Vad är hans förhoppningar för idag? En lunch är ju bara en lunch. Varför ser han fram så mycket emot en lunch?

Han är tidig. Onödigt tidig. Men inte kan man riskera att komma för sent. Det blir en väntan, en sådan där väntan så man nästan hoppades att man hade en cigarett till sällskap. Lunchmenyn som är prydligt inramad intill entrén kan han redan utantill. Den har han läst fler gånger än vad han kan räkna på sina fingrar; allt för att få tiden at förflyta. Bordet är bokat, på Operakällarens Bakfickan, för att förenkla saker och ting, så det behöver han inte heller ödsla tid på. Inte för att det skulle finnas anledning att oroa sig över att det är fullbokat, men man kan ju aldrig vara säker.

Så ser han henne. Hon anländer på pricken utsatt tid. Hon ser annorlunda ut; vad är det som skiljer sig sedan deras senaste möte? Självklart, det är håret och kläderna. Håret, långt och förföriskt, hon bär det utsläppt. En liten brun basker pryder huvudet och värmer mot höstrusket. En kappa i samma bruna ton som smiter åt runt den smala midjan och har visserligen har ett omodernt snitt men den klär henne verkligen. Snörkängorna med bred klack av konservativ höjd för hans tankar tillbaka till 1900-talets början. En originell klädsel för en högst originell person. Hela hon utstrålar verkligen älskvärdhet där hon och trippar fram emot honom.

Han hinner precis påbörja den nervösa tankebanan om hur han ska hälsa på henne men hinner inte avsluta tanken; hon löser det åt honom. En stor omfamning, med benämning på stor. Hur stor nu en sådan omfamning kan vara när det handlar om en sådan späd kropp som avsändare. Han kan inte annat göra än att besvara den, och naturligtvis har han inget emot det.

"Har du väntat länge?" undrar Isabelle.

"Nej då, jag kom precis" ljuger Valdemar. "Jag har bokat bord, ska vi gå in?"

"Det gör vi."

Han hinner med att hålla upp dörren för henne. En manlig servitör som ser ut att höra till inventarierna på restaurangen visar dem till deras bord. Han nickar igenkännande till Isabelle. Kan hon vara stamgäst här trots sin förmodligen blygsamma inkomst? Men vem är han att döma? Kriminalkommissarier hör knappast till samhällets höginkomsttagare trots deras betydelsefulla insatser. Desto mer tjänar förmodligen de kostymklädda herrarna som sitter längre bort i lokalen. En kort, en lång men lika välrakade hjässor och mörka kostymer. Affärsförhandling på en söndag tänker Valdemar när de blir visade till ett fönsterbord för två med utsikt över Kungsträdgården. Sedan släpper han affärsmännen ur tanken och fyller den med Isabelles närvaro.

"Tack för senast" inleder Valdemar så snart servitören har tagit deras beställning och lämnat dem ifred.

"Välbekommet" ler Isabelle mot honom. "Så, vem är du?"

"Oj, vilken fråga. Är det här man börjar med härkomst, ålder och yrke?"

"Det är väl som man själv väljer" svarar Isabelle.

"Kan inte du börja?"

Hon skrattar. Det är ett intensivt men ljuvligt skratt. Ett skratt som smittar av sig. Så de skrattar tillsammans en stund. När de skrattat klart tar Isabelle vid.

"Jag är Isabelle. Jag är 39 år gammal och har 38 i skostorlek. Jag arbetar som balettdansös vid Kungliga Baletten. Jag bor på söder tillsammans med min son Marius som är 6 år gammal."

"Det var onekligen mycket information på fyra meningar. Då får jag väl göra ett försök efter samma upplägg. Jag är Valdemar. Är 54 år gammal och har 42 i skostorlek. Jag arbetar som kriminalkommissarie vid Polismyndigheten i Stockholm, stationerad i Vällingby. Jag bor i Bromma, alena. Jag har två barn. Love 26 år och Lisen är 23 år. Bägge två har flyttat hemifrån. Love reser världen runt och vi har inte mycket kontakt dessvärre. Lisen bor i stan och studerar."

De betraktar varandra och skrattar återigen.

"Jag tycker genast att jag känner dig bättre. Men kriminalkommissarie – jag är chockad. Det trodde jag inte. Nu tycker jag vi fördjupar oss. Vi förflyttar oss till fritidsintressen. När jag inte arbetar besöker jag gärna museum och kyrkor. Naturligtvis har jag en förkärlek för operan men spenderar så mycket tid där att jag gärna besöker andra platser när jag är ledig."

"Folk brukar reagera så på min befattning. Men dansös hör inte heller till vanligheterna så jag tycker vi matchar varandra väl! Såsom du förstår besöker jag mer än gärna operan på min fritid; har ännu inte behövt lösa ett mord på själva operan så den har ännu inte blivit min arbetsplats. Utöver detta promenerar jag gärna, vart än själen kan finna ro."

"Visst tenderar detta att liknas vid speed dating?"

"Gud bevare mig väl; men du har rätt. Gudskelov att vi inte fann varandra på en sådan där nätsight i alla fall."

"Vi kanske ska dra ner på tempot i att lära känna varandra då? Vill inte gärna att denna trevliga och förutsättningslösa lunch ska förvandlas till en dylik tillställning."

Deras mat anländer och ger dem en konstpaus i "lärakännandet". Klassisk ceasarsallad med rostade brödkrutonger.

"Jag tänkte mig att du kanske var vegetarian" säger Valdemar när de lyfter besticken och tar itu med kycklingen.

"Jag är Stockholmsvegetarian!"

"En vad?"

"Ja, en Stockholmsvegetarian. Känner du inte till det konceptet?"

"Nej, jag är alldeles för gammalt för sådant."

"För gammal? Äsch, jag ska lära dig lite om livet idag. En stockholms-vegetarian är en miljömedveten person, med fördel bosatt i Stockholm som äter vegetariskt så ofta som det går utan att för den delen vara en besvärlig gäst som tackar nej till söndagssteken."

"En som vänder kappan efter vinden med andra ord? Eller är jag elak nu?"

"Nja, kanske, men inte till fullo. Här handlar det ändå om medvetna val. Finns det vegetariska val att tillgå som verkar tilltalande väljer man dem trots att resten av sällskapet äter köttbullar med gräddsås."
"Jag förstår och jag tror att jag gillar upplägget. Kanske inte tillräckligt för att lägga mig till med den sidan dock."
"Jag förlåter dig." Isabelle skrattar återigen.
"Men du, Marius, är det efter Petipa?"
"Oj, vilken svängning. Självklart är det efter Petipa. Hur kunde du veta det?"
"Jag kan mina koreografer."
"Vet du vad som är så lustigt?"
"Nej, ingen aning."
"De har samma födelsedag. 11 mars. Något olika födelseår förstås."
"Det menar du inte? Då var det väl självklart med namnvalet."
"Och fadern? Om du inte misstycker att jag frågar förstås?"
"Inte alls. Vi träffades på jobbet. Jag plockade upp honom ur diket."
Valdemar funderar men kopplar genast sammanhanget.
"Ah, en musiker? Så ingen dansare då?"
"Ja, en musiker. En dansare hade jag aldrig kunnat falla för. Men visst låter det ändå som en saga, en dansös faller för en musiker som ackompanjerar hennes dans. Det var en saga till att börja med. Det var praktiskt också, vi hade samma obekväma arbetstider. Men så kom Marius och som du förstår blev det en utmaning. Vem skulle vara hemma med honom när vi bägge två arbetade på kvällstid? Ingen av oss har föräldrar i Stockholm så det fanns ingen naturlig barnvakt. Nattis som det så käckt heter fanns inte i närheten av oss. André, jag han heter så Marius pappa, ansträngde sig verkligen för att få det att fungera. Han bytte jobb. Började undervisa istället. Gav musiklektioner till lovande unga musiker på skolan Lilla Akademin, du kanske känner till den eftersom du verkar vara hemma i den klassiska musikens värld? På så vis fick vi ihop vardagen. Men det resulterade i att den enda tiden vi fick tillsammans var nattetid och den är inte särskilt givande om man som trött småbarnsförälder enbart vill sova."
"Oj, vilken historia. Jag förstår dig såväl. Jag var själv den som alltid kom hem när Love och Lisen skulle gå och sova. Fick en fin stund med dem, nästan var kväll. Men att mitt yrkesval skulle fungera byggde helt och hållet på att min fru skötte hemmet. Jag arbetade som jurist på den tiden. Jag vill gärna uttrycka mig som att jag arbetade som det, men det är inte sanningen. Jag var jurist. Jag arbetade jämt. Det var min identitet.

Det var bland annat det som fick mig att byta inriktning. Inte för att jag jobbar mindre nu, men det fyller i alla fall ett annat syfte. Men vi fick det att gå ihop. Jag och Christine förblev trots allt varandra trogna i alla år."

"Och nu?"

"Christine gick bort för ett par år sedan i cancer. Som så många andra."

"Jag beklagar verkligen Valdemar. Kan inte föreställa mig hur det känns."

"Tack Isabelle. Det värmer verkligen. Men vet du vad som värmer änne mer?"

"Nej, vad?"

"Att jag sitter här och samtalar och skrattar med dig. Om du bara visste vilket stort steg framåt det är för mig. Så många år som jag har sörjt. Är det kanske slut med det nu? Kanske äntligen dags att gå vidare, att lämna det bakom sig?"

"Den frågan besvarar du nog bäst själv. Det kan och får inte jag bedöma. Men det gör mig lycklig om det är jag som får ta dig vidare i livet."

"Herregud Isabelle, vi känner inte varandra."

"Visst är det konstigt Valdemar. Du har så rätt och ändå känns det alldeles tvärtom."

"Så känslosamma vi blev. Tillbaka till verkligheten. Hur löser du barnvakteriet nu då när du arbetar kvällar?"

"Ja, det är en ständig kamp. Marius bor förstås hos André varannan vecka och då kan jag röra mig obehindrat. Men när han är hos mig har jag hjälp av en studentska, Ellen, som bor i samma fastighet som oss. Hon och Marius är så förtjusta i varandra. Hon får äta hos oss och sedan leker hon med Marius och lägger honom. När han har somnat kan hon studera i lugn och ro. Jag är så tacksam över att det fungerar så smidigt."

"Onekligen. Hur är det, är du med i Törnrosa nu?"

"Du kan tydligen både dina koreografer och din repertoar. Ja det stämmer. Denna månad ut och sedan är det förstås dags för Nötknäpparen."

"Den har jag aldrig sett."

"Då är det hög tid. Jag ordnar biljetter. Säg till hur många du vill ha. Det blir förstås ingen parkett men alltid något."

"Det skulle jag verkligen uppskatta. Bäst att ta med sig kikaren då så att jag kan se dig."

"Ha du en sådan?"

"Ja, faktiskt. Jag ärvde mammas men det är förstås lite för nätt och kvinnlig för att det ska passa sig att jag sitter och håller i den. Men jag får väl smyga med det."

Isabelle skrattar igen. "Det skulle jag vilja se. Men jag kan inte gärna plocka upp en kikare under förställningen för att kika tillbaks på dig."

Istället får Valdemar plocka upp den ringande mobiltelefonen ur bröstfickan. Han ursäktar sig.

"Valdemar Horn."

"Valdemar, det är Stina. Jag behöver en uppdatering hur det går med utredningen."

"Jag sitter lite illa till. Kan jag ringa tillbaka?"

"Det går bra. Dröj inte för länge."

"Tack. Självklart inte."

"Förlåt mig Isabelle. Jag är mitt i en utredning. Men vi hinner avsluta vår trevliga lunch i lugn och ro" säger Valdemar när han stoppar tillbaka telefonen i fickan igen.

"Det är absolut ingen fara. Vi kanske hinner med kaffe på maten."

"Det hoppas jag. Annars blir jag kanske otrevlig när jag ska ringa tillbaka till min chef och avlägga rapport."

"Hemska tanke. Så du är också sådan?"

"Otrevlig mot chefen?"

"Nej" skrattar Isabelle "kaffeoman?"

"Aha. Ja det är jag absolut. Vi har alla våra laster. Opera och kaffe, sedan är jag nöjd."

"Tänk vad lite man kan begära" skrattar Isabelle igen.

"Är det nu jag frågar dig om ditt telefonnummer?" undrar Valdemar.

"Jag hoppas det."

Det utväxlar telefonnummer, dricker sitt kaffe och skiljs åt efter en lika hjärtlig omfamning som inledde lunchen. Valdemar näst intill dansar därifrån visslandes på Puttin' On the Ritz. För några sekunder är utredningen glömd och Valdemar funderar, kan man vara lyckligare än så här? Men lika snabbt påminns han osökt om verkligheten och att han måste returnera samtalet till Stina. Valdemar slinker medvetet från Drottninggatans högljudda myller in på Beridarebanan för att kunna tala ostört med Stina. Hon är lika missnöjd som honom med att det står still i utredningen men ljuspunkten att Maria är funnen lättar givetvis upp.

"Lägg i ytterligare en växel" uppmanar hon skarpt. "Media är på oss!"

"Vi ska göra vårt yttersta" lovar Valdemar innan han återigen låter sig uppslukas av vimlet på Drottninggatan.

FYRTIOTRE - MÅNDAG 5 NOVEMBER

Det är en kylig måndags morgon som möter Valdemar men det föredrar han verkligen framför allt grådask och regn som oktober och de första dagarna i november har erbjudit. Ny vecka, nya möjligheter; Valdemar och Marianne beslutar sig för att göra ett nytt besök hos fru Birgersson för att testa hennes minne.

Kollegorna rullar den invanda vägen till Solhem och parkerar utanför fru Birgerssons pittoreska hus. De möter en bil som tar sats men trots detta slirar sig upp för den branta backen de just kommit ner för.
"Vi låter bli den vägen härifrån" nickar Valdemar mot bilen.
"God idé. Verkar finnas en hel del andra vägar härifrån som inte går uppför. Förresten, borde vi ha föranmält vårt besök?" funderar Marianne medan hon knäpper upp säkerhetsbältet.
"Kanske. Lite sent nu så vi får hoppas att hon är hemma och att vi inte kommer oläglligt."
Det gröna huset med de vita knutarna ter sig lika välkomnande denna gång som förra. Trädgården har påbörjat sin vintervila. Färgen på de kvarblivna äpplena i träden har konserverats vackert av den första frosten och småfåglarna kalasar på dem, sida vid sida. Vintern verkar komma tidigt i år. Eller så är det, liksom många år tidigare en hastig köldknäpp som kommer utbytas mot plusgrader och regn igen bara några dagar senare. Valdemar hoppas på det första. Han tycker om vintern och har alltid gjort så. Marianne ringer på två gånger på den

patinerade ringklockan i mässing, innan ytterdörren öppnas. Fru Birgersson brister ut i ett stort leende när hon ser dem.

"Nämen får jag finbesök idag, måndagen till ära. Jag ber om ursäkt att ni fick vänta vid dörren. Jag var på övervåningen i badrummet och jag går ju så illa så trappen tar lite tid att ta sig ner för. Ja men stig på. Där ute kan nu ju inte stå och frysa. Kom in, kom in, så sätter jag på kaffe. Det vill ni väl ha?"

"Gärna" svarar Marianne samtidigt som de på kvinnans befallning lydigt kliver in i den lilla hallen.

Fru Birgersson ber dem hänga av sig och hankar sig in i köket för att förbereda kaffet. Så snart de blir lämnade ensamma i hallen viskar Valdemar till Marianne "om hon känner igen oss kan hon inte ha problem med närminnet".

"Verkligen inte" viskar Marianne tillbaka. "Spännande samtal kan detta bli!"

"Så ni kom tillbaka till mig. Jag tolkar det som ett dåligt tecken" säger fru Birgersson när hon noterar att de hunnit in i köket.

"Den slutsatsen behöver du inte alls dra" svarar Marianne lugnande.

Det blir en favorit i repris med microtinat hembakt och kokkaffe. Denna gång bryr de sig inte ens om att försöka tacka nej till bullarna. Hålla igen på kalorierna kan de göra någon annan gång. Kvinnan slår sig inte ner vid bordet förrän hon har försäkrat sig om att de har allt de behöver.

"Jag ska gå rakt på sak fru Birgersson" inleder Valdemar.

"Rakt på sak. Sådana karlar gillar jag. Varsågod, ställ dina frågor du" uppmanar kvinnan.

"Vi har talat med din son. Han bedyrar att du kände till att det var styckningsbegäran du skrev under."

"Och jag svarar rakt på sak att han har lurat mig."

"Han skyller på att du har problem med närminnet" lägger Marianne till.

"Det var det fräckaste. Tycker ni det verkar så?"

"Spontant nej" svarar Valdemar.

"Då så, på honom bara. Jag är så besviken på honom att jag inte tänker skydda honom."

"Men har du inget minne av att han bett dig signera några papper?"

"Sist vi fyllde i papper som gällde huset var det bergvärmen. Jag motarbetade väl det. Tyckte det var en för stor investering när man är i min ålder. Men när oljepannan tillslut gick sönder insåg jag att det var det klokaste valet att göra. Det är så praktiskt. Inte behöver jag snåla på värmen heller."

"När var detta? Minns du?" frågar Marianne.

"Självklart minns jag. Senil är jag inte, vad min usle son än påstår. Det var på senvåren för ett och ett halvt år sedan. Pannan hade gått på högvarv hela vintern. Minns ni den vintern? Den kallaste på länge."

"Visst minns man den. Bilen strejkade konstant. Tågen likaså" reflekterar Marianne. "Visst hade vi snö från december till slutet av februari?"

"Ja, det stämmer. Så vackert det var. Rent och snyggt överallt" flikar Valdemar in.

"Nåja. Det var praktiskt att ordna bergvärmen under sommaren för firman som hjälpte mig hade lite att göra och de kom med en gång. Körde sönder gräsmattan förstås. Det var sorgligt när man var mitt uppe i det men den har återhämtat sig gudskelov. Häcken är det värre med dessvärre. Den hjälpte de mig att gräva upp och återplantera. Vilka karlar. Men det blev ingen riktig fason på den biten efter det. Ser ni?"

Fru Birgersson pekar ut mot den del av häcken de ser från köksfönstret. Valdemar och Marianne noterar att två löpmeter av den annars välvuxna häcken ser något tilltufsad och gles ut.

"Har vi en anteckning med oss när ansökan om tomtstyckningen registrerades?" frågar Marianne kollegan.

"Nej, men jag ringer grabbarna och frågar. Ursäkta mig en stund" säger Valdemar och lämnar dem i köket.

Magnus svarar omedelbart och kan ganska snabbt bekräfta att tomstyckningsansökan för fru Birgersson registrerades i maj året innan. Överklagandet lämnades in under hösten samma år. När Valdemar återvänder till köket har kvinnorna helt klart bytt samtalsämne. Fru Birgersson håller föreläsning i hur man bäst övervintrar Dahliaknölar men tillägger att det snart kommer tillhöra den svunna tiden av göranden för hennes egen del. Kroppen orkar inte riktigt längre.

"Förlåt att jag avbryter er men jag kan bekräfta att ansökan om tomtstyckning kom in i maj, förra året."

"Då kan det förstås stämma att du undertecknade bergvärmen och styckningen samtidigt" summerar Marianne.

"Jag är mållös" säger fru Birgersson med en skarp ton. "Jag ska genast ringa till min son och ställa honom till svars. Var så goda och kontakta honom ni med" avslutar hon.

Kollegorna hjälper kvinnan att duka av bordet fastän hon insisterar att de ska låta allt stå. När de sitter i bilen igen på väg tillbaka till polisstationen konstaterar de att även om urkundsförfalskning inte är deras bord bör de plocka in sonen Birgersson på förhör. Detta oaktat moderns välsignelse att göra så.

196

FYRTIOFYRA

Större delen av måndagen förlöper. Först klockan 18:50 låter receptionen meddela att Peter Birgersson har anlänt. Marianne har hunnit lämna vid det laget och det blir Valdemar och Herbert som får ta förhöret. Valdemar irriterar sig över att Birgersson sannerligen inte gjort sig någon brådska över att infinna sig på stationen. Även poliser kan faktiskt vilja gå hem en måndags kväll.

"Tror du han är nervös?" frågar Valdemar Herbert när de nås av beskedet och försöker skaka av sig irritationen för att det inte ska påverka honom under det kommande förhöret.

"Det är nog bara förnamnet" svarar Herbert.

Deras föraningar bekräftas av hela Birgerssons uppenbarelse. Han är blek och den hand han självmant sträcker fram för att hälsa med är kall och fuktig. På frågan om han vill ha något att dricka meddelar han "vatten vore gott". Sonen Birgersson liknar inte modern till utseendet överhuvudtaget, man kan knappt tro de är familj. Valdemar hinner trycka på inspelningsknappen och klara av hälften av formalia kring datum, klockslag och vilka som befinner sig i rummet när Peter med en gäll ton förkunnar "det var inte jag". Valdemar avslutar lugnt och sansat formalia och säger sedan med en torr ton "var så vänlig och invänta en fråga innan du talar." Hur mycket Valdemar än försöker skaka av sig irritationen lyckas det inte utan han känner hur den sakta återigen byggs upp när han tänker att denna man fört sin mor bakom ljuset för sin egen vinning. Hans ovanligt dåliga humör får honom att relativt ohövligt fortsätta förhöret med "vi utreder alltså Per-Göran Forsströms dödsfall. För att förtydliga ägnar vi oss inte åt en utredning kring huruvida urkundsförfalskning har ägt rum eller inte av styckningsbegäran och överklagan av avslaget. Däremot det faktum att du påstår att din mor är senil och att jag och min kollega är av en annan uppfattning föranleder oss att dra slutsatsen att du försöker mörklägga delar som omger tomstyckningsärendet. Om du är beredd att föra din mor bakom ljuset genom att få henne att skriva under handlingar som hon inte förstår innebörden av inte bara en utan två gånger eftersom du rimligen måste ha fått henne att skriva på överklagan också, är det ganska tydligt att avslaget från nämnden inte togs emot positivt av dig själv."

"En rättelse; min mor skrev bara under tomtstyckningsansökan. Överklagan skrev jag under som hennes ombud. Nämnden bad mig aldrig komma in med fullmakt."

"Herbert, framgår det av överklagan eller sitter herr Birgersson och ljuger oss rätt upp i ansiktet som han gjort tidigare angående sin mors minneskvalité?"

Herbert bläddrar i dokumenten han har framför sig.

"Det stämmer kommissarien. Peter Birgersson har skrivit under som ombud."

"Ok. 1-0 till er Birgersson."

Sonens ansiktsfärg börjar komma tillbaka och ansiktsuttrycket skvallrar nu istället om en viss självgodhet. Något som får Valdemar att bli än mer irriterad.

"Du nekar inte till att du fört din mor bakom ljuset och låtit henne skriva under handlingarna i första omgången?"

"Nej, det erkänner jag."

"1-1 till oss Birgersson. Nekar du till att du drog en vit lögn när du sa att hon var senil, häromdagen per telefon?"

"Nej, jag erkänner det också. Det var ett reflexmässigt svar. Men jag tycker inte ni har med detta att göra. Det är mellan mig och min mamma."

Valdemar reser sig och säger barskt "2-1 till oss Birgersson och vi befinner oss i en potentiell mordutredning vilket innebär att vi har med allt att göra. Förstått?"

Herbert lägger en lugnande hand på kollegan arm som för att få honom att sätta sig igen. Innan Valdemar hinner fortsätta sin utfrågningsmatch tar Herbert ordet "varför överklagade du avslaget?"

"Tomter styckas hela tiden. Det skiljde bara några futtiga kvadratmeter.
Jag ville testa systemet kan man säga."
Denna gång hinner inte Herbert före Valdemar som visserligen satt sig
men utbrister lika barskt som innan "testa systemet?".
"Nja. Det var inte riktigt så jag menade. Jag lyssnade runt lite och hörde
om någon annan som hade lyckats få igenom en överklagan så jag tyckte
det var värt att prova."
"Vad kände du när även överklagan blev avslagen?" skyndar sig
Herbert att fråga.
"Det störde mig."
"Var det din enda känsla?" kontrar Herbert.
"Ja och därför beslöt jag mig att överklaga. När överklagan avslogs
upplevde jag en viss frustration men la det bakom mig och gick vidare.
Jag gick inte och tog livet av den där nämndledamoten bara för det."
"Var befann du dig på tisdagskvällen den 23:e oktober?" frågar
Valdemar nu något mer sansat.
"Jag kommer inte ihåg. Kan ha varit på tjänsteresa. Får jag ta upp min
kalender och titta?"
"Var så god."
Peter Birgersson fiskar upp en minst sagt tummad almanacka i
miniatyrformat ur innerfickan på jackan som hänger över stolsryggen.
Ett snabbt bläddrande på traven "som jag trodde. Jag var i Åbo på
tjänsteresa."
"Kan ni styrka det?" undrar Herbert.
"Absolut. Jag kan maila mitt boardingkort om jag får din adress. Jag har
säkert hotellkvittot kvar i plånboken för jag har inte hunnit göra min
reseräkning än. Låt mig se efter."
Ur den andra innerfickan plockar han upp en lika nött plånbok som
almanackan. Tjock av kvitton snarare än sedlar tänker Valdemar.
Korrekt uppmärksammat. Birgersson lassar upp en bunt av kvitton på
bordet och sätter igång att gå igenom. Valdemar anar att det kommer ta
en stund och passar på att lämna rummet för att samla sig. Han förvånas
lite över sig själv och sitt humör. Det är inte ofta han brusar upp. Tänk
på Isabelle, Valdemar säger han åt sig själv, liksom för att förskingra den
negativa energin. Pausen bär liten frukt. Moloken ger han sig in i
förhörsmatchen igen.
"Ursäkta" säger han när han kommer in även om det förmodligen inte
hade behövts.

I samma stund utbrister Birgersson med samma självgodhet som tidigare "här, vad var det jag sa. 2-2 till mig kommissarien."

Han visar kvitton från ett hotell i Åbo under samma period som efterfrågats.

Såväl Valdemar som Herbert inser att det inte finns någon anledning att fortsätta förhöret. Valdemar känner att han ändå måste avsluta med en uppläxning "jag förutsätter att du kontaktar din mor och ber henne om ursäkt att du fört henne bakom ljuset och dessutom kallat henne för senil."

"Den gode sonen" svarar Birgersson näsvist tillbaka.

Valdemar säger inte adjö. Tar inte i hand utan vänder ryggen demonstrativt mot den avfärdade brottslingen. "Herbert, är du snäll och följer Birgersson ut."

Frustrerat går han till utredningsrummet och drar ett tydligt streck över Peter Birgersson. Herbert ansluter bara några minuter senare.

"Jag kände inte igen dig Valdemar. Är allt ok?"

"Förlåt mig Herbert. Jag överreagerade. Jag antar att det grundade sig i en blandad frustration över att vi inte kommer vidare och det faktum att jag tycker att den där Birgersson betett sig rent ut sagt ruttet mot sin mor."

"Håller med dig lite grann chefen" säger Herbert uppmuntrande.

"Men det var oprofessionellt av mig att reagera på det vis jag gjorde" säger Valdemar skamset.

"Äsch, det gav ju effekt. Jag blev förvånad men samtidigt lite imponerad. Visste inte att du hade det i dig chefen."

"Inte jag heller" avslutar Valdemar.

"Då stryker vi hans namn nu?"

"Önskar vi bara behövde göra det till hälften" svarar Valdemar. "Men det ser inte bättre ut, så det är redan gjort" nickar han åt tavlan.

"Samtidigt är jag lättad över att jag inte kommer behöva förhöra den där slyngeln ytterligare så det är nog lika bra det."

"Håller med. Han var verkligen hal. Nu ger vi oss för ikväll chefen."

"Ja, vi gör väl det. Tack för ett bra jobb idag."

"Tack själv. Vi tar vår mördare imorgon istället" skrattar Herbert tillbaka.

"Strålande plan" ler Valdemar trött tillbaka.

Valdemar promenerar mot bilen för att åka hem och fortsätta tankearbetet. Tankearbetet kring utredningen förstås som fortfarande inte går framåt. Isabelle dyker upp i huvudet. Hur ska jag kunna fokusera på utredningen, som står mer än still om jag dessutom går med Isabelle i tankarna hela tiden? Han kommer att tänka på en gammal studiekamrat som ständigt citerade Oscar Wilde. Vilken situation de än befann sig i hade han något att komma med. Vad var det han sa om frestelser? Så kommer orden tillbaka: "Det bästa sättet att bli kvitt en frestelse är att fall för den". Det kanske är så enkelt? Han kanske inte ska bromsa utan låta sig falla för frestelsen. Han måste träffa henne snart igen, måste förvissa sig om sina känslor. Måste förstå under vilken struktur de skulle kunna umgås. Hur ska de hitta stunder med hans oregelbundna arbetstider, hennes träningar och föreställningar och framförallt hennes lilla son som han absolut inte vill stjäla mammatid ifrån. Ska han ringa? Han passerar 4 tonårstjejer som sitter på kanten till en av fontänerna på torget i Vällingby Centrum. Intressant hur de umgås numer tänker Valdemar. De talar inte med varandra utan sitter djupt försjunkna i sina mobiler. Ska jag? Ska jag vara så modern att jag sänder henne ett sms? Han har ju övat sig lite i kommunikationen med kollegorna nu så helt omöjligt ska det väl inte vara. Ett sms, så enkelt och inte lika påträngande som att ringa. Sagt och gjort; Valdemar påbörjar ett meddelande. "Hej!" Men vad skriver man? Tack för senast måste han börja med förstås. Sedan då? När ses vi igen? Vill träffa dig igen? Hur svårt kan det vara?

"Tack för senast. Vill gärna träffa dig igen" knappar han ner efter att ha funderat hela vägen fram till bilen. Trycker sedan snabbt på "skicka" för att han inte ska hinna ångra sig. "Bra gjort Valdemar" säger han högt till sig själv och klappar sig för bröstet. "Välkommen till den moderna världens kommunikationskanaler." Han hinner bara starta bilen och börjar rulla ut genom garaget när han får svar. "Kom över och drick te med mig ikväll!" Vilket fantastiskt förslag. Te blir alldeles lagom. I nästa stund låter meddelandesignalen igen. Har hon hunnit ändra sig? "Avrapportering på mitt kontor imorgon bitti kl 9. /Stina"

"Noterat. Jag infinner mig. /V"

Det var värst vilken sms-trafik det blev nu. Från att ha känt sig helfrämmande för detta sätt att kommunicera känns det nästintill lockande att fortsätta. Det är ju praktiskt om inte annat. Hur ska han få ihop tiden nu? Han skulle behöva en avstämning med teamet innan han träffar Stina. 8:30 måste de ses alltså. Ingen sen kväll ikväll mao ler Valdemar för sig själv.

FYRTIOSEX

Valdemar är nervös. Lika nervös som han var inför lunchen. Ska ha köpa med sig blommor? Nej, det verkar fånigt. Ska han köpa med sig te? Nej, det verkar ännu fånigare. Har hon bjudit in på te har hon väl te hemma. Han vill inte komma tomhänt. Något gott till teet då, det är väl inte för mycket? Valdemar känner sig nöjd när han bestämmer sig för att köpa med sig skorpor och två sorters marmelad. Precis lagom. Han har som vanligt noga tagit reda på vart han ska. Han avskyr att inte hitta en adress och riskera att komma försent som följd av det. Isabelle bor på Söder. På Tavastgatan närmare bestämt. Det är en bit att ta sig dit från Bromma. Bilen har han lämnat hemma. Tolvan, gröna linjen till Gamla Stan för att byta till röda. Det är så enkelt att byta där. Slussen är mycket mer förvirrande. När han klivit upp för trapporna vid Mariatorget känns det som om han kliver in i en helt annan värld. Tänk vilken enorm skillnad det är mellan Stockholms stadsdelar och särskilt mellan förort och innerstan. Trots en småkylig kväll är det fullt med folk. På väg hem, på väg ut, på väg bort. En trevlig stämning konstaterar han, när han korsar parken vid Mariatorget. Parken är prydligt skött trots årstiden. Inge kö till gungorna men det är väl inte konstigt med tanke på klockslaget. Han bestiger den branta puckeln via Blecktornsgränd upp till Tavastgatan och tar vänster. Kullerstenarna känns hala i novemberfukten. Här tar folkvimlet slut. Den relativt trånga gatan är näst intill folktom och oväntat tyst. Märkligt vilket hastig omställning. Valdemar letar sig fram till Isabelles port. Huset är vackert slätputsat i varmorange. Fönstren spröjsade liksom i hans fastighet. Här bor alltså en ballerina med sin son tänker han och knappar in portkoden som hon naturligtvis sänt honom. Ordning och reda. Det attraherar honom. Två trappor upp går av bara farten. På Isabelles dörr sitter en barnteckning med glada ansikten. Här bor Marius och Isabelle står det med en härlig blandning av versaler och gemener, somliga vända åt fel håll. Valdemar ler för sig själv och minns när hans egna barn lärde sig skriva. Det producerades spännande matlistor som han alltid behövde tolkning för att kunna följa, små härliga meddelanden och födelsedagskort. Han saknar den tiden. Han saknar din fru. Men han känner en stor tacksamhet över att ha träffat Isabelle och nu står hon där framför honom och skrattar glatt.

"Du hittade hem till oss!" En hjärtlig kram får han.

"Det var ingen utmaning. Det ingår ju i mitt yrke att hitta folk." Han kramar henne lika hjärtligt tillbaka. Sedan tittar han inåt lägenheten, för att se om han ser pojken. Han har ju inte ens frågat Isabelle om Marius är hos henne denna vecka. Det är tydligt att hon läser hans blick.

"Marius är hos sin pappa. Jag hoppas han ligger i säng snart" säger hon och pekar på sin klocka.

"Så det är bara du och jag?"

"Ja, läskigt va!" Hon tar hans hand. "Let me show you my humble home."

Hennes lägenhet är visserligen liten och enkel men påfallande hemtrevlig. Varma färger på väggar och textilier. Mörka möbler av kolonialkaraktär som vanligtvis kan upplevas som tunga, särskilt i en mindre bostad men som i denna lägenhet passar så väl. Fönstren fulla av gröna växter i patinerade lerkrukor. Valdemar känner doften av rökelse. Inte den tunga doften som han upplevt på andra platser utan en svag lugnande doft. Marius bor i tvåans sovrum. Isabelle har inrett ett hörn av det relativt stora vardagsrummet till sitt sovrum. Köket bjuder precis plats för 4 personer att sitta och äta men det finns ju ingen anledning att det ska rymma fler. En balkong mot gården skvallrar om Isabelles gröna fingrar. Här syns lämningar av tomatrankor.

"Det är trivsamt Isabelle" säger Valdemar. "Verkligen trivsamt."

"Tack. Ja, vi trivs jag och Marius. Vi behöver ju inte mer än detta. Det ska bli spännande att se hur du bor."

"Det gläder mig att du säger så. Jag vill gärna visa dig hur jag bor nästa gång. Jag har förstås inte heller någon stor våning. Det är ju bara jag."

"Ingen konkurrens om våningens sovrum då?" säger Isabelle.

"Nej. Jag förhandlade som hastigast med mina böcker om de hade rätt
till ett eget rum men jag vann den förhandlingen relativt snabbt. De är
nu nöjda i mitt vardagsrum."

"Det skulle jag också vara."

Valdemar inser att han låtit sin "gå bort present" stå kvar i hallen och
hämtar den genast för att överräckas till värdinnan.

"Men Valdemar, det hade du inte behövt" säger hon när hon nyfiket
kikar ner i påsen.

"Men jag ville och är dessutom barnsligt förtjust i skorpor."

"Det är jag och Marius med. Godaste och nyttigaste fikabrödet."

"Precis."

"Nu måste jag sätta på tevatten. Det var ju därför du kom."

Valdemar iakttar Isabelle när hon jobbar köket. Vattnet kokar hon i en
traditionell kanna på spisen. Tekannan fyller hon med varmvatten från
kranen för att den ska få upp värmen. Vackra bulliga omaka tekoppar
dukas fram, fat och små knivar till marmeladen.

"Svart, grönt, rött eller vitt?" frågar hon.

Valdemar tittar förvånat tillbaka men förstår genast vad hon är ute efter
när han ser att hon håller i olika plåtburkar.

"Gärna svart."

"Rökigt eller parfymerat?"

"Vilka val jag ställs inför. Vad föredrar du?"

"Rökigt passar väl bra när det är så kyligt ute."

"Det har du rätt i. Det blir gott."

Snart sitter de vid det lilla köksbordet i Isabelles kök och dricker te och
knaprar på skorpor.

"Vilken tur att vi båda äter skorpor. Så vi slipper irritera oss på att den
andra låter."

"Ha, ha, det har du rätt i. Min fru brukade klaga på mig när jag åt
skorpor framför TV:n om kvällarna. Hon fick höja ljudet för att kunna
höra."

"Om det bara var det hon klagade på så låter det som om ni hade det
riktigt bra."

"Ja, vi hade ett bra äktenskap. Jag var väldigt lycklig. Isabelle, jag var
mycket olycklig efter hennes bortgång och har väl egentligen inte delat
det med någon. Jag känner mig väldigt stärkt av att vara med dig och
att kunna prata om detta. Det är ett stort steg för mig."

Isabelle sträcker sin hand över bordet och lägger den över Valdemars.

"Det gör mig glad Valdemar. Jag kan inte påstå att jag var särskilt olycklig efter det att jag och Marius pappa separerade men det har känts tomt. Lite halvt liksom."

"Jag förstår precis känslan." Reflexmässigt lyfter Valdemar hennes hand mot sin mun och kysser den. Hon drar inte tillbaka den utan smeker honom sedan sakta över hans kind. Han tar hennes hand och reser sig upp. De står mitt emot varandra och betraktar den andra. Nu stryker han hennes kind och hennes långa hår. Det varma teet och det förtroliga samtalet har stärkt honom. Valdemar förvånar sig själv genom att kyssa henne passionerat. Nervositeten bortblåst, hämningarna likaså. Han märker hennes gensvar och håller kvar extra länge. Sedan skrattar de båda.

"Oj" säger Isabelle.

"Minst sagt" svarar Valdemar. Han blickar upp mot köksklockan på väggen som talar om för honom att det är dags att dra sig hemåt. "Det var en fin avslutning på kvällen."

"Det var det verkligen Valdemar."

Valdemar vaknar tidigt av att regnet smattrar mot husets plåttak. Tänk om det ändå hade varit snö. Fast då hade han inte vaknat av ljudet förstås. Frosten häromdagen lockade honom att tro att det hade vänt till vinter, men återigen lurad. Han känner sig utvilad trots att han kom i säng senare än vanligt efter sitt besök hos Isabelle. Framförallt känner han sig stärkt av kvällen. Vilken energiladdning. Han ligger kvar en stund och lyssnar till regnet och kan omöjligt skingra tankarna från Isabelle. Tänk att han kysste henne. Kanske hade det kunnat gå ännu längre men han känner sig nöjd över att skynda långsamt. De hade lovat varandra att ses snart igen. När är snart, funderar Valdemar medan han tar sig igenom sina sedvanliga morgonrutiner med inget annat än Isabelle i tankarna. Först när han parkerar på parkeringen till Polishuset vaknar han upp ur sina tankar. Han har tänkt så intensivt på henne att han knappt minns bilfärden dit. Rena trafikfaran med nyförälskade 50-åringar bakom ratten skrattar han för sig själv. Sedan anstränger han sig för att slå Isabelles väsen ur tankarna. Det krävs för att han ska kunna fokusera. Valdemar känner sig olustig inför den kommande avrapporteringen till Stina. Han hoppas att teamet ska ha något nytt till honom annars kommer han känna sig som en skamsen skolpojke som glömt att göra sin hemläxa, när han blir tvungen att berätta att de har just nu har lite av intresse. Med viss förhoppning kliver han prick 8:30 in i utredningsrummet där han finner kollegorna nästan i givakt. Trots de positiva vibrationerna i luften Valdemar omger sig med efter kvällen med Isabelle har kollegorna inga sensationer att dela med sig av denna morgon. Det står helt still i utredningen. Herbert försöker i vanlig ordning muntra upp och föreslår att Valdemar trots allt pratar kring Didriks sambo, importören och sonen Birgersson. Trots att det alla känner sig ganska säkra på att ingen av dessa herrar kan ha gjort det, kanske Stina kan komma med någon ny infallsvinkel.

"Bättre att låta henne vara den som stänger dörren" avslutar Herbert och dunkar Valdemar i ryggen.

"Bra! Tack för ert stöd. Jag ska göra mitt bästa. Är jag inte tillbaka vid mitt skrivbord om en timme kanske ni får komma upp till Stinas kontor samla ihop mina kvarlevor."

"Så allvarligt är det väl ändå inte" ler Marianne mot kollegan. "Hur ofta har vi inte stått inför dessa dödlägen och sedan…"

"Sedan vänder det alltid. Jag vet" ler Valdemar tillbaka.

Kollegorna fortsätter att peppa Valdemar ytterligare en stund innan han med molokna steg beger sig mot Stinas kontor. När han passerar chefens sekreterare ropar hon "ska du träffa Stina?"

"Det stämmer."

"Du får boka om. Hon är sjuk."

"Det var hastigt. Hon bokade detta morgonmöte med mig så sent som igår. Inget allvarligt hoppas jag."

"Hastigt men inte allvarligt. Hon åt något olämpligt igår kväll till middag och åkte på akut matförgiftning. Känner jag henne rätt är hon tillbaka imorgon."

Saved by the bell, tänker Valdemar när han vandrar tillbaka till sitt skrivbord. Kollegorna är lika förvånade som honom men lättade för hans skull. Kanske de hinner ramla över ytterligare några ledtrådar innan Stina är på benen igen. Kanske.

"Jag hinner!" utbrister Valdemar glatt när han tittar på klockan.
Marianne tittar upp från sitt skrivbord. "Hinner till vad?"
"Jag hinner till Spånga Folkan på jazzkonserten."
"Ska du umgås med våra misstänkta?"
"Som jag sa sist, Ulf toppar knappast listan över huvudmisstänkta."
"Nej jag håller med. Och vem vet, du kanske samlar in andra ledtrådar. Klart du ska unna dig en konsert. Särskilt eftersom du tog dig helskinnad ur den uppskjutna rapporteringen till Stina."
Marianne refererar till gårdagens möte som enligt prognos enbart blev uppskjutet ett dygn. Trots att Valdemar inte kunde briljera med något nytt uppehöll sig han och Stina en god stund kring den mystiska Maria som de nu visste mer om, Didriks avundsjuke sambo, sonen Birgersson och importören. Fortfarande ingen bevisning för mord eller en mördare på spåren men åtminstone ett steg närmre. Som sagt, var Stina inte beredd att stänga dörren till dessa ledtrådar, var Valdemar inte heller till fullo redo att göra det.
Valdemar håller med Marianne om att han känner att han kan unna sig en kväll borta från utredningen och meddelar att han hör av sig efter om han stöter på någon eller något intressant.
"Ser fram emot det med spänning!" ropar Marianne till honom när han lämnar henne.

Valdemar möts av en knökfull entré. Sorlet ligger som ett täcke över den förväntansfulla publiken. Han fascineras av den välbevarade inredningen. Än mer fascinerad blir han när dörrarna öppnas till parketten. Vilken sal. Originalposters från föreställningar som ägt rum långt tillbaka i tiden dekorerar väggarna. Draperiet vid scenenen verkar vara original det med. Först när Valdemar vänder sig om förstår han att konsertlokalen även erbjuder en balkong som hyser flertalet sittplatser. Raskt går han tillbaka till entrén och uppför trappan. Han vill gärna uppleva konserten uppifrån. I trappan möter han Ulf. Ögonkontakt är oundviklig och det är tydligt att Ulf känner igen honom.
"Du kom!"
"Ja, kunde inte hålla mig härifrån."
"Varmt välkommen. Jag måste kila ner. Men vi ses säkert i pausen."
Kvällens konsert med temat "Glada 20-talet med en touch av swing" lämnar inget över att önska. Publiken kan omöjligen sitta still, inte minst Valdemar. Under pausen är stämningen hög och folk samtalar vitt och brett varandra. Valdemar behöver inte känna sig ensam. Han finner genast andra eldsjälar att prata med. När han ser Ulf i ögonvrån hoppas han att han inte ska avslöja hur han och Valdemar känner varandra. Ulf är en uppenbar tankeläsare. Han pratar glatt på om musiken och agerar som om han och Valdemar känt varandra i åratal. Valdemar kommer på sig själv med att önska att så var fallet. Han har inte alltför många nära vänner kvar. När han gifte sig med Christine byttes kompiskvällar ut mot en era av parmiddagar som av naturliga skäl liksom kom av sig när hon gick bort. Han känner sig med ens ensam men trots allt stärkt av umgänget för kvällen. Dags att skaka av sig det som varit och ta upp kontakten med folk igen. Vem vet, kanske Ulf kunde bli en blivande kamrat när utredningen är avslutad och han förhoppningsvis är helt struken från misstänktlistan. Därtill Isabelle och hans liv är fullkomligt.

Valdemar har blivit beordrad av sin dotter att komma över på middag. Hon finner sig inte i att kan skyller på att han är mitt i en utredning. Äta måste alla göra och han är välkommen att lämna så snart han ätit upp om hon bara får träffa honom en stund. Valdemar ler åt sin dotters kloka envishet. Den har hon ärvt av sin mor. Han får skuldkänslor när han tänker på Christine. Varför, undrar han? Hon kunde väl ändå inte ha önskat att han skulle gå runt resten av livet och vara ensam och olycklig. Men vad skulle hon tycka om den unga Isabelle? Vad ska andra tycka om hans relation med den unga dansösen? Är det en relation? Och så ung är hon väl ändå inte? En mogen kvinna i hans ögon. Och oemotståndlig. Ska han berätta för Lisen? Nej, det är för tidigt. Som sagt, det kanske inte ens räknas som en relation. Det slår honom att de faktiskt inte har hörts sedan de drack te hos henne. Har hon ångrat sig? Hon har säkert fullt upp med sitt och han respekterar hennes integritet och vill inte tränga sig på. Skynda långsamt känns lämpligast i detta läge.

Hans dotter bor i en 1:a vid Fridhemsplan. Hon hyr i andra hand vilket inte stör henne men Valdemar önskar att han kunde hjälpa henne att köpa något eget eller via kontakter ordna ett förstahandskontrakt. Att hon ständigt lever med ovissheten om hon har boende om några månader ger Valdemar magvärk men Lisen tar det med ro. Jag äger inte mer än att jag kan packa mina väskor och flytta vidare. En bohemisk inställning och förmodligen inte helt olikt från hur han resonerade i hennes ålder. Han funderar samtidigt över hur Isabelle kan ha råd med lägenheten hon bor i. Dansare kan knappast vara överbetalda. Ensamstående är hon också. Kanske är det en hyresrätt?

Tolvan till Alvik och gröna linjen till Fridhemsplan. Han njuter av att åka kommunalt. Det blir mycket bilåkande i tjänsten och ibland är det skönt att lösa en biljett, kliva på och låta någon annan sörja för att han kommer till rätt destination. Inte behöver han ju leta parkering heller vilket är ett stressmoment i sig, som han gärna är utan. Vid Fridhemsplan behöver han bara kliva över gatan till funkishuset där dottern huserar. Våning tre; han tar trapporna. Att svettas i motionsspår eller på gym ligger inte honom för. Han föredrar motion i vardagen såsom de långa tänkarpromenaderna han behöver för att rensa hjärnan, och som nu, att ta trapporna. Han kommer på sig själv med att ta dubbla trappsteg i den sista trappen. Skönt att känna sig lite trött i låren när han väl är uppe. Han får plinga på ett par gånger innan Lisen öppnar. Hög musik hörs inifrån lägenheten så han förstår varför dottern förmodligen inte uppfattat ringklockan. Lisen liksom Valdemar, lyssnar gärna på klassisk musik men uppenbarligen är det inte vad hon kände för denna eftermiddag.

"Redan! Förlåt, jag hörde inte ringklockan." Lisen öppnar med ett uppenbart förvånat ansiktsuttryck.

"Inte så konstigt" säger Valdemar och höjer lite skämtsamt rösten medan han kramar om sin dotter över dörrtröskeln. "Vad lyssnar du på?" Han kliver in och hänger av sin jacka på den lediga kroken.

"Världsmusik. En ny afrikansk skiva." Hon går fram till stereon och sänker ljudet till samtalsvänlig nivå. Sedan börjar hon tända små ljuslyktor i fönstren och en kandelaber som står på det lilla middagsbordet.

"Spännande. Får jag se på skivomslaget?" Valdemar spejar bort mot stereon efter ett skivfodral. Han imponeras över hur hemtrevligt dottern har det trots att hon hyr i andra hand och dessutom möblerat, om han förstått saken rätt.

"Åh pappa. Du är kvar på stenåldern som vanligt. Jag streamar musiken genom telefonen. Kolla!"

"Men du sänkte ju på stereon" svarar Valdemar samtidigt som han tittar på bilden av skivomslaget på dotterns telefon."

"Du noterar allt du. En riktig detektiv."

"Arbetsskada min dotter."

Lisen bubblar på om musiken de lyssnar på samtidigt som hon öppnar kylen som är onormalt välfylld för att tillhöra en student.

"Öl eller vin?"

"Vad äter vi" frågar Valdemar och tittar bortåt spisen.

"Blunda och ta in dofterna" uppmanar Lisen.

"Det doftar kryddigt. Vad har du nu hittat på?"

"Vegetarisk chili!"

"Har du blivit vegetarian?"

"Det är dyrt med kött pappa. Dessutom är det mycket bättre för miljön om man står över ibland."

"Har du blivit Stockholmsvegetarian?"

"Imponerande. Inte kvar på stenåldern trots allt" skrattar dottern. "Var har du hört det? Arbetsskada?"

"Ha, ha, nej inte riktigt" svarar Valdemar och hoppas hon nöjer sig så. Han vet med sig att han är urusel på att dölja saker och vill inte avslöja sig att Isabelle var den som bekantade honom med uttrycket.

"Så, vad blir det, öl eller vin?"

"Ah, gärna öl. Ljus om du har."

"Ser jag ut som en tjej som dricker mörk öl pappa?"

"Hur ser en sådan ut undrar jag genast?"

"Stereotypen är nog lite manligare skulle jag säga."

De avbryts av att Valdemars telefon ringer i bröstfickan.

"Valdemar."

"Är du på fest?" hör han Herbert säga i andra änden.

Han tecknar åt dottern att sänka musiken vilket hon uppmärksammar omedelbart. Valdemar går fram till det stora fönstret och tittar ut på en stad i ljus medan han lyssnar till Herberts genomgång. Kollegan berättar att de passat på att höra Forsströms grannar, bortsett från Lundqvist då. Valdemar får genast dåligt samvete över att det är andra kvällen på raken som han är ute och roar sig och att grabbarna fått jobba på i hans frånvaro. Herbert berättar att samtalen egentligen inte gav särskilt mycket mer än att den av grannarna som från sitt sovrum kunde se Per-Görans entré och därmed hade viss koll på hans vanor, kunde intyga att Forsström ofta var ute på vardagkvällarna och att det därmed inte avvek från hans vanliga rörelsemönster om han var på väg hem den kvällen han istället hamnade i Svandammen. Valdemar ser biografen Draken dit han tog barnen när de var små. Nu används den förnämliga lokalen inte längre som biograf. Draken tunga rör sig dock i mörkret, precis som förr. Upp och ner, upp och ner. Den som inte visste, skulle gott kunna tro att biografen fanns kvar. Ett stycke kulturhistoria. Sorligt. Valdemar tackar den yngre kollegan både en och två gånger och resonerar att det kunde vara värt ytterligare ett samtal med denna granne och att de ska ses följande morgon på station. Han avslutar samtalet med en order om att Herbert ska gå hem och ta lördagskväll.

"Förlåt" säger han med ledsna hundögon och tittar på sin dotter.

"Du är mitt i en utredning" kontrar Lisen.

"Hopplös."

"Jag vet pappa, men jag älskar dig ändå. Här, ta din öl nu."

"Tack. Nu ska det nog inte bli fler samtal ikväll.

"Det tror jag först när jag upplevt det."

Hans dotter har rätt i sin sarkasm. Det hinner bara sätta sig innan det ringer igen. Valdemar suckar och svarar hastigt utan att titta vem som ringer.

"Ja?"

"Valdemar?"

Han känner genast igen Isabelles röst och skäms över sin irriterade ton.

"Hej, förlåt, ja det är jag." Valdemar skruvar nervöst på sig i stolen.

"Stör jag?"

"Lite oläpligt, mitt i maten. Får jag ringa senare?"

"Gärna."

Valdemar stoppar tillbaka mobilen i bröstfickan.

"Pappa, vem var det?"

"Ytterligare en kollega" är det första svaret han kan pressa fram i sin nervositet. Han ser att hon inte tror honom men han känner henne så väl att han vet att hon respekterar hans svar och inte ställer fler frågor. Hon har en fin förmåga att balansera frågvisheten när det behövs.

Lisen behöver inte återupprepa sin sarkasm. Telefonen håller sig tyst och Valdemar förvånar sig själv över att släppa jobbet och fullkomligen hänge sig åt kvällen med dottern. De hinner avhandla allt som skett sedan de sist sågs, bortsett från detaljen Isabelle. Lisen upplyser honom också om att Love mår utmärkt, befinner sig på Nya Zeeland och inte planerar att återvända till Sverige på ett par månader. Han lämnar Lisens lilla andrahandstvåa först vid 23 på kvällen. När han sitter på tunnelbanan på väg hemåt inser han att det är i senaste laget att ringa tillbaka till Isabelle. Ett meddelande vill han dock sända henne. "Förlåt. Var hos min dotter. Tiden sprang iväg. Hörs vi imorgon?" Han får omedelbart svar. "Gärna. Vi kanske kan ses på kvällen?" Det vill han. Det vill han oerhört mycket. Ska han bjuda hem henne? Varför inte. Han besvarar hennes fråga. "Vill du komma över på sen middag?" Med samma snabba svarsfrekvens som tidigare svarar hon "taget."

FEMTIO – SÖNDAG 11 NOVEMBER

Valdemar är först på kontoret denna morgon. Full av kraft känner han sig, trots att han kom i säng i senaste laget kvällen innan. Han uppskattar att få utredningsrummet för sig själv en stund. Återigen få tid att reflektera. Fundera över vad det är de missar. Det har redan gått en vecka sedan hans kollegor i Guatemala lokaliserade Maria. Vilka drömmar de hade, Per-Göran och Maria. Han kan inte låta bli att sörja för Maria. Han hade verkligen goda intentioner den mannen hon förälskade sig i, under de få dagar de fick möjligheten att lära känna varandra. Varför ville någon ha ihjäl honom? Precis som kollegan i Guatemala tolkat det; att de skulle ha att göra med ett svartsjukedrama, att någon från Guatemala skulle ha rest till Spånga, Sverige för att ha ihjäl Per-Göran, var i princip uteslutet. Kunde det vara någon här hemmavid som var svartsjuk för att Per-Göran var förälskad i en annan kvinna. Didrik kändes utesluten; känslorna där var visserligen inte besvarade av Per-Göran men Didrik verkade finna sig i det och inte göra en stor sak av det. Någon annan? Valdemar kommer inte längre i sina tankar.

"Uppe med tuppen?" säger Magnus och gal glatt när han kliver över tröskeln med Herbert i släptåg.

"Någonting i den stilen. Men trots det ser jag ut att bli sen till kyrkan" skojar Valdemar tillbaka.

"Om vi får fast mördaren är jag övertygad om att Gud förlåter dig" faller Herbert in.

"Vad har du nu gjort Valdemar? undrar Marianne som ansluter mitt i konversationen.

"Äsch inget" ler Valdemar. "Lite sedvanligt söndagsskämt."

Det surras på bland kollegorna och Valdemar fortsätter lite glatt på det skojfriska temat genom att slå näven i bordet. "Order, order." Kollegorna uppmärksammar hans befallning och lyder omedelbart.

"Vart står vi?"

"Grannen med utsikt över Forsströms ytterdörr" svarar Magnus.

"Just det. Marianne, har du hört det senaste?"

"Nej, inte än."

"Magnus, återger ni? Inte mycket att gå på men ändå" ber Valdemar.

Efter grabbarnas summering om grannarna är Valdemar och Marianne överens om att även om förhöret med grannen med utsikten över Forsströms entré inte gav särskilt mycket vill de också höra denne för att bilda sig en egen uppfattning. Marianne ringer grannen ifråga för att höra om de kan komma förbi och får till svar att det går alldeles utmärkt, senare ikväll, sådär vid 20-snåret. Valdemars dåliga samvete över att ha unnat sig ledigt två kvällar på raken säger honom att han gör klokt i att skjuta upp den spontana middagen med Isabelle, hur gärna han än skulle vilja slingra sig från förhöret med grannen ifråga. Det tar emot, lika mycket som han tidigare ogillade att sända sms, som att meddela Isabelle "Förlåt, blir tvungen att ställa in, plikten kallar". Bara någon kvart senare får han ett svar "plikten framförallt, vi får ses när du löst ditt fall". Löst ditt fall, tänker Valdemar sorgset, just nu känns det som att det kommer ta evigheter. Han vet uppriktigt talat inte hur han ska klara sig så länge utan att få träffa henne.

FEMTIOETT - MÅNDAG 12 NOVEMBER

Valdemar vaknar tidigt på måndagsmorgonen. Besviken över att han var tvungen ställa in middagen men Isabelle för ett förhör han gjorde av ren plikt snarare än magkänsla och som gav föga i kombination av pressen från Stina har stört hans sömn. Han känner henne nästan flåsa honom i nacken. Denna morgon måste han samla teamet en god stund för att gå över allt igen. Har det följt upp alla spår? Kan de ha missat någon liten detalj som tar dem vidare? Uppgivet låser han lägenhetsdörren och går ut till bilen. Nattfrosten har återigen lämnat sina spår på vindrutan. Valdemar sätter nyckeln i tändningslåset för att ge bilen lite hjälp på traven att frostas av. Motorn startar inte. Efter ett antal försök ger han upp.

"Briljant start på veckan" säger han argt för sig själv samtidigt som han förbannar sig över att han inte fixat kupévärmaren.

Ingen granne syns till och när Valdemar inser att han inte kommer kunna få hjälp att starta sin bil, låser han den och promenerar mot tolvan. De negativa tankarna skingras något när han skrattar åt sig själv, som just låste en bil som måste startas med kablar. En biltjuv gör sig knappast det besväret och inte har han något av värde i bilen heller. Men vanan finns där oavsett situation. Efter oturen med bilen har han dock turen med sig att spårvagnen rullar in precis när han korsat spåret. Färden till Alvik för byte till tunnelbanan går smidigt. De flesta andra resenärer ska vidare mot stan och han går mot strömmen för att kliva på tunnelbanan mot Vällingby. Inga problem att få sittplats med andra ord. En tidigare resenär har lämnat lokaltidningen för Västerort på sätet bredvid Valdemar. Vanligtvis läser han inte tidningar andra har lämnat efter sig, en sorts bacillskräck tänker han, men denna morgon plockar han förstrött upp tidningen och börjar bläddra. Hans blick faller nästan omedelbart på en artikel i början av tidningen. Rubriken lyder "Idrottsförening rasar – planer på bebyggelse på hemmaplanen!" Kan det vara så enkelt? Äntligen ett svagt ljus i tunneln tänker Valdemar och stoppar ner den tummade tidningen i innerfickan på rocken.

När han kliver in på stationen påkallar han teamets uppmärksamhet och de samlas i utredningsrummet. Han behåller tidningen i rockfickan som för att hålla på spänningen lite.

"Nu har vi hört näst intill alla fastighetsägare som har haft ärenden uppe i nämnden. Utan vidare resultat, eller hur? Importören är ju fortfarande inte helt avskriven men det känns trots alla motiv inte som om han är vår man. Sonen Birgersson var glödhet för ett par dagar sedan men falnade snabbt under min och Mariannes lupp. Didriks avundsjuke sambo kanske vi kan släppa. Kanske att vi fortfarande behöver höra några äkta hälfter till de villaägare vi redan träffat men inga av de spåren känns väl superheta." Valdemar ger dem några sekunder att tänka medan han går fram mot tavlan där de kartlagt alla bygglovsärenden. Han pekar på en grön större fläck på kartan. "Här. Här ligger den så kallade Gläntan. Det är den lokala fotbollsföreningens hemmaplan och stolthet om jag förstår saken rätt. Fotbollsklubben, Solhems Bollklubb, har 100-åriga anor i området och har förmodligen varit en naturlig del i de flesta barns uppväxt där. Och vad har vi här? En grön cirkel!"

"Just det, det betyder alltså att kommunen har initierat ett ärende" förklarar Herbert.

"Onekligen" svarar Valdemar, plockar fram tidningen ur fickan med en dramatisk gest och brer ut den på bordet.

Hela teamet reser sig från sina platser och attackerar artikeln. De böjer huvudena över tidningen och ett par sekunders tystnad följer.

"Tack för tipset lokalpressen!" säger Magnus som är först med att kommentera nyheten.

"Håller med! Vilket spännande spår. Men ingen har överklagat?" funderar Marianne och konstaterar "det finns ju ingen röd cirkel".

"Om jag minns rätt är det ett pågående ärende" säger Herbert.

"Kolla upp med en gång grabbar" ber Valdemar.

"Snabbare än kvickt" svarar Magnus och lämnar rummet följt av kollegan.

Valdemar och Marianne dröjer sig kvar för ytterligare reflektioner.

"Om det är ett pågående ärende, där fotbollsföreningen och berörda villaägare runt omkring Gläntan ännu inte har sagt sitt, så finns det ju ingen anledning att mörda Per-Göran, eller hur Valdemar" funderar Marianne.

"Det har du rätt i. Om det inte är så att man är övertygad om att man inte har en chans att vinna ett överklagande förstås."

Valdemar och Marianne fortsätter att studera kartan och resonera kring fallet. En stund senare kommer grabbarna inrusande i rummet.

"Helt otroligt. Hur kunde vi missa detta? Kommunen har gjort en så kallad markanvisning för hela Gläntan med tillhörande parkeringar och mark runt hela alltet."

"Och vad betyder det?" frågar Marianne.

"Ett sätt för kommunen att reservera mark för att kunna bygga de bostäder man tycker stan behöver."

"Men allmänheten får fortfarande tycka till?"

"Ja men visst. Det är ju bara ett förslag och går enligt så kallat vanligt planförfarande. Jag har förstås behövt plugga på lite snabbt om det här."

"Och har allmänheten tyckt något i frågan?"

"Nej, och svarstiden har redan gått ut."

"Är det inte märkligt att ingen har tyckt något?"

Valdemar skummar igenom artikeln igen.

"Det står faktiskt ingenting om varför fotbollsföreningen inte har fört sin talan i ärendet."

"Det var konstigt" tycker Marianne.

"Låt oss besöka kansliet och prata med dem" svarar Valdemar.

"Kollar du var de sitter Marianne?"

"Herbert, Magnus, ni kan väl ringa journalisten som skrivit artikeln så jobbar vi från två fronter."

"Självklart chefen."

Valdemar parkerar vid ett rödmålat enplanshus intill Gläntan. Självklart har de kansliet i anslutning till fotbollsplan. Det hade vi inte ens behövt kolla upp. De knackar på, men ingen öppnar. Marianne känner på dörren och den är olåst så de går in. De möts av väggar täckta av hyllplan med pärmar och pokaler. Stor oreda råder på de fyra skrivbord som står i mitten av rummet. En radio förmedlar ekonyheterna. Men ingen representant verkar vara där. Marianne går fram till pokalerna och betraktar dem närmare.

"En lång tradition av vinster i denna förening."

"Kul!" säger Valdemar.

Just då kommer en man in skyndandes på kansliet. Han bär på en papperspåse med det lokala konditoriets logga på. Konditoriet som Valdemar har börjat fatta sådant tycke för. Här vankas det fika. Han ser mycket förvånad ut över att Valdemar och Marianne står där inne.

"Hade jag glömt att låsa?"

"Uppenbarligen. Men vi är poliser så du behöver inte oroa dig. Vi har hållit objudna gäster på avstånd" skrattar Marianne.

"Tack för det. Men vad gör ni här? Ah, har det med vandaliseringen att göra?"

"Vandaliseringen?" frågar Valdemar.

"Ja, några ungdomar har rivit ner våra banderoller och kastat en massa skräp på fotbollsplanen. Vi anmäler alltid numera."

"Så det händer ofta?"

"Ja dessvärre. Så snart vår verksamhet upphör på kvällarna, byts våra ambitiösa fotbollsungdomar av andra, säkert från andra sidan järnvägen.

"Andra sidan järnvägen?" frågar Marianne.

"Ja, invandrarbarnen."

"Har du belägg för dina påståenden?" går Marianne på.

"Nja."

"Då så, då lämnar vi det. Förutfattade meningen kommer man ingen vart med. Men, det är inte därför vi är här. Vi är här med anledning av de påtänkta byggnationerna av Gläntan."

"Så bra att det här har gått vidare till polisen. Då kan vi säkert få ordning på kommunens galenskaper."

"Det är inte riktigt därför vi är här heller" säger Valdemar.

"Nu förstår jag ingenting."

"Vi kanske kan sätta oss" Marianne pekar bort mot soffgruppen som är inträngd i ett hörn.

"Givetvis."

"Och så ska vi presentera oss. Jag heter Valdemar Horn och är kriminalkommissarie. Detta är min kollega Marianne.

"Östen Jonsson" ekonomiansvarig för fotbollsföreningen.

"Kommunen har alltså föreslagit att det skall byggas bostäder på er fotbollsplan" inleder Marianne.

"Just så. Det är skandalöst. Inte har vi fått möjlighet att säga vad vi tycker heller. Men nu har vi ju kontaktat lokaltidningen i alla fall och då brukar det ju ta fart."

"Är det inte så att närmast berörda fastighetsägare ska bli skriftligen informerade och har rätt att yttra sig?" fortsätter Marianne.

"Precis vad vi trodde! Men nej, vi har inte fått något brev från dem om det här."

"Och har ni påtalat det för dem?"

"Ja, men vi har inte fått något svar än. Kommunen är väl knappast kända för att jobba hårt."

"Ni borde ha blivit tillskrivna som sakägare. Kan brevet ha förkommit på posten?" funderar Valdemar.

"Posten ska man väl kunna lita på?"

"Eller kan er brevlåda ha blivit vittjad? Du sa ju att ni hade problem med vandalisering."

"Där sa du något. Det har jag inte ens tänkt på, men visst kan det vara så!"

"Har det hänt tidigare att post försvunnit?"
"Ja faktiskt, nu när jag tänker efter. Vi har fått påminnelser på räkningar
när vi inte ens fått originalfakturan. En gång hamnade vi t o m hos
inkasso eftersom vi inte fick påminnelsen heller. Galet frustrerande."
"Ni har inte funderat på att skaffa en låst brevlåda?"
"Jo, det är klart. Men det har inte blivit av. De är ganska dyra också. Vi
har en begränsad ekonomi som ni förstår."
"En billig försäkring skulle jag säga. Men, vi lämnar det. Vi kom trots
allt inte för att utreda vare sig vandalisering, bebyggelse av Gläntan eller
försvunnen post" säger Valdemar.
"Vad är det då ni undrar om?" frågar Östen.
"Vi utreder Per-Göran Forsströms dödsfall" berättar Marianne.
"Den där politikern?"
"Det stämmer."
"Och vad har detta med vår fotbollsförening att göra?"
"Han var en av dem som låg bakom kommunens förslag om att bebygga
Gläntan."
"Det var det värsta! Jag är mållös! Han var ju en sann Solhemsbo själv.
Hur kunde han? Hur kunde han göra så mot Spångas stolthet, vår
fotbollsförening?"
"Är ni fler som har hanterat ärendet mot kommunen?"
"Ja, det är framförallt ordförande och vice som har drivit detta. Jag har
bara funnits med i periferin."
"Hur kommer vi i kontakt med dem?" frågar Marianne.
Just då öppnas dörren och en gråsprängd, atletisk herre i 55-årsåldern
kliver in i sällskap av en yngre dam, förmodligen i 40-årsåldern, blond,
hästsvans, ungdomligt klädd.
"Så här" Östen visar en gest mot de nyanlända.
"Det var ju eminent" säger Valdemar och reser sig upp för att presentera
sig.
"Gunnar Bodin, ordförande Solhems FK." Handslaget utstrålar
självsäkerhet och en slags överhet. Valdemar känner med en gång igen
personligheten, den som han har så svårt för.
"Valdemar Horn, Kriminalkommissarie, Västerortspolisen." Han
presenterar Marianne av bara farten. Valdemar uppfattar ingen direkt
reaktion i ordförandes ansikte när de presenterar sig.
"Anneli Sundström, vice ordförande."
"Så trevligt att vi blir fler på fikat" utbrister ordföranden överdrivet
entusiastiskt utan att närmare förhöra sig om varför de får polissällskap

just idag. Som om det tillhörde vanligheterna att poliser ramlar in på fika.

Kantstötta muggar av olika kvalitet med fotbollsföreningens logga dukas fram. Kanellängden lyfts ur påsen och man nöjer sig med att använda påsen som fat. Inga assietter, inga servetter. Här är det grabbarna som regerar. Kaffet hälls upp och längden fördelas. Mjölk och socker erbjuds inte och ingen frågar efter det. Ordförande håller låda om föreningens verksamhet som fullkomligen höjs till skyarna. Som grädde på moset kan han briljera med att berätta om sin son som spelat i A-laget och länge var lagkapten. Särskilt stolt är han över en av pokalerna som laget kammade hem under tiden hans son spelade. Nu har han ett kort uppehåll på grund av universitetsstudier men han hoppas vara tillbaka snart. Till sist avbryter Marianne honom.

"Kan du berätta om ert arbete mot en bebyggelse av fotbollsplan?"

Det blir tyst runt bordet men inte länge, ordförande tar genast vid igen.

"Kommunen har hanterat frågan helkonstigt. Vi har ju i allra högsta grad rätt att yttra oss men har alltså inte blivit kontaktade. Det borde komma i tidningen vilken dag som helst."

"Idag närmare bestämt" svarar Valdemar.

"Ah, har missat det" svarar ordföranden. "Måste plocka upp ett nummer sedan."

"Är ni säkra på att ni inte fått informationen från kommunen?" undrar Valdemar och fortsätter "Östen nämnde att ni har haft problem med post som försvinner."

"Vi har ju faktiskt inte dragit den slutsatsen, eller hur Gunnar?" säger Östen.

"Det har du verkligen rätt i. Kan vara en förklaring men jag är övertygad om att kommunen inte skickat något till oss."

Gunnar tar en stor tugga av kanellängden, vänder sig mot Anneli, och säger med munnen full "du kan väl kontakta Kommunen igen och skynda på dem lite?"

"Självklart" svarar Anneli.

"Så bra att det här har blivit en polisiär fråga. Det är verkligen på tiden" fortsätter Gunnar.

Östen hinner före både Valdemar och Marianne att förtydliga deras riktiga ärende.

"Poliserna här utreder den där politikern som hittades död."

Gunnar är återigen lika snabb att ta konversationen vidare.

"Vi är naturligtvis mycket chockade över den händelsen. Här i vårt Solhem, att något sådant otrevligt händer. Men är ni verkligen säkra på att det är mord? Var det inte bara en hjärtinfarkt? Forsström var ju inte i bästa form, så det förvånar mig inte om hjärtat inte längre orkade."

"Du kände Forsström personligen?" frågar Valdemar trots att han vet svaret på frågan.

"Vi har känt varandra sedan vi låg i barnvagn. Gått i samma skola, spelat i samma lag."

"Spelade Forsström fotboll?" undrar Marianne.

Gunnar skrattar. "Han försökte i alla fall. Som jag antydde var han ingen direkt atlet, inte som grabb heller. Hans morsa tvingade väl iväg honom på träningarna. Men det hjälpte inte så mycket. Ingen förlust."

Det blir knäpptyst runt bordet, alla tittar på Gunnar som inser att han sagt något olämpligt.

"Ja alltså det var inte så jag menade. Det var ingen förlust för föreningen att han slutade. De kan låta grymt, men en person som inte har samma ambitioner som de andra spelarna kan ibland sinka ett helt lag. Man måste ju tänka på laget."

"Är det föreningens motto? Är det inte så att man vänder sig till alla och uppmuntrar rörelse och glädje i lagsamarbete?"

Anneli avbryter konversationen.

"Självklart. Det är vårt uppdrag och kall. Ungdomarna behöver röra på sig som ett naturligt inspel i vardagen och som ett komplement till allt dataspelande. Alla är välkomna i vår förening. Självklart har vi viss selektering på högre nivå. Förlåt mig, selektering är inte ett bra ord. Fördelning vill jag använda istället. Vi delar upp spelarna i olika grupper utifrån deras individuella förutsättningar, för att de ska kunna utvecklas utifrån det och känna bättre samhörighet med sina medspelare."

"Och hur var det på Forsströms tid? Det är trots allt minst 40 år sedan han var spelare i klubben" tolkar Valdemar.

"Stämmer. Ja, på den tiden var klubben förstås inte lika stor. Vi hade bara ett lag per årskull om ens det så det är klart då spelade vi alla tillsammans oavsett personlig nivå."

"Låt oss lämna fotbollen" säger Valdemar. "Vi återgår till den planerade bebyggelsen av Gläntan. Känner ni till att Forsström var en av dem som drev ärendet från Kommunen?"

Anneli blir märkbart upprörd och reser sig upp.

"Det menar ni inte! Det är ju sjukt!"

"Jag blev lika chockad jag" säger Östen.

Anneli och Östen vänder sig mot Gunnar.

"Visste du om det Gunnar?"

"Nja, nej, jag visste faktiskt inte det. Jag vet att Forsström var politiker och att han arbetade för kommunen men att han skulle vara inblandad i såna här frågor, det hade jag ingen aning om."

"Forsström satt alltså med i nämnden som till större delen hanterade överklagade ärenden från Stadsbyggnadskontoret för Stockholm och där inbegripet Spånga och Solhem. Han var även involverad i den markanvisning som gjordes för Gläntan" förtydligar Marianne.

Anneli bjuder på påtår men samtliga tackar nej.

"Kan man verkligen göra så?" undrar Anneli samtidigt som hon börjar duka av fikabordet.

"Jag är ingen expert på planförfaranden" svarar Marianne. "Men kommunen kan alltid göra markanvisningar för tilltänkta byggnationer eller andra förändringar. Sedan ska naturligtvis alltid berörda invånare ha rätt att tycka till."

Valdemar tar vid "Gunnar, du som känner Forsström sedan barnsben, kan du tänka dig om han hade några fiender?"

"Ja nu lär han ha skaffat sig en hel rad fiender. Jag tänker inte gå på begravningen. Men innan den här händelsen, nej det skulle jag inte påstå. Han var en sån där person som man knappt la märke till så jag kan inte tänka mig att han stött sig med någon" svarar Gunnar.

"Får jag fråga var ni befann er under tisdagen den 23:e oktober?"

"Vad är det för påhopp?" frågar Anneli upprört. "Vi har precis fått reda på att politikern ligger bakom detta. Är det inte uppenbart att vi inte visste om det tidigare? Varför skulle vi ha haft ihjäl honom?"

"Ingenting är uppenbart förrän det kan bevisas" säger Valdemar. "Vi har inte heller sagt att någon haft ihjäl honom, bara att han är död. Jag påstår inte att ni är misstänkta, men jag vill trots detta veta var ni befann er denna dag."

Gunnar reser sig och går till ett av skrivborden. Han bläddrar i en stor almanacka.

"Vårt A-lag spelade match på Ekerö på kvällen. Vi var där alla tre som naturliga supportrar."

"Och hur dags började matchen?" frågar Marianne.

"Klockan 19. Vi åkte dit gemensamt och lämnade Spånga vid 18-tiden" fortsätter Gunnar.

"Och vad gjorde vi innan dess?"

"Vi jobbade här på kansliet."
"Är det ett heltidsarbete, att vara ordförande, vice och kassör?"
"Ja och nej. Det är ett ideellt arbete som tar mycket tid och engagemang.
Men, vi har bestämt att alla ses här på tisdagar åtminstone varannan
vecka för att gemensamt stöka undan det som måste göras" berättar
Anneli.
"Jag förstår. Och så skedde alltså just denna tisdag?"
"Just" svarar Gunnar.
Valdemar och Marianne tittar på varandra. Marianne tar initiativet till
att lämna.
"Tack, då har vi inga fler frågor för närvarande."
"Tack för fikat. Lycka till i er process med kommunen" säger Valdemar
och de lämnar klubbhuset.
"Ja nog vore det väl tragiskt om det skulle byggas bostäder här" säger
Marianne medan de går mot bilen.
"Jag håller med. Det är värt att döda för."
"Du tror som jag?" undrar Marianne.
"Att de ljuger?"
"Ja."
"Jag har en känsla av det."
"Hur ska vi bevisa det. De täcker ju upp för varandra."
"Vi ska nog hitta en lucka i deras redogörelser. Jag tror vi får höra dem
var för sig."
"Och börja med ordförande?"
"Det vore lämpligt."
"Ska vi ge dem ett dygn?"
"Är det inte bättre att köra på med en gång så de inte hinner synkro-
nisera sina historier om det är så att de har de behovet?"
"Det har du rätt i."
"Vi låter grabbarna arbeta fram lite bakgrundsfakta på dem så vi är mer
förberedda."

Klockan närmar sig 18. Valdemar parkerar återigen vid klubbhuset vid Gläntan, knackar på dörren och kliver in utan att invänta att någon öppnar för honom eller ropar inifrån. Ordföranden Gunnar reser sig med en gång och sträcker fram handen.

"Välkommen tillbaka till eldsjälarnas tillhåll i förorten."

Valdemar som nästan ryggar tillbaka över den uppenbart falska inviten fortsätter trots detta fram till Gunnar och tar emot hans utsträckta hand. "Tack."

"Ja, vi kan väl sitta där vi satt senast" Gunnar går mot matbordet och frågar sedan om Valdemar vill ha kaffe.

"Nej tack" svarar han kort. Lite trevlig kan du väl vara, intalar han sig själv.

"Ja ha, vad vill du ha hjälp med av mig som du inte fick information om i morse?" undrar Gunnar.

Valdemar fiskar upp sitt block och sin penna.

"Berätta lite mer om din relation till Per-Göran."

"Relation?"

"Ja, relation. Era liv har trots allt löpt parallellt under hela er livstid. Någon slags relation måste ni ju ha haft."

"Vi har gått i samma skola som jag berättade tidigare. Umgicks väl aldrig egentligen. Spelade i samma lag tills Per-Göran slutade. Sen har man väl stött på varandra i centrum till och från och hälsat men det är väl det enda."

"Känner du till om Per-Göran hade några fiender?"

"Absolut inte. Kan inte förstå vem. I mina ögon var han en osynling som ingen störde sig på. Han gjorde liksom inget som någon skulle irritera sig över."

"Intressant" svarade Valdemar "kan du utveckla det ytterligare?"

"Om jag ska prata klarspråk var han en riktig nörd. Det fanns inget i hans beteende som störde någon. Han hamnade aldrig i slagsmål med någon i skolan. Vek alltid undan."

"Vek undan? Då initierades något alltså?"

Gunnar blir nervös och börjar fingra på en tesked som ligger kvarlämnad på bordet."

"Han blev väl lite retad i skolan och man kan ju tänka sig att han hade velat stå upp för sig och ge igen, men det gjorde han aldrig."

"Var du en av dem som retade honom?"

"Nej, nej."

"Är du säker?"

"Nja, kanske lite. Men jag var inte ensam om det och absolut inte den som var värst."

Valdemar kan inte låta bli att småle lite åt att ordföranden låter som en skolpojke som kallats in till rektorn. Då skulle han själv vara rektorn. Hemska tanke.

"Vem var värst då?"

"Svårt att säga. Det var så länge sedan. Man minns ju knappt namnen."

"Men om du försöker då?"

"Ja värst. Hmm vad hette han? Bertil A någonting. Bertil Augustson var det nog. Jag tror han är död faktiskt, läste om det i tidningen. Någon olycka. Konstigt, har inte tänkt på det sedan jag läste det."

"Så du är inte arg på Per-Göran över något han har gjort?"

"Nej absolut inte. Förstår inte vad det skulle vara."

"Byggandet av bostäder på er Glänta?"

"Jag förstår var du vill komma med detta. Jag hade ingen aning om att Forsström skulle vara inblandad i det där och även om jag hade vetat om det skulle jag väl aldrig få för mig att ta livet av honom."

"Jag hör vad du säger."

"Du tror mig väl?"

"Jag noterar vad du säger."

"Menar du att jag är misstänkt? Hur vet ni ens att han blev mördad? Jag har ju för fan alibi för den där kvällen. Hur enkelt som helst att kolla.

Jag missar aldrig en enda match. Spelar ingen roll om jag är sjuk. Spelar laget så spelar laget."

"Berätta mer om kvällen då."

"Du menar matchkvällen?"

"Korrekt."

"Precis som Östen berättade. Matchen spelades på Ekerö. Vi åkte från Spånga vid 18. Jag, Östen och Anneli träffades här för att samåka. Man är miljömedveten som du kanske förstår. Vi var framme på vallen vid 18:40. Tog varsin burgare och sedan började matchen."

"Jag är ingen kännare av sporten men är det inte lite väl sent med fotbollsmatch i slutet av oktober. Är inte serien avslutad då?"

"Det låter som du visst kan en del. Jo då, vanligtvis avslutas serien i slutet av september eller början av oktober. Denna höst var som du vet ovanligt mild och man beslöt då att lägga in extramatcher utanför serien."

"Så det var inte en match där resultatet räknades då?"

"Resultat räknas alltid om man ser till klubbens heder men poängen räknades inte med i serieresultaten."

"Så i princip var denna match inte lika viktig som seriematcherna?"

"Vi ställer upp oavsett."

"Hur dags var matchen slut och vad gjorde du då?"

"Vi lämnade vallen vid 21-tiden. Tillbaka i Spånga vid 21:30. Jag vill minnas att vi gick på puben och tog en öl efteråt som vi gör för det mesta efter matcherna. Stannade väl en timme och sedan gick jag hem. Du kan fråga frugan om du vill, hon har ett skarpt minne."

"Får jag fråga vad du har för utbildning?"

"Förstår inte vad det har med saken att göra. Jag läste handel på gymnasiet och började jobba direkt därefter."

"Vad jobbar du med förutom dina ideella insatser inom fotbollen?"

"Jag jobbar med profilkläder."

"Ja det var ju passande."

"Jo då, det är bra att kunna kombinera och dra nytta av det man håller på med."

"Har du ett intresse för kemi?"

"Absolut inte. Jag avskydde alla naturämnen på gymnasiet. Varför tror du jag valde handel? Varför undrar du?"

"Ren rutinfråga."

"Jag får väl nöja mig med det svaret även om jag tycker att det är lite märkligt."

"Det är jag som ställer frågorna."
"Ja det är väl så det går till."
Valdemar reser sig och tackar för samtalet. Han ber att få återkomma vi
behov. Han har redan klivit ut på trappen när han inser en viktig fråga
han glömt att ställa.
"Du, vem vann matchen?"
"Du menar den 23 oktober?"
"Ja."
"Vi spelade oavgjort. Skippade straffarna."
"Gentlemannamässigt."
"Alltid!"

Valdemar ringer upp Marianne så snart han har satt sig i bilen och rullar
bort från klubbhuset.
"Marianne."
"Valdemar här. Är du klar med Östen?"
"Ja. Magnus ringde precis och de är också klara med utfrågningen av
Anneli."
"Bra, då ses vi på station för genomgång."
"Fint. Grabbarna är redan på väg dit."
"Är du hungrig Marianne?"
"Ja, försöker att slå bort känslan men det är jag."
"Ska jag köpa varsin macka på kiosken?"
"Tack gärna. Annars blir det en jobbig dragning."

FEMTIOFYRA

De samlas i mötesrummet. Valdemar lämnar över smörgåsen han ordnat på vägen till Marianne. Han får dåligt samvete över att han inte tänkt på grabbarna men försvarar sitt agerande med att det har vuxit fram en tyst vana att Valdemar och Marianne ser efter varandra och grabbarna likaså. Valdemar ser på sina kollegor att de är trötta. De har arbetat intensivt de senaste dagarna och det kommer att bli mångt fler timmar innan de har löst detta. Hur länge orkar man hålla på så här? Länge förmodligen, det blir ju en livsstil tillslut. Värst är det för dem som har familj. Han lever ju ensam. Marianne har en stöttande make och en dotter som snart flyttar hemifrån. Grabbarna har inte stadgat sig vad Valdemar vet. Tänk att han inte ens vet en sådan sak om sina närmaste kollegor. Jag borde kanske bryta isen och fråga någon gång, hinner Valdemar tänka.

"Nu är jag mycket nyfiken om deras historier håller eller om de går isär" säger Valdemar medan han ritar ett rutnät på whiteboarden. "Första frågan, hur tog de sig dit?"

"Samåkte från kansliet" svarar Marianne så snabbt hon kan efter att svalt första tuggan av smörgåsen tillsammans med lite kaffe.

"Same story here" säger Magnus.

"Samma i mitt fall" berättar Valdemar och antecknar på tavlan.

"Åkte de hem tillsammans?"

"Ja" säger Marianne och Magnus samtidigt.

"Och vad gjorde de sedan?"

"Tog en öl på den lokala puben" säger Herbert och höjer handen som för att initiera en skål.

"Ja, den är klanderfri. Någon sluttidpunkt på kvällen?"

"Ordföranden avvek något tidigare enligt Anneli" fortsätter Herbert.

"Intressant. Vad sa Östen?" frågar Valdemar.

"Samma" berättar Marianne.

"Och hur länge stannade Östen och Anneli?"

"De tog ytterligare en öl och lämnade puben vid 23-tiden" svarar Magnus.

"Sena vanor för att vara en vardag" tycker Marianne.

"Äsch du vet väl hur fotbollsfolk är om det är en seger som ska firas" skrattar Magnus.

"Men det blev väl oavgjort?" undrar Valdemar.

"Sorry, det har du rätt i. Jag var lite snabb i mina slutsatser kring fotbollsfantasters vanor" är Magnus snabb med att svara.

"Samma svar från alla? Att det blev oavgjort?"

"Ja" säger alla i en kör.

"Bra. Tillbaka till puben."

"Valdemar. Även om ordföranden avvek tidigare, om vi tittar på klockslaget, vad säger det oss?" funderar Marianne.

"De var tillbaka i Spånga 21:30. Om de drack en öl tillsammans bör ordföranden ha avvikit vid 22:30. När tror vi Forsström hamnade i Svandammen?"

"Ordförandens fru, jag måste prata med henne" konstaterar Valdemar.

"Har hon koll på sin karl?" undrar Magnus.

"Enligt ordföranden har hon det. Han var själv osäker på om han druckit öl eller inte denna kväll."

"Hoppsan kanske drack för många då?" tycker Herbert.

"Enligt Anders hade Forsström legat i vattnet ca 12 timmar. Man fann honom vid 9-tiden. Han kan alltså ha ramlat i kring 21 och någon timme framåt eller bakåt denna kväll."

"Eftersom Anders menade på att Forsström borde ha fått hjärtsvikt ganska omedelbart efter det att någon satte en spruta i hans bakdel, och det vill säga om någon överhuvudtaget satte en spruta i hans bakdel, befann sig ordföranden på rätt plats vid rätt tid för att kunna ha utfört detta. Det kan inte vara mer än 5 minuters promenad från puben till Svandammen" menar Marianne.

"Helt rätt slutsats Marianne" säger Valdemar. "Har vi koll på var ordföranden bor? Vi måste kolla med hans hustru när han kom hem denna kväll."

Magnus börjar knappa på laptopen.

"Tornbacken bor de på. Nu ska vi se var det ligger i förhållande till puben och dammen" svarar Magnus och fortsätter knappa. "Nämen se, vilken perfekt triangel! Uppförsbacke hem men han är väl i god form så det kan inte ha tagit många minuter" visar Magnus på kartan. Han lämnar sin plats och visar tydligare på kartan på väggen.

"Tack. Det öppnar verkligen upp för att det kan vara han. Kanske att han om möjligt passerade Svandammen i senaste laget men fortfarande fullt möjligt. Jag kontaktar ordförandens hustru. Vi kan ju förstås inte utesluta vice ordförande och ekonomiansvarige."

"Men även om tid och plats talar för att det kan vara ordföranden, är det inte en smula märkligt eller slumpartat att han stöter på Forsström vid Svandammen?"

"Det känns ju som att det hade stämt träff" nickar Herbert.

"Rimligen per telefon men dessvärre vet vi ju redan att Forsström inte tog emot några samtal eller sms kvällen till ära" hjälper Marianne dem att minnas.

Herbert sätter upp fingret i luften för att visa att han kommit på något klokt. "Mötet kan ju ha bestämts någon annan dag?"

"Kvickt tänkt Herbert. Grabbar, dra en lista över ordförandes telefontrafik säg senaste kvartalet för att ta i och matcha den mot Forsströms" ber Valdemar. "Jag vet att det är långsökt, särskilt eftersom vi redan bockat av Forsströms telefonlista men man kan aldrig vara för noggrann."

Magnus sätter på sig skinnjackan och nickar åt Herbert. "Partner, let's go."

När grabbarna lämnat dem säger Valdemar "Marianne, vad vet du om Magnus och Herbert egentligen?"

"Det var just en högaktuell fråga under denna mordutredning. De bor i närheten bägge två. Inga förhållanden vad jag vet. Umgås även utanför arbetstid. Jag tror att de är lika tighta på jobbet som privat."

"Jag har fått samma intryck. Är det inte konstigt att man inte vet mer, när man spenderar så mycket tid ihop?"

"Jo, visserligen. Men om vi vänder på det. Hur mycket tror du att grabbarna vet om dig och mig?"

"Lika lite förmodligen" ler Valdemar.

När Valdemar passerar grabbarna på väg ut uppmanar han dem "sitt inte för sent nu. Det är en dag imorgon också."

"Vi ska bara lägga en beställning på telefonlistan så vi har något att göra imorgon också."

"Bra! Och jag ska bara ringa ordförandes hustru."

Magnus gör en high five i luften mot Valdemar och han kommer på sig själv med att instinktivt besvara den.

Valdemar slår ordförandes hemnummer i hopp om att frun ska svara.
"Orutinerat" tänker han. Jag borde ha ringt henne så snart jag hade talat
klart med ordföranden för att undvika att han skulle hinna få henne att
eventuellt täcka upp för honom. Men det skulle hon säkert göra oavsett.
Valdemar har ytterst sällan under sin karriär varit med om äkta hälfter
som inte givit den andra alibi i ett första skede. Ett alibi som sedan
dragits tillbaka eller envist hållits fast vid i rätten där det sällan hållit.
Trots känslan av orutin har han turen med sig.
"Bodin" svarar en kvinnoröst.
"God kväll. Detta är kriminalkommissarie Valdemar Horn. Jag ber om
ursäkt att jag ringer så sent. Talar jag med Ann-Charlotte?"
"Ja, det stämmer."
"Så bra. Jag undrar om du kan dra dig till minnes var din man befann
sig tisdag kväll den 23 oktober?"
"Min man? Nu oroar du mig. Varför frågar du?"
"Vi utreder politikern Per-Göran Forsströms dödsfall."
"Och min man skulle ha något att göra med det?"
"Det vet vi inte men vi gör en kartläggning av folk i hans omgivning."
"Skulle min man ha varit i Forsströms omgivning?"
"Det anser vi. De har känt varandra sedan de var små."
"Men umgicks aldrig."
"Det kan stämma. Får jag ändå be att du besvarar min fråga."

En kort tystnad följer. Valdemar hör nyhetssignaturen från TV:n i bakgrunden. Klockan är redan 9 hinner han tänka innan Ann-Charlotte återupptar kommunikationen.

"Jag förstår att det bara är rutinfrågor. Men som du förstår är det inte varje dag man får sådana frågor så då blir man klart fundersam."

"Med all rätt."

"Låt mig tänka. Tisdagen den 23:e sa du. På kvällen?"

"Ja, precis."

"Jag måste faktiskt slå ett öga på kökskalendern. Just det, så var det. Han var iväg på match och gick på puben efteråt."

"Minns du när han kom hem? På ett ungefär?"

"Jag minns det faktiskt ganska exakt nu när jag vet vilken veckodag det rörde sig om. Jag satt nämligen och tittade på en serie jag följer på tisdag kvällar. Den går i senaste laget. Börjar 21:50 och slutar en timme senare. När kvällens avsnitt nästan var slut ringde det på dörren. Det var Gunnar. Han hade glömt sina nycklar. Det irriterade mig. Var tvungen att lämna TV:n när det var som mest spännande. Fånigt, men du vet hur det är?"

"Jag vet precis. Vissa stunder är heliga. Vad heter serien?"

"Game of Thrones".

"Aha. Följer den inte men har hört talas om den."

"Så klockan borde ha varit omkring 22:45 när han kom hem."

"La du märke till något särskilt när han kom hem?"

"Nej, det kan jag inte säga. Han luktade öl förstås men det hör väl till när man varit på puben. Tror ha gick och satte sig en stund vid datorn och sedan gick vi och la oss samtidigt en dryg halvtimme senare. Jag somnade genast. Som sagt, den där serien går i senaste laget för mig. Men vad gör man inte när man följt något de senaste åren."

"Är ni fler som bor i huset?"

"Vi har tre vuxna barn. De två äldsta är utflugna sedan länge. Vår yngsta Kalle studerar och har ett studentrum på andra sidan stan men eftersom han har kvar en hel del umgänge från fotbollen i Spånga händer det att han övernattar här."

"Jag förstår. Och denna kvällen?"

"Ja just den kvällen sov han faktiskt hos oss. Han kom hem ganska kort efter Gunnar."

"Hade han också varit på puben?"

"Nej, jag tror inte det. Han morsade bara och drog sig sedan undan. Var väl trött. Han pluggar hårt."

"Så då kan han inte intyga klockslaget din man kom hem?"
"Nej, precis. Det blir svårt. Bara att han redan var hemma när han själv kom hem."
"Jag förstod att han också varit engagerad i föreningen?"
"Kalle har spelat i A-laget men kände att det var svårt att kombinera fotbollen med studierna så han slutade för ett tag sedan."
"Men han satt inte i styrelsen?"
"Nej, o nej, det intresserar honom inte alls. Han spelade själv och var även tränare för yngre men själva styrelsearbetet det fanns inte på kartan att han skulle ge sig in i."
"Har ni pratat något om Gläntan?"
"Du menar planer på bebyggelse?"
"Precis."
"Det är mest Gunnar som irriterat sig över det. Jag och Kalle har mer varit goda lyssnare. Inte för att jag inte håller med Gunnar om att det skulle vara trist men det finns ju andra platser att spela boll på. Säg inte till honom att jag sagt det bara."
"Absolut inte. Det stannar hos mig. Tack Ann-Charlotte, du har varit mycket behjälpsam."
"Det var så lite. Jag hoppas han är avskriven nu min man?"
"Det kan jag, som du förstår, inte yttra mig om."
"Jag förstår. Go kväll."
"Go kväll."
Ja, ha, tänker Valdemar. Hann Gunnar förbi Svandammen för att ta död på Forsberg och sedan hem, allt på 15 minuter? Inte helt omöjligt faktiskt. Han går bort mot Magnus och Herberts hörna för att se om de är kvar och han blir nästan lite nöjd när han ser att deras stolar är tomma. De kanske har ett liv trots allt, tänker han medan han släcker takbelysningen och lämnar Polishuset för dagen. Först när han kommer till parkeringen inser han att hans bil inte står där. Den står ju kvar hemma med urladdat batteri. Valdemar suckar högljutt och vänder på klacken för att bege sig mot tunnelbanan. När ska han hinna fixa bilen? Kanske kan knacka på hos en granne om det lyser hos någon när han kommer hem? Eller så får bilen stå någon dag till. Det är ju inte så farligt att åka kommunalt. I alla fall inte en dag eller två. Oavsett om han åtgärdar bilen eller inte ska han åtminstone lyssna på en bestämd tango när han kommer hem. Piazzollas Libertango återspeglar hans sinnesstämning perfekt. Sedan kan han lägga denna dag bakom sig.

Valdemar stöter på Magnus och Herbert utanför Polishuset. De vinkar honom glatt till mötes.

"Vadan detta. Kom du med tuben?" frågar Magnus.

"Äum, ja. Bilen startade inte igår och jag hann inte be någon granne om hjälp idag heller."

"Taskigt läge. Vi kanske kan ta firmabilen över på lunchen och hjälpa till?"

"Ja det var ju också en lösning. Vem vet, vi kanske inser att vi har ärenden i tjänsten åt det hållet." Valdemar gillar inte riktigt förslaget men lockas trots allt av den lättillgängliga möjligheten.

"Allt för att hålla chefen nöjd" skrattar Herbert och pekar samtidigt på pappkassen men kaffe och fikabröd.

"Underbart."

De går tillsammans in på station och genom säkerhetskontrollerna.

"Hur gick det förresten med telefonlistan? Har ni fått den?" frågar Valdemar när de är på behörigt avstånd från nyfikna öron.

"Vi la ju en beställning över natten. Tänkte stort så bad om en på ordförande, vice och kassören."

"Mycket bra initiativ!"

"Självklart. Förväntar mig att de ligger på mitt bord när vi kommer" svarar Magnus.

"Mys pys. Då kan vi korsläsa telefonlistor och fika" föreslår Herbert.

Marianne hinner ikapp dem i trapphuset.

"Ska vi ha mysstund?"

"Uppenbarligen" nickar Valdemar mot grabbarnas kasse. "Grabbarna tyckte vi behövde det idag!"

När de slagit sig ner i utredningsrummet inleder Valdemar "innan vi ger oss i kast med telefonlistorna vill jag dela med mig av samtalet med ordförandes fru igår kväll."

"Spännande!" ropar Magnus.

"Jag ser att hans namn fortfarande inte är struket" insinuerar Herbert.

"Stämmer bra det" svarar Valdemar och berättar om sin fundering vad ordföranden kan ha hunnit med under den kvarten eller tjugo minuterna som förlöpte mellan det att han lämnade puben och ringde på ytterdörren hemmavid. "Vid perfekt planering kan han faktiskt ha hunnit med att ha ihjäl Forsström under denna tid" avslutar han.

"Nu har vi ju redan gått igenom Forsströms telefontrafik men det är ju fortfarande intressant att se vilka samtal Gunnar kan ha ringt den där kvällen när det begav sig" fyller Marianne i.

Magnus fortsätter "särskilt som man kanske inte har för vana att gå runt med nikotininjektioner i fickan dagligen bara för att förvänta sig att man skulle stöta på en viss kommunalpolitiker."

"Precis" rundar Valdemar av. "Så nu angriper vi telefonlistorna. Just det, det ska finnas en serie som heter "Game of Thrones. Vet ni när den sänds på TV?"

"Ja ha, ska vi diskutera TV-program nu också?" är Herbert snabb med att undra.

"Den har redan gått flera säsonger. Kan bli svårt att komma in i den nu chefen" säger Magnus.

"Frågar inte av den anledningen."

"Ok, ingen aning" tillägger Magnus. "Kollar alltid igen. Men den är riktigt bra. Kan verkligen rekommenderas."

"Vänta ska jag kolla" lovar Herbert och knappar raskt på datorn som har redan har tagit upp ur ryggsäcken. "Tisdagskvällar klockan 21:50."

"Hur länge håller den på?" undrar Valdemar.

"En timme, till 22:50."

"Tack, då stämde frugans version. Inte för att jag trodde något annat."

"Ordförandes fru?" undrar Marianne.

"Ja. Det var det programmet hon sa att hon tittade på när han kom hem."

"Kan ju vara en lögn" tänker Magnus. "Som sagt, det går att kolla igen om man inte slaviskt vill följa när Sveriges Television tycker att man ska titta på ett program."

"Visst kan det vara så. Men nu kikar vi på telefonlistorna. Varför fyra listor?"

"Ordföranden har två telefonnummer?" berättar Magnus.

"Så lämpligt. Då blir det en till oss var" konstaterar Valdemar.

När listorna och markerpennorna har fördelats infinner sig en lång tystnad, samma trevliga tystnad som infann sig när de gick igenom buntarna med ärenden som varit upp i Stadsbyggnadsnämnden. Valdemar stortrivs verkligen i kollegornas flitiga sällskap. Likt en skrivning i skolan lägger de tyst ifrån sig genomgången lista och penna efter uppgiften är avslutad och inväntar snällt att kollegorna ska bli klara med sina.

"Ja, ha. Ska vi vänta med ordförandes lista till sist? Vem hade vice?"

"Det var jag." Magnus räcker skämtsamt upp handen.

"Och?"

"Anneli Sundström hade inga samtal överhuvudtaget till Forsström, men det visste vi ju redan. Däremot en hel del till styrelsekollegorna."

"Hur såg telefontrafiken ut på mordkvällen?"

"Inga samtal och inga sms under hela kvällen bortsett från ett samtal vid 19-tiden till en fast lina i Stockholm. Låt mig kolla vem som sitter i andra änden av den linan."

Magnus knappar på sin dator och meddelar "Barbro Sundström. Det måste vara hennes morsa."

"Förmodligen. Det gick snabbt. Då tar vi kassören Östen Jonsson. Vem?"

"Det var jag" svarar Marianne. "Dessvärre samma mönster som vice men han skickade ett sms kl 23:05. Kan du kolla till vem, Magnus?"

"Absolut."

Marianne dikterar numret och Magnus skriver.

"Det är registrerat på Marie Jonsson."

"Det är väl frugan då. Han meddelade säkert att han var på väg hem?" tänker Marianne.

"Vilka tråkiga människor. Även om vi inte hittar länken till Forsström kunde vi väl åtminstone ha stött på en otrohetsaffär eller något annat smaskigt" suckar Herbert.

Herberts inlägg lämnas utan kommentar.

"Ordföranden Gunnar kvar då."

"Jag börjar väl då" säger Herbert. "Jag tror att jag fick ordförandes firmanummer för det är en del utlandssamtal. USA och Kina. Han har kanske leverantörer där."

"Eller så har han beställt nikotinet därifrån?" kontrar Magnus.

"Intressant reflektion Magnus. Han kan ju faktiskt ha beställt nikotinet. Behöver inte alls ha tillverkat det själv" säger Valdemar med en upplyften ton.

"Tror ni inte att det skulle ställa till problem att få in det i Sverige? En klar vätska kan ju vara vad som helst" funderar Marianne.

"Förmodligen. Magnus, kollar du upp de utländska numren?" ber Valdemar.

"Japp. Får se om jag får en snabb träff. Annars får jag sätta mig och leta lite."

Magnus knappar en stund och suckar högljutt. "Vad trött jag blir. Helt rent. Telefonnumren går till leverantörer av profilkläder och inge suspekta bombtillverkare eller utvinnare av nikotinkristaller."

"Eller hitmans?" undrar Herbert.

"Känns knappast som om Forsström spelar i den ligan att någon skulle leja en hitman för att ta kål på honom" tycker Magnus.

"Det är jag benägen att hålla med om" nickar Valdemar.

"I övrigt använde han inte sin firmatelefon under hela mordkvällen."

"En som skiljer på arbete och privat. Finns det sådana människor kvar? Ja, då är det enbart min lista kvar då. Ordförandes privata telefon uppenbarligen."

Herbert gör en trumvirvel med fingrarna "spänningen är olidlig!"

"Även jag får göra er besvikna. Vi har inte dessvärre slarvat när vi gick igenom Forsströms telefonlistor. Inte ett enda telefonsamtal eller sms till honom. Varken ingående eller utgående under hela perioden."

Kollegorna suckar.

"Och på mordkvällen?" frågar Marianne nyfiket.

"Inget. Helt dött. Man kan nästan tro att han har haft telefonen avstängd."

"Trodde vi verkligen att vi skulle lösa det så lätt?" säger Magnus.

"Så, inte så molokna nu. Nu tänker vi fritt! Jag är inte beredd att avfärda ordföranden ännu. Kan han ha använt ett kontantkort? Eller kan de ha stött ihop med varandra av en slump? Kan han ha vetat att Forsström skulle passera Svandammen. Han kanske alltid passerade Svandammen vid denna tid på tisdagskvällar? Den där grannen med utsikt över hans entré intygade ju att han hade för vana att komma hem sent på vardagskvällarna men just tisdagskvällar var väl inget han sa stack ut?"

"Nä håller med. Vi behöver helt klart jobba lite mer med den kartläggningen kompisar!"

"Men först tycker jag att vi använder lunchen till att kirra din bil chefen" föreslår Herbert.

"Bra idé. Jag kör fram firmabilen" säger Magnus och sätter på sig jackan.

"Ok, vi kör väl på det. Kan bli skönt med lite miljöombyte."

"Vi kan väl äta lunch i Alvikskrokarna" lägger Marianne till.

"Varför inte" svarar Valdemar.

Så utspelar sig den ovanliga händelsen att teamet tillsammans åker polisbil för att få liv i kommissariens bil och dessutom äta lunch tillsammans vilket mycket sällan händer.

"Man skulle nästa kunna tro att det är fredag" säger Valdemar när de satt sig i bilen. Ungdomarna fram och gamlingarna bak. "Först fika med dopp och nu lunch ute hela teamet."

"Fredag hela veckan, fredag hela veckan, fredag hela veckan lång" sjunger Herbert glatt men falskt från passagerarsätet fram. "Eller var det kanske lördag?"

"Så var det nog men vad spelar det för roll" svarar Marianne. "Kul med en utflykt."

"Ja så kan man nog helt klart kalla det" instämmer Valdemar.

Lunch i Alvikstrakten. Vi skulle kunna ta take-in och äta hos mig tänker Valdemar men släpper genast den tanken. Det blir trångt och dessutom är det något med den privata sfären som han inte alltför gärna släpper in kollegorna i. Marianne kanske, men grabbarna, det skulle kännas mycket främmande att bjuda hem dem. Kanske på den tiden Christine levde och de bodde i den rymliga villan i Bromma. Då hade de ofta folk över och däribland en del kollegor. Sedan hon gick bort har han slutit sig och blivit mindre social. Det är inget han hymlar med. Som en försvarsmekanism. Levt för sig själv med sitt jobb, sina böcker och sin musik. Tills Isabelle kom. Isabelle ja, han har inte hört av henne sedan han var tvungen att avboka middagen i söndags. En obekväm tanke. Han behöver genast förslå ett nytt datum. Varför inte nu på söndag istället. Kollegorna är mitt uppe i en diskussion och de har precis passerat Blackeberg. Valdemar plockar upp sin telefon och skickar snabbt iväg en fråga till Isabelle. "Nytt försök på söndag?" Sist tog det en lång stund för henne att svara och han förväntar sig samma sak denna gång. Därför blir han förvånad när det plingar till nästan

omedelbart efter det att han tryckt på skickaknappen. "Jag har Marius
då. Gärna söndagen därpå." Långt dit tänker Valdemar. En väldans
många dagar. Han vill gärna träffa henne långt tidigare fast han vet att
han är tillgänglig då. Varför skulle han inte vara det? Han är nästan
alltid tillgänglig. Bättre än inget tänker han och svarar. "Passar fint.
Varmt välkommen." Det verkar som om Isabelle har haft samma
tankesnurra som honom för det kommer genast ett svar. "Vi kanske
hinner ses innan dess? Jag vill gärna att du träffar Marius. Pannkaka hos
oss på torsdag?" Vilken underbar bekräftelse. Hon vill att han ska träffa
hennes son. Att dessutom bjuda in till pannkaka på en torsdag känns
nästan heligt för honom. I den vardagliga sfärens stök bjuder man inte
in vem som helst. Då är han inte vem som helst! Hon är definitivt inte
ond på honom för att han ställde in söndagsmiddagen. Vilken lättnad!
Lustigt dock att det nu går kort emellan pannkaksmiddagarna från att
han inte har ätit det på evigheter. Men det har han inget emot. Han
skulle kunna äta pannkaka sju dagar i veckan bara han får träffa
Isabelle!
"Ska vi svänga av här Valdemar?" Marianne petar på honom. De har
redan hunnit till Stora Mossen och Valdemar har varit så djupt
försjunken i sina tankar att han inte uppfattat det.
"Förlåt mig. Nej, ta nästa avfart."
"Ok boss" svarar Magnus.
"Det slår mig att om vi får igång bilen måste jag köra den en stund och
då passar det ju inte att ta lunch här för då måste vi ju göra om
manövern. Kanske bäst vi tar lunch först och sedan fixar bilen så kan jag
köra tillbaka till Vällingby sedan."
"Klok plan. Var äter vi?"
"Vi kan ta vedugnen där på hörnet. De har både vedugnspizza och
pasta."
"Gott" svarar Marianne. "Nu känner jag mig hungrig."
"Och en plats precis utanför" tjoar Magnus. "Den tar vi sa polisen!"
Valdemar känner sig upplyft för stunden trots motgångarna i
utredningen. Han ska träffa Isabelle och Marius på torsdag, hans bil ska
förhoppningsvis snart rulla igen och han trivs i sitt glada lunchsällskap.

"Ska man behöva jobba också?" för första gången på länge vaknar Valdemar och har inge lust att gå till jobbet. Inge lust med mord. Inge lust med förhör. Inge lust med något alls förutom att sitta i en fåtölj, lyssna på musik och läsa en god bok. Det gråa novembermörkret utanför gör inte saken bättre. Han ser fram emot december. Julbelysningen och folks hysteriska pyntande livar åtminstone upp det hela lite. Frosten som kom förra veckan har bytts ut av plusgrader och regn. Som sig bör i november. Tanken på att han ska få träffa Isabelle på kvällen gör att han tvingar sig själv ur sängen och in i duschen. Efter dusch och morgonte känner han sig stärkt att angripa dagen och utforska vad den har att erbjuda. Bilen rullar ju dessutom som om den vore ny efter grabbarnas assistans häromdagen och P2 bjuder på Turkisk Marsch av Mozart.

Valdemar upplever samma stämning som han kände är han klev upp ur sängen när han möter kollegorna i utredningsrummet. Uppgivna av att finna ledtrådar som ständigt leder in i en återvändsgränd i kombination med årstiden tär på kollegorna. Här gäller det att vara pedagogisk tänker Valdemar.
"Upp med hakan vänner. För varje dag som går kommer vi närmre en lösning!" inleder han som ett gott försök. Det tas relativt väl emot.
"Du får det att låta så enkelt chefen."

"Ni kommer väl ihåg hur det känns när vi sitter där med lösningen
framför oss?"
"Alltför väl."
"Bra håll fast vid den känslan så löser vi detta nu!"

Valdemar minns portkoden från sitt senaste besök. Han känner doften av pannkakor när han kommer upp till Isabelle och Marius våningsplan. Det kurrar i magen när han känner doften. Denna gång öppnar inte Isabelle dörren utan en pojke med bruna ögon och brunt hår, randig tröja och jeans med trasiga knän. Dessa 6-åringar hinner Valdemar tänka. Som leker så mycket på golvet att deras byxor slits sönder. Vilken underbar tid i livet.

"Hej!" säger han nyfiket och tittar storögt men försvinner sedan omedelbart tillbaka in i lägenheten.

Isabelle kommer Valdemar till mötes, skyndandes ut köket. "Marius" ropar hon inåt lägenheten. "Kom tillbaka och hälsa ordentligt."

"Kommer jag olämpligt?" undrar Valdemar.

"Nej, absolut inte. Du är väntad. Välkommen in. Förlåt han vet att du ska komma men är lite blyg."

"Med all rätt. Vem var inte det i den åldern och det kom främmande människor hem till en."

Valdemar känner att han vill krama Isabelle men vågar inte. Känns olämpligt när han inte vet hur pojken ska reagera. Isabelle verkar inte känna samma oro utan omfamnar honom och ger honom en hastig men kärleksfull kyss på kinden. Han hinner inte besvara kyssen utan hon tar snabbt hans hand "kom, vi letar rätt på honom. Han har säkert gömt sig" viskar hon.

Valdemar är snabbt med på noterna och följer henne.

"Jag undrar verkligen var Marius kan vara" säger Isabelle med hög röst och leder Valdemar förbi sovrummet för att inleda letandet i vardagsrummet. "Jag tror verkligen inte att han är på sitt rum."

"Han kanske är på balkongen" spelar Valdemar med. "Nej, tydligen inte."

"Kan han vara bakom soffan? Inte där heller. Var kan han vara?"

"Badrummet kanske" säger Valdemar och öppnar badrumsdörren. "Isabelle, jag tror jag har hittat honom. Jag är säker på att han är bakom duschdraperiet." Valdemar drar hastigt draperiet åt sidan liksom för att det verkligen ska höras hur öljetterna glider mot stången. "Nämen vad märkligt. Jag var så säker."

"Ja i köket kan han inte vara för där var ju jag precis så då får vi kika på hans rum i alla fall."

När de kommer in i Marius rum hörs ett fnissande från sängen. Det går inte att ta miste om att pojken ligger under täcket men Valdemar och Isabelle fortsätter letandet för att låta pojken styra leken lite till. Till sist sätter sig Isabelle på sängen och suckar högljutt. "Nä, Valdemar, jag förstår inte. Var kan han vara?" I samma stund kastar Marius av sig täcket och gapskrattar. "Här är jag. Jag var här hela tiden."

Det går inte att ta miste på hans nöjdhet.

"Nu är jag hungrig mamma!"

"Så bra. Då tar vi lite pannkaka."

Valdemar följer dem till köket och låter Marius välja plats vid bordet så han inte klampar i klaveret och sätter sig på pojkens plats. Om de nu har fasta platser, men det är ju relativt vanligt i barnfamiljer drar sig Valdemar till minnes från såväl sin egen barndom som när Lisen och Love var små.

"Hur många får jag äta mamma?" frågar Marius.

"Så många du orkar."

"Bra. En gång åt jag fem stycken" säger Marius och vänder sig mot Valdemar. "Vad är ditt rekord?"

"8 stycken" drar Valdemar till med och sedan är isen bruten. Marius visar inga tecken på blyghet längre och Valdemar känner sig fullkomligen hemma vid det lilla köksbordet i det lilla köket i Isabelle och Marius hem på söder. Pannkakorna är dessutom ljuvliga. Medan Marius maler på om vännerna och skolan möts Valdemar och Isabelles blickar upprepade gånger. Valdemar är så full av förälskelse att det nästan gör ont. "Vad ska det bli av detta?" funderar han. För en gångs skull släpper han alla förmanande tankar och hänger sig åt stunden.

Mordutredningen är långt borta och det enda han ser är den kvinna som han nyligen lärt känna men redan är djupt förälskad i och hennes ljuvliga son som är precis så oskyldigt glad som en 6-åring kan vara.

Valdemar hjälper Isabelle att duka av och iordningställa köket medan Marius tittar på barnprogram. När modern kommenderar sonen i badet före läggning protesterar han högljutt.

"Marius, kom ska du få höra" säger Valdemar och vinkar till sig honom. Pojken går fram till honom nyfiket och Valdemar böjer sig ner och viskar "det är mammors jobb att vara besvärliga och tvinga barn att bada. Om man inte gör som de säger är det risk att de straffar en och inte steker pannkakor åt en." Omedelbart slinker Marius in i badrummet och Isabelle tittar på Valdemar och skakar på huvudet.

"Hur bär du dig åt?"

"Vår hemlis eller hur kompis" säger Valdemar och gör tummen upp mot pojken.

Marius gör tummen upp tillbaka och nickar.

När pojken sitter nöjt i badet känner Valdemar att han gjort intrång nog denna vardagskväll och tackar för sig. Isabelle insisterar på att han ska stanna men han påminner henne om att de ses snart igen. Full av mod och med pojken i badkarets trygga förvar kysser Valdemar henne passionerat och länge innan han lämnar dem.

"Nu vill jag verkligen att du ska stanna" skrattar Isabelle och vinkar adjö.

Nästa man till rakning. Valdemar förbannar sig själv över att han som vuxen man alltid känner sig så obekväm inför avstämningarna med Stina. Spåret till fotbollsföreningen är ju högintressant men de har återigen hamnat i en återvändsgränd. På P2 i bilen på väg till station spelas Valkyriornas ritt av Wagner. Valdemar är ingen Wagnerfantast men i denna stund känner han att stycket stärker honom. Än är han ingen fallen hjälte. Med uppdämd kämparanda intar han Stinas kontor och tänker att det får bära eller brista. Dessvärre är det på väg mot det senare. Stina är inte nöjd. Hon instämmer att spåret till fotbollsföreningen är en öppning, ett självklart motiv för mord men eftersom teamet inte lyckats säkra upp några bevis som knyter vare sig ordförande, vice eller kassören till Per-Göran eller Svandammen uppmanar hon dem att hitta nya infallsvinklar. Hon sätter ett ultimatum. Magkänsla eller ej. Valdemar får en vecka till med komplett team. Om det är status quo nästa fredag måste de släppa utredningen, åtminstone delvis. När Valdemar lämnar Stina känner han hur frustrationen kokar i honom. Han nästintill sliter sitt hår, liksom matadoren i Tjuren Ferdinand, som han och barnen skrattade gott till var jul när Love och Lisen var små. Valkyrians ritt när dagen inleddes. Sedan frustration som övergår i en sinnesstämning i harmoni med Chopins sorgmarsch. Marianne uppmärksammar genast hans tillstånd. "Var det så illa?" frågar hon medan de slår följe till utredningsrummet.

"Vi har en vecka på oss att få fram bevis som antingen bevisar mord eller i bästa fall, en mördare."

"Har vi fler växlar att lägga i? Känns som om vi har legat på femma ett bra tag nu."

"Kanske får lägga i backen?"

"Faktiskt. Låt oss backa hela alltet och börja från början. Ingen dålig idé."

"Vaddå backa?" frågar Magnus som kommer in i rummet med Herbert hack i häl.

Valdemar återger samtalet med Stina och Chopins sorgmarsch övergår genast i Griegs Morgonstämning. Valdemar har teamet med sig. Efter en lång stunds surrande och gemensamt vändande och vridande på detaljer, personer och spår är alla fortfarande övertygade om att det rör sig om mord och att fotbollsföreningen fortfarande är rätt spår.

"Det är fredag vänner. Knyt korsetten, pudra peruken och stäm lyran! Jag tycker vi går på Puben ikväll" kommer Valdemar med ens på.

"Va AW med gänget?" är Herbert snabb att fråga, glatt men lite fundersamt.

"Ja, om ni inte har andra kvällsplaner. Och inte vilken pub som helst, vi ska till puben i Spånga. Kan ju vara bra att höra pubägaren kring fotbollsstyrelsens vanor."

"Bästa idéen på länge!" utbrister Magnus och klappar händerna.

"Håller med, jag följer också med" säger Marianne lika entusiastiskt.

"Då så, låt oss sikta på att vara där vid 17 för en tidig matbit så vi hinner höra pubägaren innan det fylls på med för mycket fredagsfirare."

Med de positiva tankarna går dagen förbi i ett jehu och vid 17-snåret samlar Valdemar sitt team för gemensam bilresa ner till Spånga Centrum. De möts av en klassisk irländsk pub med mörka trädetaljer och tartanmönster på väggarna. Tv:n på väggen vid barens kortsida visar en ligamatch som följs av ett sällskap av fyra män som sitter i första hörnan till vänster med halvdruckna öl och tomma middagstallrikar. Av klädseln att döma är de byggarbetare vilket kanske också förklarar att de redan hunnit äta middag. Valdemar imponeras över att de orkar gå upp tidigt och utföra hårt kroppsarbete hela dagen. En vanesak visserligen. Den rödhåriga, blåögda, kraftiga mannen bakom baren hälsar glatt med en irländsk accent. Han sätter ifrån sig glaset som han precis torkat ur med en rödrutig handduk och frågar om de önskar ett bord. Valdemars tankar om val av klockslag för pubbesöket faller väl ut och det finns gott om bord att välja på. När de valt ett bord och irländaren frågar vad de önskar att dricka tittar Magnus och Herbert lite villrådigt på Valdemar som för att få hans tillstånd till att beställa in alkoholhaltiga drycker.

"Jag kör, drick det ni önskar. Det är fredag och vi har nästan jobbat klart" säger Valdemar och ser lättnaden i sina kollegors ölsugna ögon.

"Nästan jobbat klart?" säger irländaren lite frågande till Valdemar.

Valdemar förstår att det är lika bra att förkunna deras tudelade syfte med besöket på puben varpå irländaren, Dean Whiller, presenterar sig som ägaren till puben.

"Vänta, jag ska bara hämta er öl." Dean försvinner bort och kommer efter ett par minuter tillbaka med fyra stora öl varav en körvänlig till Valdemar. "Jag hinner sitta ner lite" säger han när ölen är serverad och dimper ner bredvid Herbert och Magnus i båset.

Valdemar skålar symboliskt med kollegorna och inleder sedan "känner du till Per-Göran Forsström?"

"Ah, den döda politikern? Ingen stamgäst men han har väl varit här ett par gånger."

"Brukade han komma i samma sällskap?"

"Det var lite olika men mest med föreningsfolk."

"Apropå stamgäster, styrelsen i fotbollsföreningen, hur väl känner du dem?" frågar Marianne.

"Göran, Östen och Anneli. Jo då, de kommer ofta, alltid efter att han varit på match och ibland kommer Göran ner med sin fru också."

"Minns du något särskilt från kvällen den 23 oktober?" fortsätter Marianne målinriktat.

"Vad var det för veckodag?" undrar Dean.

"En tisdag" flikar Magnus in och sätter ner sitt redan urdruckna glas på bordet men en lätt smäll.

"Vill du ha en till?" frågar Dean.

"Kan vänta lite" tackar Magnus.

"Ja ha en tisdag. Jag är ledsen men dagarna flyter lite ihop när man har öppet jämt och ständigt. Jag antar att det var kvällen politikern dog?"

"Stämmer bra" fyller Herbert i och följer Magnus exempel med att sätta ner sitt tomma ölglas på bordet.

Denna gång bryr sig inte Dean om att fråga om han önskar en till.

"Som sagt dagarna flyter ihop och många ser likadana ut. Jag ska gå och kolla vilka gäster som hade bokat bord denna kväll om det kan vara till någon hjälp?" föreslår Dean. "Ska jag ta med mig mer dryck till någon eller kanske menyer?"

"Gärna menyer" säger Valdemar ansvarstagande men släpper sedan garden. "Grabbar, vill ni ha en till öl, passa på medan Dean är uppe och rör på sig."

"Ja tack" säger grabbarna samstämmigt och ler.

Teamet hinner småprata lite medan Dean är borta. Avslappnat och trevligt, varför har de inte gjort detta förut hinner Valdemar fråga sig själv. Pubägaren återvänder med mer öl, menyer och med ett färskare minne om kvällen den 23:e. Inga lokalkändisar hade bokat bord denna kväll för mat men fotbollsstyrelsen hade sitt stående bord efter match. Egentligen låter han inte gästerna boka bord enbart för dryck men en stamgäst är en stamgäst och då gör man gärna undantag. Han har bett en servitris kolla upp vilken tid de betalade notan, nästintill väl införstådd med att det är den informationen poliserna är ute efter. Det tar inte lång tid innan servitris, liten, smal, brunhårig och brunögd som kontrast till sin chef, kommer till deras bord och lämnar över en lapp till Dean. Han läser innantill; fotbollsstyrelsens bord var bokat till 21:30, 8 öl gick åt under kvällen och slutnotan betalades klockan 23:04. I samma stund väller ett större sällskap in på puben och Dean ursäktar sig vilket ger Valdemar och hans team tid att studera menyn och småprata lite ytterligare.

Kvällen ger mer för teamkänslan än utredningsmässigt. Maten smakar utmärkt och ölen gör sitt för att de ska bli mer personliga. Grabbarna berättar att de bor i varsin tvåa på varsin sida av järnvägen i Sundbyberg men att de skämtsamt pratar om att flytta ihop eftersom de spenderar så pass mycket tid ihop och ingen ändå lyckas hitta en kvinna att dela livet med. Valdemar delar med sig om vad barnen har för sig men lämnar strategiskt Isabelle utanför skvallret. Hon är för helig för att dela med sig av. Marianne utmärker sig i gänget med sin traditionella kärnfamilj. Dean ansluter flera gånger under kvällen men trots allt skvaller han får höra av såväl berusade som nyktra gäster har han inget mer att tillföra till deras utredning. Valdemar och Marianne börjar känna sig klara med pubbesöket framåt 20-snåret och det är tydligt att grabbarna gärna stannar. De kan ju enkelt ta pendeln från Spånga till Sumpan. Valdemar kör trots Mariannes protester hem henne till villan i Hässelby denna fredagskväll. De enas om att lägga utredningen åt sidan

för en gångs skull och njuta av helgen, om ingen snilleblixt skulle träffa
någon av dem, eller grabbarna förstås.

Trots teamets ambitiösa grävande och teambyggande på Spångapuben har de lagt ytterligare en vecka bakom sig som inte resulterat i några framgångar överhuvudtaget. Valdemar ser alltså än mindre fram emot avrapporteringsmötet med Stina denna gång än förra veckan. Han vet precis vad hon kommer förmedla och han har inte mycket att sätta emot. Men det är bara att ta tjuren vid hornen och infinna sig på hennes kontor vid utsatt tid. Inte är hon sjuk heller som för dryga fjorton dagar sedan. Han ser henne redan när han kommer upp för trappen. Det är tydligt att hon uppfattar honom i ögonvrån eftersom hon liksom uppmanande vinkar till honom att han skall komma in på hennes kontor.

"Något nytt sedan sist?"

"Vi har jobbat hårt med fotbollsföreningsspåret men lyckas inte binda samman någon förövare med mordplatsen."

"Men du tror på det?"

"I allra högsta grad."

"Valdemar, oss emellan, jag litar på dig och jag litar på din magkänsla, det vet du, men jag har också tryck på mig uppifrån. Neddragningar hänger över oss och gör att jag måste prioritera hårt."

"Jag förstår din sits."

"Jag måste plocka Herbert och Magnus från dig för andra mer akuta ärenden. Du och Marianne får lägga detta åt sidan också men med ett löfte om att minsta spår ni nosar upp som är värt att följa, får ni två lägga full tid på detta igen ni två?"

"Jag rättar in mig i ledet."

"Du ser trött ut."

"Klart jag är trött. Jag har ätit, sovit och andats detta fall dygnet runt de senaste veckorna."

"Ta ledigt ett par dagar och samla kraft. Sedan behöver vi ditt fokus på andra fall."

"Tack, ett par dagar skulle göra gott, för att samla krafter och byta fokus."

"Då så, är vi överens?"

"Överens" svarar Valdemar och sträcker symboliskt fram handen.

Stina accepterar hans handslag och kostar till och med på sig ett leende.

"Du ska se att du snubblar över det där lilla spåret som krävs för att sätta dit honom."

"Eller henne."

"Eller henne."

De gör bägge en konstpaus.

"En sak."

"Ja?" Stina tittar upp från sina papper som hon verkar ha hunnit försjunka ifrån en sekund till en annan.

"Jag vill gärna behålla materialet i rummet ett tag till."

"Jag ska se vad jag kan göra."

"Tack."

Valdemar samlar teamet för att leverera nyheten. De är lika besvikna som honom och är fortfarande lika övertygade om att det rör sig om mord och inte självmord. Men som Marianne resonerar, vad gör man om man har överheten emot sig. Grabbarna lämnar dem ganska snabbt. Marianne dröjer sig kvar.

"Ja ha, och nu då?"

"Jag tar ledigt ett par dagar. Gör detsamma om du känner att du behöver det. Annars är det bara att ge dig på nästa fall. Finns säkert ett antal inbrott i närområdet att utreda. Eller rån. Eller överfall."

"Jag förblir nog på min post och angriper det som ligger överst i högen" svarar Marianne hurtigt. "Ser det som en möjlighet att jobba nio till fem för en gångs skull."

När Valdemar lämnar kollegan bestämmer han sig på stående fot att han ska trotsa vädret och resa till sin sommarstuga. Det blir spartanskt utan el och rinnande vatten. Det var länge sedan han var där vintertid men varför inte. Det kommer göra honom gott. Han skulle gärna åka med en gång men har den uppskjutna och efterlängtade middagen med Isabelle på söndag först. Kan han tidigarelägga den? Kanske redan ikväll nu när han är beordrad att lägga fallet åt sidan? Han sänder henne omedelbart frågan och får omedelbart svar. "Självklart. Vilken spontan härlig idé!" Precis vad han behöver för att få upp humöret.

SEXTIOETT

Fredag kväll och fredagsmiddag. Inte vilket fredagsmiddag som helst heller. En uppskjuten söndagsmiddag som tidigarelades till en fredagsmiddag. En fredagsmiddag med Isabelle. Valdemar har laddat för denna kväll i flera dagars tid. Funderat länge och väl över vad han ska bjuda på. Han har vänt och vridit på tankarna om han ska köpa något färdigt eller anstränga sig och laga något. Finporslinet eller vardagsporslin? När kvällen väl anländer faller allt på plats helt naturligt. Hälften hemlagat och hälften färdigköpt. Självklart ska finporslinet fram och han plockar till och med fram sina föräldrars vackra linneservetter. Han stannar upp och betraktar dem. Så mycket tid någon la på att brodera deras monogram. Kanske var det en bröllopsgåva? Men från vem? Eller var det inte så att blivande bruden själv tillsammans med modern kanske broderade detta inför bröllopet? Precis när han har tänt ljusen på bordet ringer det på dörren. Han rycker till av signalen trots att den är väntad. Skyndar sig att öppna och blir tagen av hennes skönhet. Hjälper henne gentlemannamässigt av med kappan som döljer en enkel brun omlottklänning med små krämfärgade prickar som hennes delikata figur bär upp som om det hade varit en påkostad balklänning. Jag älskar denna kvinna hinner han tänka innan han omfamnar henne och hälsar henne välkommen. Isabelle bubblar av lycka om saker att berätta samtidigt som hon inspekterar lägenheten, på eget bevåg utan att för den delen vara framfusig.

"Precis som jag tänkt mig" avslutar hon ronden med. "Så mycket
Valdemar. Hela lägenheten utstrålar att det är du som bor här. Och jag
tycker verkligen att det är trivsamt."
"Tack" svarar Valdemar lite försiktigt fortfarande berörd av hennes
entré.
När de har satt sig till bords och skålat med vinet han valt med omsorg
för just detta tillfälle slappnar han äntligen av. Den skumma
belysningen och det vackra skenet från de tända ljusen bildar som en
gloria runt Isabelle. Han skulle vilja fota henne, som för att föreviga
ögonblicket men sitter som fastklistrad på sin stol och får nöja sig med
att memorera hennes bild i sin inre minnesbank. Efter middagen dricker
de te i soffan. Saties första Gymnopedie fyller rummet och Isabelle
lägger sitt huvud mot hans axel och sluter suckandes sina ögon.
"Kan det bli bättre än så här?" viskar hon.
"Tror inte det" svarar Valdemar tyst och tar initiativet till kvällens första
kyss. Han förvånas över att han kunnat hålla sig så länge. En bit in i
andra Gymnopedien håller ingen av dem emot längre. Det som sker det
sker. När skivan är slut har Isabelle somnat och han bär den fjäderlätta
kvinnan, till sängkammaren. Hon vaknar till när han lägger ner hennes
huvud på kudden men somnar leende om. Sedan tassar han runt i
lägenheten i sin nakenhet och plockar undan det sista efter middagen.
Till sist blåser Valdemar ut ljusen likt en symbolisk handling att dagen
kommit till sitt slut.

Avskedet efter frukosten blir känslosamt men drar inte ut på tiden. Isabelle har bråttom till sin dansklass och Valdemar än mån om att komma iväg mot landet. Hans lycka går inte att ta miste på när han visslandes packar sin bil och rullar Ulvsundaleden mot E4:an. Saties Gymnopedier var bland det första han packade ner. Han vill unna sig att förstärka minnet av gårdagskvällen och petar in cd:n i spelaren redan innan han passerat Ulvsunda Slott. Sedan flyter kilometrarna och milen förbi. Per-Göran Forsström nästan glömd och Isabelles varelse så närvarande att hon likväl kunnat sitta bredvid honom. Det kanske blir en verklighet i sommar tänker Valdemar och känner sig fullkomligen nöjd med tillvaron.

Havet, som han längtar efter havet. Väl framme bryr han sig inte om att installera sig i huset. Han går direkt runt huset och ut på klipporna. Där blir han länge stående. Så vackert havet är om vintern. Isen har inte lagt sig än. Det lär dröja lite till. Den frostangripna vassen. Så skör den ser ut. Han tänker på Christine. Han köpte sommarhuset efter det att hon gått bort. Hon hade aldrig någon längtan efter ett sommarhus och var inte särskilt förtjust i den spartanska semestermodellen som Valdemar längtade efter. Därför blev det alltid utlandsresor där soltimmarna och vattentemperaturen var garanterad och livet bekvämt med hotellfrukostar. Inte honom emot. Det var fantastiska resor och barnen älskade det. Men denna modell tilltalar ändå honom mer.

"Jag hoppas du gläds med mig Christine" säger han högt för sig själv som för att få sin bortgångna hustrus välsignelse för detta nästa steg i livet. Sedan installerar han sig i huset. Kånkar vattendunkarna han tagit med sig från Bromma. Gör upp eld i såväl vedspisen i köket som eldstaden i det lilla vardagsrummet. Han bäddar i soffan i vardagsrummet. Det kommer bli för kallt att sova i sängkammaren. En batteridriven radio är den enda modernitet som Valdemar har behov av de kommande dagarna. Den är förinställd på P2. Till tonerna av Vivaldis Vintern steker Valdemar ägg, potatis och korv på vedspisen. Han öppnar en Staropramen och dricker direkt ur flaskan. Skäms nästan över rapen som kommer som ett brev på posten. Säger ursäkta av gammal vana trots att det inte finns någon i huset som kan ta illa upp. Sedan äter han sin lunch och njuter av ensamheten, enkelheten och tystnaden.

När Valdemar vaknar i den kyliga stugan på onsdagsmorgonen känner han att det är dags att återvända till verkligheten. Han har kollat av sin mobiltelefon dagligen men ett behov av hans närvaro på stationen i Vällingby verkar inte ha funnits och han har nöjt kunnat stänga av den igen och lägga den åt sidan. Isabelle har också lyst med sin frånvaro. Hon var fullt införstådd med hans syfte med resan till stugan. Trots att han beundrar henne för att visa honom den respekten hade han inte blivit störd av en liten kärlekshälsning.

Om Valdemar hade hastat hade han kunnat stänga stugan och packa bilen på under en timme men han har ju ingen tid att passa och drar därför ut på sysslorna. Han nöjer sig med en smörgås och kokkaffe till lunch och lämnar sedan stugan lagom mätt och belåten. Spartanskt leven i all ära men nu ser han fram emot bekvämligheterna i lägenheten och framförallt en lång härlig dusch. Kanske åker han en sväng till stationen ikväll. Han har inte bestämt sig ännu. Innan han startar motorn sänder han ett sms till Isabelle. "På väg tillbaka. Saknar dig." Ganska snart får han en kort men talande meddelande tillbaka. "Dito." Det är det enda beskedet han behöver.

Det har gått et dryg vecka sedan Valdemar återvänt från sin rekreationsresa till stugan vid havet. En vecka som han upplevt som en av de långsammaste dagarna i mannaminne. Han har ansträngt för att hålla sig borta från utredningsrummet, hålla Isabelle borta ur tankarna och fokusera på de fall Stina försett honom med. Standardutredningar över mindre allvarliga förselerser i närområdet. Sådant som man som polis måste plöja sig igenom för att fylla sin funktion i samhället men som är långt ifrån lika stimulerande som mordutredningarna. Mot eftermiddagen denna fredag kan han inte längre hålla sig borta från fallet Forsström. Han hämtar en kopp kaffe och vandrar bort mot utredningsrummet. Han fick aldrig någon bekräftelse på behållandet av rummet från Stina men finner det i samma skick som när de lämnade det en dryg vecka tidigare. Han ser sig om innan han låser upp dörren. Som att försäkra sig om att ingen noterar att han beträder förbjuden mark. Väl inne suckar han och betraktar de ledtrådar som de gemensamt noterat på tavlan. Det ligger hundratals timmar bakom deras pilar och noteringar som för en icke invigd kan uppfattas som vanligt kladd uppfört i all hast. Jobblusten återvänder och han känner sig bekvämt hemma. Valdemar hinner inte långt i sin tankeverksamhet förrän det knackar på dörren vilket fånigt nog gör honom nervös. Vill inte gärna bli tagen på bar gärning men samlar sitt förnuft och öppnar dörren.

"Jag tänkte väl att jag skulle finna dig här." Det är Marianne som har spårat upp honom. "Får jag komma in?"

"Självklart" säger han med en lättnad i tonen.

Marianne har liksom Valdemar en kaffekopp i ena handen men kappan över andra armen.

"Är du på väg hem?"

"Ja, vi har haft så fullt upp och sen var du borta ett par dagar så jag inser att jag missat att nämna att min dotter har sin diplomering på Stadshuset ikväll" säger Marianne.

"Är hon redan klar med utbildningen? Så mycket hann du inte ens berätta på vår pubkväll!"

"Ja, hon var effektiv mot slutet och nej, en moder skryter gärna men inte alltid."

"Mycket imponerande. Vad blir hennes titel?"

"Doktor i biofysik" ler Marianne såsom enbart en stolt moder kan.

"De må jag säga. Hoppas det blir en riktigt trevlig kväll."

"Det ska det säkert bli. Du kan inte hålla dig härifrån ser jag" Marianne nickar åt tavlan med fallet Forsström.

"Nej. Det gnager i mig. Retar mig verkligen. Jag trodde vi skulle lösa detta och så går det så långt att de beslutar att lägga ner utredningen. Åtminstone temporärt. Fast det gått så kort tid."

"Du vet att jag delar din åsikt."

"Ja, det känns skönt att ha ditt stöd."

"Valdemar."

"Ja?"

"Har vi inte löst detta nu kommer du inte lösa det ikväll trots att du varit borta från detaljerna flera dagar."

"Jag vet. Du har rätt. Jag ska inte stanna länge. Ha så trevligt. Hälsa och gratta från mig!"

"Tack, det ska jag göra. Vi ses på måndag."

"Det gör vi."

Marianne lämnar honom och stänger försiktigt dörren efter sig, som för att inte störa kollegans tankeverksamhet. Valdemar är redan så djupt försjunken i sina spekulationer att han inte ens märker att Marianne lämnar rummet.

S E X T I O F E M

Den långsamma arbetsveckan övergår i fredag kväll och tystnaden i Valdemars lägenhet denna lediga kväll påminner honom om dagarna i stugan. Trivsamt, men i denna stund känner han sig riktigt ensam. Han längtar efter Isabelle. Önskar hon vore hos honom. De har inte kunnat ses sedan han kom tillbaka eftersom hon legat i hårdträning inför premiären av Nötknäpparen. Snart får han se henne även om det blir från parketten. Tystnaden bryts av hans telefon som ringer. Han hinner uppfatta Mariannes namn på displayen och svarar mycket förundrad.

"Valdemar."

"Det är Marianne."

"Marianne. Men är du inte på din dotters diplomering? Har det hänt något?"

"Ordföranden är här."

"För Solhems Bollklubb?"

"Just! Hans son har precis tagit emot sitt diplom. Du kan aldrig gissa inom vilket område."

"Nej."

"Organisk kemi."

"Det menar du inte?"

"Jag tror vi har löst det Valdemar. Antingen har ordföranden lånat sonens labb för att tillverka nikotinet eller så har sonen helt enkelt hjälpt honom!"

"Klockrent Marianne. Det stämmer dessutom med tiderna. Kommer du ihåg att ordförandes fru berättade att sonen kom hem en stund efter maken."

"Det har du rätt i Valdemar. Vi måste plocka in dem för förhör omedelbart!"

"Visserligen. Men vet du, jag tror inte vi har att göra med en återfallsbrottsling här. Låt dem njuta av denna kväll, så plockar vi in far och son imorgon."

"Du är otroligt human Valdemar."

"Man blir nog det med åren."

"Okej, då gör vi så."

"Bra. Men Marianne, försök att inte blir sedd av ordföranden. Då kanske han förstår att vi har klurat ut en möjlig koppling och då vet man aldrig vad som händer."

"Försent. Han såg mig just. Verkar dock oberörd."

"Du får improvisera och hantera det så gott som möjligt."

"Absolut. Jag dammar av mina gamla scenkunskaper."

"Har du stått på scenen Marianne? Det kom inte heller fram på vår pubkväll!"

"Vi tar det en annan gång. Nu måste jag sluta."

"Bra. Ha en fortsatt trevlig kväll, så hörs vi direkt imorgon bitti."

"Absolut. Hej med dig."

Valdemar nästan hoppas jämfota av lycka. Tristessens era är över. Han kan återuppta fallet. Men så hejdar han sina glada tankar. Kan det vara så enkelt eller lurar de sig själva i ren desperation? Det spelar ingen roll. Detta måste följas upp och han behöver Herbert och Magnus hjälp för att ta reda på mer information om sonen inför morgondagens förhör. Han får chansa att de kan hjälpa honom och han tänker inte be Stina om lov. Snabbt knappar han in Herberts nummer och hoppas han ska svara. "Herbert."

"Valdemar här. Marianne ringde precis. Ordförandens son Karl har just doktorerat i kemi. Jag tror vi har hittat en förklarlig koppling. Har ni möjlighet att knäcka lite extra och hjälpa mig att ta reda på så mycket som möjligt om sonen?"

"Självklart. Allt för dig och för att kunna knäcka den här nöten."

"Bra. Jag räknar med att vi kallar in dem bägge två på förhör efter lunch imorgon."

"Varför vänta?"

"Tänker att de ska få njuta av denna kväll, och förmodligen hinna sova av sig ruset imorgon också."

"Ja, det är väl ingen risk att någon av dem får för sig att ta livet av ytterligare en kommunalpolitiker på väg hem från efterfesten."

"Ungefär så resonerade jag också."

"Ringer vi in dem eller hämtar dem?"

"Jag tänker återigen vara human. Vi ringer in dem. Lyckas det inte, hämtar vi in dem."

"Ok! Vi kan väl ta en kaffe imorgon bitti så briefar vi dig?"

"Tack på förhand Herbert. Verkligen tacksam att ni kan ställa upp med så kort varsel och på en fredag kväll dessutom."

"Alltid redo!"

Valdemar tittar på sitt armbandsur. Klockan är 10. Fullt legitimt att ringa ordföranden nu. Han harklar sig medan signalerna når fram.
"Gunnar."
"God morgon. Det här är kriminalkommissarie Valdemar Horn."
"God morgon. Vad kan jag hjälpa till med?" Gunnar låter högst frågande.
"Jag vill att du och din son Karl infinner er för förhör på station klockan tretton senast. Antingen informerar du din son eller så ringer vi honom."
"Nu fattar jag ingenting. Jag har redan berättat allt jag vet. Men min son Kalle? Vad har han med saken att göra?"
"Det är jag som ställer frågorna och du svarar. Nå, ska vi ringa honom eller underrättar hans far honom?"
"Ni begår ett stort misstag. Vet ni vilken dag detta är i min sons liv?"
"Ja, hans första dag som doktor i organisk kemi."
"Ja, det är klart, ni har väl koll på allt. Jag samtycker inte men ja, jag ringer min son. Vill inte att han ska få stora chocken av att polisen ringer idag."
"Fint. Då förväntar vi oss att ni kommer upp allt emellan nu och klockan tretton."
Valdemar avslutar samtalet och går mot Magnus och Herberts skrivbord.
"Ah, chefen. Vi drar oss in till de privata domänerna så ska du få höra."

"Tack, idel öra" säger Valdemar medan han tar täten mot deras utredningsrum.

När de är på plats alla tre och de har slagit sig ner inleder Magnus "Ordförandens son, Karl, kallas Kalle är lika inbiten Solhems FK:are spelare som farsan sin. Han har varit aktiv fram tills för några år sedan. Spelade med i A-laget ett par år men slutade under Universitetsstudierna."

"Kan tänkas att det var svårt att kombinera" resonerar Valdemar "och det var ju det ordförandes fru också beskrev."

"Han har alltså spelat själv men också varit tränare i diverse knatte- och ungdomslag" fortsätter Magnus.

"Han verkar dock ha hållit sig borta från styrelsen" berättar Herbert "Men sånt överlåts väl ofta till pensionärerna."

"Precis, allt det har hans mor återgivit. Vad har ni mer att berätta?" frågar Valdemar lite otåligt.

"I övrigt, skötsam person. Ingen historik i registren. Engagerad i studentföreningen på KTH."

"Så han är väl en föreningsmänniska i alla fall" säger Valdemar.

"Verkar så."

"Vad vet ni mer om hans inriktning på studierna?"

"Organisk kemi. Säger väl allt. Mycket labbande om vi förstår saken rätt."

"Tillräckligt mycket labbande för att kunna få fram nikotinkristaller?"

"Absolut."

"Vad säger magkänslan? Har pappan lånat labbet utan sonens vetskap? Har sonen tillverkat nikotinet till fadern som injicerat Per-Göran? Eller har sonen verkat helt på egen hand?"

"Det sista ger ju en riktigt intressant vinkling på detta!" utbrister Marianne som precis kliver in i rummet.

"Välkommen Marianne. Tack för din spaningsinsats igår!" säger Valdemar.

"Ja, tänk, man kan inte vara ledig någon gång. Men det var rent nöje igår och det faktum att jag drog parallellen mellan ordföranden, sonen och kemin var bara grädden på moset. Icke ansträngande alls" skrattar Marianne.

"Tror ni att det kan vara så att sonen agerat helt på egen hand?" funderar Valdemar vidare.

"Varför inte" tycker Magnus. "Det förklarar ju varför ordföranden verkat så förvånad över hela scenariot. Han kanske inte ens vetat om det."

Någon timme senare, vilket ger Valdemar och Marianne lagom tid att prata ihop sig inför förhöret, meddelar receptionen Valdemar att han har besök. Han tecknar till Marianne som ockuperar förhörsrummet medan Valdemar hämtar besökarna. Far och son, slående lika, tydligt nervösa. Sonen dock betydligt blekare. Bakfull och nervös. Ingen god kombination. De tar i hand, hälsar artigt och går sedan tysta bakom Valdemar till Marianne. Hälsningsproceduren upprepas. Bägge tackar nej till kaffe. Valdemar sätter på bandspelaren, berättar dag och tid och samtligas namn. Sedan vänder han sig mot Gunnar och Kalle. Han hinner inte ens ställa en fråga. Kalle tar själv ordet. Han vänder sig mot Gunnar:
"Pappa. Du blev ju så besviken när jag klev av A-laget. Sen kom de där ryktena om att de skulle bebygga Gläntan. Jag gjorde det här för dig pappa. Jag har ju räddat klubbens framtid."
Gunnar tittar på sin son länge. Det är knäpptyst i rummet. Tillslut brister både far och son ut i gråt.
"Kalle. Alltså, du är en sann fotbollsvän. Du kanske har räddat klubben men förstört hela ditt liv. Hur kunde du vara så naiv?"
"Det var ju så klockrent farsan. Jag trodde aldrig jag skulle åka fast. Det är ju hur vanligt som helst att överviktiga personer får hjärtsvikt och dör."
"Kanske inte faller ner i Svandammen."
"Det bara blev så. Det var inte planerat. Jag hade tänkt att han skulle falla ihop på pendeln. Det hade också varit det perfekta scenariot. Jag hade planerat det i minsta detalj. Karln tar alltid samma pendeltåg hem från jobbet. Gömd av folkmassorna hade jag lätt kunnat ge honom ett nålstick. Men den här dagen ändrade han sitt mönster. Gick på bio istället. Jag var förstås tvungen att lösa biljett till samma film eftersom jag inte ville skjuta på det. Visste inte hur nikotinet skulle reagera om jag sparade det. Tänkte att jag kunde ha fått det avklarat där i biomörkret men filmen var faktiskt riktigt bra så jag tänkte att karln åtminstone kunde få se klart den. Sen var det för lite folk på pendeln på vägen hem att jag hade blivit avslöjad på direkten om jag försökt ge honom sprutan där. Då återstod ju bara möjligheten att ge sig på honom när han vandrade hem från pendeln. Jag fick en superchans när vi kom

till Svandammen. Inge folk. Ingen buss. Bara han och jag. Han hann nog uppfatta mig men hann inte göra motstånd. Ett stick och en lätt knuff. Plask ner i dammen. Det var verkligen otippat."

Valdemar reser sig. "Karl Bodin, du är på sannolika skäl gripen för mordet på Per-Göran Forsström. Ärendet kommer att lämnas över till en åklagare och du har rätt till en advokat."

Sonen stirrar ner i bordet och yppar inte ett ord. Fadern gråter fortfarande och nu högljutt. Marianne följer den chockade fadern ut till receptionen och Valdemar den nybakade Kemidoktorn till häktet. Han gör inget motstånd.

"Är ni redan tillbaka?" utbrister Herbert när han ser dem.

De nickar.

"Det där måste ha varit det kortaste förhöret i svensk mordhistoria" säger Valdemar.

"Om det ens kan kallas för förhör" menar Marianne.

"Precis, snarare bikt."

"På så vis. Det var sonen alltså?" frågar Herbert.

"Det var sonen."

"Vilket slöseri" utbrister Magnus. "Fattade han inte att det kanske inte ens skulle bli bostäder på Gläntan? Det var ju bara en markanvisning."

"Nej, jag tror inte det" svarar Marianne. "Hade inte hjärta att berätta det för honom heller."

"Har du meddelat Stina?" frågar Magnus Valdemar.

"Har inte hunnit. Men jag förmodar att ni delar min lättnadskänsla över att vi hade rätt hela tiden!"

"Självklart. Din magkänsla litar vi alltid på. Eller hur kollegor!" säger Marianne glatt.

"Alltid" nickar Magnus och Herbert.

"Vi har alltså ett erkännande. Grabbar, jag vill att ni får fatt på sonens labb för att säkra upp den tekniska bevisningen. Det kanske inte behövs för att få honom fälld men skadar inte om han skulle få för sig att dra tillbaka sin utsaga. När ni gjort detta vet ni alla vad som gäller..."

"Dokumentering och arkivering" säger Herbert och Magnus i en kör.

"Vi lovar att det inte ska finnas några synliga spår från utredningen i detta rum" fyller Marianne i.

"I väntan på nästa! Fantastisk insats allihop. Efter detta är ni beordrade att ta minst två veckors julledighet. Så får vi hoppas att det håller sig lugnt i huvudstaden under den tiden" avslutar Valdemar.

Klockan skräller högljutt för att påannonsera andra ringningen.

"Kom Marius, vi måste ta våra platser." Valdemar tar instinktivt pojkens hand för att de inte ska komma ifrån varandra medan de tråcklar sig fram mellan uppklädda och förväntansfulla familjer från Operans Guldfoajén där de tillbringat en god stund, till högra dörren som tar dem till parkettens första rad. Denna eftermiddag ska de tillsammans njuta av Nötknäpparen där Isabelle har rollen som Snödrottningen. För Valdemar är det premiär. Han har trots sina frekventa operabesök inte varit på denna föreställning och fascineras av den unga publiken. Aldrig tidigare har han sett så många barn under 10 år på Operan. Det bådar gott för framtiden. Det ska börjas i tid. Isabelle måste trots allt ha lagt en slant på platserna och har strategiskt valt parkett åt dem. Från parkettens första rad kan Marius enkelt hänga över kanten och titta ner i orkesterdiket om han tröttnar på dansen. Valdemar är lite nervös. Vad ska Marius tycka om att sitta bredvid honom hela eftermiddagen utan att de egentligen känner varandra särskilt väl. Men han behöver inte oroa sig. Marius är lika uppslukad som honom av föreställningen. Tänk att ett litet barn kan sitta still och fokuserad så länge. Det minns han inte från sina egna. Det underlättas förstås av att det är en familjeföreställning. Stämningen skiljer sig markant från de aftnar Valdemar är van vid att spendera på operan. Föräldrar och barn viskar med varandra. Föräldrarna hjälper barnen att förstå historien och barnen delar med sig av sina iakttagelser. Pojken är verkligen hänförd.

När Isabelle äntligen gör entré ser Valdemar hur pojken sträcker på sig lite extra. Naturligtvis petar Marius på honom och visar, där är hon, där är min mamma. Valdemar nickar och ler lika stolt tillbaka. Denna eftermiddag slappnar han av och njuter som han inte gjort på länge. Även om mordet på Per-Göran inte tog mer än två månader att lösa, kändes utredningens veckor som om de varade i en evighet. Hans plötsliga och svallande känslor för Isabelle har också vänt upp och ner på hans liv. Inte hade han kunnat drömma om, den kvällen han gick på La Bohème i slutet av oktober att han skulle sitta här med en liten pojke vars mamma nu har rollen som självaste Snödrottningen. Samtidigt som han njuter känner han sig illa berörd. Även om ordförandes son har gjort sig förtjänt av ett långvarigt fängelsestraff kan han inte låta bli att känna att det var fel. Självklart måste Gläntan bevaras och inte bebyggas med bostäder som så många andra av Stockholms få kvarvarande gräsplättar. Vilken makt Per-Göran måste ha känt, när han gjorde mark-anvisningen för självaste Gläntan. Vilken ljuv hämnd för mobbningen han utsattes för under sin uppväxt. Valdemar kan ändå inte låta bli att tycka att det är ena riktiga sandlådefasoner som verkar utspela sig i maktens korridorer. Sandlådefasoner som resulterat i att en ambitiös ung man med hela livet framför sig gick så långt att han tog livet av maktutövaren. Tänk om klubben hade tagit hjälp att överklaga ärendet? Eller är det så illa att gemeneman inte känner till sina rättigheter när det kommer till myndighetsutövning? Tankarna skingras av att det skrattas högt i publiken inklusive Marius. Det är snögubbarna som gjort entré och Valdemar kan inte låta bli att dra på smilbanden. Så välregisserat.

Valdemars mobiltelefon ringer i fickan. Han fumlar men hinner fiska upp den innan det är för sent att svara.

"Valdemar Horn."

"Valdemar, detta är Arne Lundqvist. Granne med den framlidne Per-Göran Forsström. Jag fick inte tag på din trevliga kollega Marianne men hon nämnde att jag även kunde vända mig till dig om det var något."

"Självklart, självklart, herr Lundqvist. Vad kan jag hjälpa dig med?"

"Ja, till att börja med får jag gratulera till ett väl utfört arbete. Vi Solhemsbor är naturligtvis mycket chockade över upprinnelsen av historien med mordet på Per-Göran Forsström liksom lättade över att ni fick er man. Tänk att det var Bodins son. Så tragiskt, hela livet hade han framför sig.

"Det tackar jag för herr Lundqvist. Ja, tragiskt är det alltid när unga förstagångsförbrytare hamnar bakom lås och bom. Var det därför ni ringde? För att gratulera?"

"Nja inte riktigt. Jo, jag skäms gruvligt på min frus vägnar."

"Herr Lundqvist, min mamma sa alltid åt mig att man inte ska skämmas för någon annan än sig själv."

"Du har så rätt kommissarie, men detta är riktigt illa."

"Aj då, vad rör det sig om?"

"Jo, min fru fick uppenbarligen i förtroende att bevara ett dokument på vår grannes vägnar. Du måste förstå att min fru är på väg att dementera, ja det känns jobbigt att säga det rakt ut, men så är det. Jag hade ingen aning om att Per-Göran hade bett henne om denna tjänst annars hade jag naturligtvis berättat detta för din förträffliga kollega när hon var här, härom sistens."

"Kom till saken, herr Lundqvist."

"Ja, jag ville ju inte snoka förstås, men jag förstod inte var kuvertet kom ifrån när jag fann det i skrivbordslådan, så jag tog mig friheten att öppna det."

"Ja."

"Kommissarie, det är ett testamente. Det är daterat i våras."

Valdemar blir tyst. Han blir tyst, en ganska obekvämt lång stund.

"Kommissarien?" frågar herr Lundqvist.

"Om du bara visste. Om du bara visste hur vi har hoppats på att detta skulle dyka upp! Jag är hos dig om 15 minuter."

Valdemar lägger på utan att ens säga hej då. Han passerar grabbarna och Mariannes skrivbord på vägen ut. Mariannes skrivbord är förstås tomt. Hon har åkt iväg på en välförtjänt semester över julen. Grabbarna sitter dock vid sina skrivbord likt vakter vid sin post, stirrandes på sina skärmar.

"Grabbar" säger han i förbifarten. "Testamentet. Vi har testamentet!"

Det sista hans ögon skönjer innan han lämnar kontorslandskapet är Herbert och Magnus som gör vågen. Han ler för sig själv. Hans entusiasmerande kollegor betyder så mycket för honom i hans vardag.

Valdemar möts av ett Solhem i vinterskrud. Första snön som kom för ett par dagar sedan har fått ligga kvar ren och vit eftersom kvicksilvret har hållit sig under nollan. Precis som Valdemar utlovat när han avslutade telefonsamtalet, parkerar han 15 minuter senare på grannen Lundqvists garageuppfart. En prydlig gång är skottad från garageuppfarten till yttertrappan. Valdemar hinner knappt ringa på dörrklockan innan ytterdörren öppnas.

"Kommissarien, förmodar jag. Så bra att ni kunde komma med en gång. Jag har kuvertet här i köket. Kom in med en gång är ni snäll."

Valdemar kliver snabbt ur sina skor. Han behåller rocken på och följer på herr Lundqvist order honom ut i köket. Där ligger kuvertet på det lilla teakbordet. Herr Lundqvist hinner före honom och plockar fram dokumentet ur kuvertet och räcker det till Valdemar. Valdemar läser snabbt igenom de korta men betydelsefulla raderna.

"Vem är Maria?" frågar herr Lundqvist innan Valdemar ens läst klart. Valdemar tittar upp.

"Kvinnan er granne var förälskad i."

Den gamle mannen lyser upp.

"Det gör mig glad, kommissarie. Jag behöver inte veta mer."

"Det gör mig också glad, ska ni veta herr Lundqvist. Nu behöver inte arvet gå till allmänna arvsfonden. De kommer att gå till det Per-Göran drömde om och planerade för."

Valdemar tar farbror Lundqvist i handen.

"Stort tack för detta. God jul."

"God jul kommissarien."

På väg till bilen blickar Valdemar bort mot Per-Görans hus. Snön ligger orörd. Ingen gång skottad till yttertrappan. Saintpauliorna slokar i fönstret. Han gläds åt tanken att till våren är huset förmodligen sålt. Han ser framför sig hur ett ungt par jobbar i trädgården, rensar rabatter och krattar grusgången medan deras nyfödda barn sover i vagnen i äppelträdets skugga. Bilden byts ut mot Maria som han enbart sett på ett foto, hur hon beskådar sin aloveraodling och ler lika brett och vackert som på fotot Per-Göran hade på sin vägg. Med de bilderna på näthinnan startar han bilen. Innan han backar ut från avfarten beslutar han sig för att sända ett sms till Marianne. Han börjar bli alltmer van vid denna knapptryckande kommuniceringsmetod. Ogillar den fortfarande men inser den praktiska sidan vid väl valda tillfällen. "Testamentet funnet. Maria får allt. God Jul. Hälsn V." Så lämnar han Solhem bakom sig och funderar som hastigast över när han skall komma att återvända.

Han avslutar disken, torkar händerna på linnehandduken och går ut genom ytterdörren. Solen är stark och bländar honom. Han håller upp ena handen för att skona ögonen. Samtidigt hör han bilen som närmar sig och ser den strax. En brun Volkswagen polo kör upp på gårdsplanen framför huset. Motorn stängs av och hon kliver ut. Hans Isabelle är här. Hon har en storblommig sommarklänning och håret är slarvigt flätat. Solglasögonen skjuter hon upp på huvudet och så kommer leendet.
"Du hittade hit!"
"Utan problem. Med den minutiösa vägbeskrivningen hade jag kunnat köra hit med en ögonbindel."
De omfamnar varandra. Hon tar initiativet till en lång passionerad kyss.
"Lugna dig, klockan är ju bara 11 på förmiddagen."
"Nu ska vi vara lediga och inte låta oss styras av klockan, eller hur Valdemar."
"Du har så rätt Isabelle."
I baksätet står överfyllda matkassar och en läderbag modell pösig med hennes kläder. De hjälps åt att kånka mot huset. Valdemar bär in matkassarna i köket.
"Jag ska bara plocka upp kylvarorna så ska jag visa dig runt sedan."
"Vi hjälps åt så går det snabbare."
Han betraktar henne. Det känns overkligt att hon är här hos honom i hans sommarstuga. Hit har han aldrig bjudit in någon tidigare, mer än barnen. Trots detta känns det som en självklarhet att hon är här nu. Här

hos honom. Hon är lika ivrig som hon var första gången hon kom hem till hans lägenhet och börjar utforska stugan på egen hand.

"Men Valdemar! Det är fullkomligen underbart. Vilken smak för inredning du har. Inte för mycket, inte för lite, precis lagom."

"Tack, jag trivs verkligen här. Men ännu mer när du är här."

Han öppnar skjutdörrarna i glas mot baksidan, tar hennes hans och leder ut henne.

"Kom får jag visa dig det vackraste jag vet. Förutom du då förstås."

Hon blir alldeles tyst och iakttar utsikten. Bakom huset breder klipporna ut sig. Mjuka, varma former, leder ner mot havet. Här och var en grästuva med majestätiska vippor som rör sig sakta i den lätta sommarbrisen. Helt utan förvarning tar Isabelle av sig klänningen.

"Kom Valdemar, vi badar!"

Valdemar känner ungdomen i sig komma tillbaka och sliter av sig kläderna. Han bryr sig inte ens om att lägga dem prydligt på stolen som finns till hands på uteplatsen. Sedan tar han åter hennes lilla delikata hand och de springer, nakna ut i vattnet. Isabelle ger ifrån sig ett tjut när hon kastar sig raklång i det ännu av solen inte uppvärmda vattnet. De omfamnar varandra och trampar vatten för att hålla sig flytande. Valdemar kysser sin Isabelle lika passionerat som hon gjort tidigare.

"Tack för att du kom!"

"Glad midsommar."